그대 고운

그대 고운 2

초판 1쇄 찍은 날 | 2015년 7월 2일
초판 1쇄 펴낸 날 | 2015년 7월 9일

지은이 | 우영주
펴낸이 | 서경석

편집책임 | 조윤희
편　　집 | 나정희
　　　　　주은영
디 자 인 | 신현아

펴낸곳 | 도서출판 청어람
등록번호 | 제387-1999-000006호
등록일자 | 1999. 5. 31
어람번호 | 제5-0417호

주소 | 경기도 부천시 원미구 부일로 483번길 40 서경B/D 3F (우) 420-822
전화 | 032-656-4452 팩스 | 032-656-4453
http://www.chungeoram.com
E-mail | chungeorambook@daum.net

ⓒ 우영주, 2015

ISBN 979-11-04-90294-9 04810
ISBN 979-11-04-90292-5 (SET)

그대 고운

2 MHz.

Chungeoram romance novel

우영주 장편 소설

도서출판 청어람

Contents

하나.
별이 빛나는 다방

끼익, 낮은 소리와 함께 고동빛으로 반질반질 빛나는 나무 대문이 열렸다.

"들어와요."

세 평 남짓한 작은 마당에는 화단이 예쁘게 꾸며져 있었다. 세월의 흔적이 묻어나는 오래된 집이었지만 깨끗하게 관리하고 리모델링까지 한 상태라 생활하는데 불편할 것 같지는 않았다.

"십 년쯤 됐나? 이 집 사시던 할머니가 건강이 안 좋아지셔서 아들 집으로 옮기고 난 후로는 쭉 세를 줬지. 어때요, 괜찮지? 게다가 작년에 신혼부부가 들어오기 전에 리모델링을 아예 싹 했더니 아, 이리 보기 좋아졌다니까. 방은 모두 세 갠데 안에 큰 방, 작은 방이 있고 여기 문간방도 하나 있고. 아가씨 혼자 살기에 조금

크지? 혼자 지내기 뭐하다 싶으면 아는 사람 불러다 같이 살든가, 그것도 아니면 얼른 좋은 사람 만나서 여기에다 신접살림 차려도 되고. 원래 여기 주인집도 큰아들 결혼하면 살게 할 거라더니 아직 결혼을 안 했나 보더라고."

자기가 말해놓고 아저씨가 혼자 허허 웃었다. 고운은 제일 큰 방을 열어 보았다. 다섯 평 남짓한 방안에 오후의 노란 볕이 가득 들어 있었다. 깨끗하고 정갈하다.

"요새 사람들 한옥 불편하다고 걸핏하면 아파트 찾는데 젊은 아가씨가 기특하네 그려. 그렇잖아도 저기 밑에 빌라촌이 생기고 하면서 여기도 재개발을 하니 마니 아주 시끄러웠잖아요. 그래도 서울 하늘 아래 이런 곳이 어디 있으려고. 안 그래요? 좀 불편하고 그래도 하나쯤은 옛날 그대로 남겨두는 것도 나쁘지 않지."

고운은 아저씨의 말을 들으며 집 안을 천천히 둘러보았다. 주방 쪽으로 다가가자 아저씨가 따라와 설명을 했다.

"이 집에서 가장 신식인 곳이 여기 부엌이랑 저기 화장실이지. 어때요, 생각했던 것보다 훨씬 더 좋지?"

주방은 거실과 탁 트인 구조였는데 원목으로 짜인 아일랜드 식탁이 거실과의 경계를 말해주고 있었다. 식탁처럼 원목으로 짠 싱크대, 그리고 그 위로 작은 조명등 몇 개가 일렬로 설치되어 있었다. 한옥 느낌은 나되 주방만은 묘하게 현대적인 느낌이었다. 무엇보다 마음에 드는 건 주방이 그다지 작지가 않다는 것이었다.

"아마 이 집 나이가 아가씨 부모님 나이보다 많을 거요. 부모님이 뭐야, 할머니 할아버지 나이보다 더 될지도 모르지. 참, 저쪽이 화장실인데 한번 봐요. 원래 저기 마당에 있었는데 작년에 리모델링하면서 안에다 들여 만들었지. 자다가 밖에 나가서 볼일 보기는 불편하니까. 허허."

아저씨가 너털웃음을 터뜨리는데 전화 벨소리가 울렸다.

"예! 부동산입니다. 아이구, 당연히 집이야 있죠. 그래, 몇 평짜리로 보시려고? 거야 좋은 집도 있고 좀 덜한 집도 있고 그렇지. 얼마나 생각하고 있는데? 그 정도? 그래, 언제 오실라구. 지금? 어쩌나. 내가 지금 집 보러 온 손님이랑 있어서. 그럼 조금 있어 봐요. 내가 금방 다시 전화할게요. 예."

아저씨가 전화를 끊고는 고운에게 물었다.

"아가씨, 다른 집 좀 더 보러 갈래요? 그런데 여기만한 곳이 없을 텐데."

"저 여기 조금만 더 둘러보다 갈게요. 바쁘신 것 같은데 먼저 내려가세요."

고운의 말에 아저씨가 반색을 하고 열쇠를 꺼냈다.

"그래요, 그럼. 이왕 온 김에 꼼꼼하게 여기저기 둘러보고 가면 좋지, 뭘. 여기 열쇠 있으니까 다 보고 난 뒤 문단속만 잘 하고."

"고맙습니다. 그럼 이따가 다시 뵐게요."

"허허, 그래요. 이만한 경치에 이렇게 깨끗한 공기 사시사철 맡고 사는 곳이 서울 하늘 아래 잘 없다니까. 정말 이만한 집이 없어!"

고운에게 열쇠를 건네준 뒤, 아저씨는 서둘러 집을 나갔다.

"여보세요? 예! 좀 전에 통화했던 부동산인데요! 지금 가게로 가니까 십 분만 기다려요! 예!"

마음 급한 아저씨의 목소리를 뒤로 하고 고운은 혼자서 천천히 집을 둘러보았다.

노오란 오후 햇살이 발갛게 번진 집안은 고적했다. 따뜻하고 편안하다. 거실 한쪽에 난 창문을 열자 겨울 끝의 맑고 찬 공기와 나무 냄새가 밀려들어 왔다. 하늘과 맞닿은 산 너머로 붉은 해가 지고 있었다. 아저씨의 말처럼 정말 이만한 경치가 서울 하늘 아래 다시없을 것 같았다.

"……좋다."

산 너머 머문 붉은 태양처럼 고운의 입꼬리에도 발간 미소가 머물렀다.

✻

지이잉.

걸레질을 하던 손을 멈추고 고운은 주머니에서 휴대전화를 꺼냈다. 모르는 번호라 다시 전화를 내려놓던 찰나, 문득 촬영 때문에 중국에 간 남훈의 생각이 났다. 고운은 땀을 닦고서 서둘러 전화를 받았다.

"여보세요?"

〈어, 누나야.〉

역시 남훈이었다.

"모르는 번호라서 하마터면 안 받을 뻔했어."

고운의 말에 전화 너머에서 호탕한 웃음소리가 흘러나왔다.

〈홍식이가 휴대전화 충전하는 거 또 까먹었더라고. 그래서 가꺼 빌려 전화하는 기다. 이사는 잘 했나?〉

"그럼."

〈집에 들어가기 싫음 그냥 내랑 같이 살자니까 말 참 징그럽게 안 들어요. 여자 혼자 겁도 안 나나.〉

이번에는 고운이 웃었다.

〈얼씨구. 웃기는. 밥은 먹었나?〉

"아까 이삿짐 옮기고 오후에 이사 업체 분들이랑 같이 짜장면 시켜 먹었어."

〈그걸로 되나? 참, 몸은 좀 어떤데?〉

"괜찮아."

〈말만 괜찮다 카지 말고. 일하는 건 좋은데 제발 몸 좀 챙겨가면서 하란 말이다, 어? 아플 거면 사람 있을 때 아프던가, 꼭 없을 때 아파서 사람 간 떨어지게나 하고. 무슨 누나가 하나밖에 없는 동생한테 이러는데?〉

방송에서는 굉장히 과묵한 이미지면서 실제로는 이렇게 잔소리가 취미란 걸 아무도 모를 것이다.

〈뭐고? 내 말 듣고 있나?〉

"듣고 있어. 잔소리 그만하고 전화 끊어. 전화비 많이 나오겠다. 네 전화기도 아니라며."

〈사람이 걱정해서 말하는데.〉

"언제 와?"

〈목요일. 제발 밥 좀 잘 챙겨무라.〉

"알았어. 내 걱정 말고 너야말로 밥 잘 챙겨먹어."

〈누나가 지금 내 걱정 할 때가? 몸 안 상하게 쉬엄쉬엄 정리하고 문단속 잘 하고 일찍 자라. 촬영 끝나고 한국 들어가면 바로 그리로 갈게.〉

"알았어. 너도 잘 자."

전화를 끊고서 고운은 핏 웃었다. 걸레질을 마저 다 하고 자리에서 일어나 집을 휘 둘러보았다. 오전에만 해도 온갖 짐들로 난장판이 되어 머리가 아플 지경이더니 하루 종일 동동거리며 부지런히 움직인 덕에 집은 언제 그랬냐는 듯이 깨끗하게 정리가 되어 있었다.

고동빛 나무 거실과 높다란 천장, 하얀 문풍지가 발린 미닫이 문. 보고 있는 것만으로도 가슴이 저절로 따뜻하고 편안해졌다. 리모델링을 하긴 했지만 그래도 한옥이 주는 맛은 여전히 그대로였다. 고운은 거실 한쪽으로 난 커다란 창문으로 다가가 밖을 내다보았다. 어느새 먹빛으로 물든 밤하늘 밑으로 옹기종기 모여 있는 한옥마을이 보였다. 고운은 옅은 미소를 지은 채 눈을 감았다. 그리고 앞으로 자신이 살게 될 이곳에 첫 인사를 건넸다.

"반갑다."

이곳에서는 부디 행복하고 좋은 일들만 가득 생기기를.

낮에 보던 북촌의 느낌과는 또 달랐다. 좁은 골목길 사이로 어디선가 웃음소리가 흘러나왔다. 따뜻한 불빛이 가득한, 고즈넉하면서도 편안한 밤이었다. 그러고 보니 이렇게 밤길을 산책하는 것도 오랜만이다. 가로등 대용으로 켜놓은 작은 등불이 골목을 환하게 지키고 있었다. 이리저리 둘러보다 도로 쪽으로 난 골목 끝 모퉁이에서 작은 찻집 하나를 발견했다. 투명한 유리 너머로 나지막한 음악 소리와 함께 포근한 불빛이 새어 나오고 있었다.

—별이 빛나는 다방

간판에 적힌 상호명을 물끄러미 올려다보는데 문득 얼굴 위로 빗방울이 툭 떨어졌다. 그리고 기다렸다는 듯 비가 후두둑 떨어졌다. 봄비라기에는 빗방울이 제법 굵다. 고운은 얼른 찻집 처마 아래로 물러섰다. 하늘을 보다 가만히 손을 내밀어 보았다.
"……소나긴가."
투두두둑. 제법 굵은 빗줄기에 골목길은 이미 흥건하게 젖어 있었다. 잠시 망설이다 고운은 뒤를 돌아보았다. 불빛은 환한데 손님은 없었다.
아직 영업 중일까.
고운은 시계를 보았다. 벌써 밤 열 시. 제법 늦은 시각이다. 더군다나 인적이라고는 없는 골목길 안에 위치한 가게라서 이미 영업이 끝났는지도 모른다. 고운은 난처한 얼굴로 비 오는 밤하늘을 다시 보았다. 한두 방울씩 떨어지던 빗방울은 어느새 하얀 빗줄기가 되어 있었다.
이대로 집에 갔다가는 물에 빠진 생쥐처럼 홀딱 젖을 텐데.

어떻게 해야 하나 망설이던 때였다.

탁탁. 유리를 손바닥으로 때리는 소리에 고운은 흠칫 놀라 반사적으로 뒤를 돌아보았다. 누군가가 문에 하얀 종이를 붙이고 있었다.

—6개월간 가게를 맡아 운영해 줄 분을 찾습니다.

종이에 적힌 글을 읽는데 남자와 눈이 마주쳤다. 꼭 만화에 나오는 맘씨 좋은 털보아저씨 같은 사람이었다. 그가 문을 열고 나왔다. 하늘을 올려다보던 남자가 고운에게 말을 건넸다.

"어이구, 비가 와서 오도가도 못하시나 보네."

주인일까?

"혹시 아직 영업 하나요?"

고운의 조심스런 질문에 남자가 씩 웃으며 문을 활짝 열었다.

"그럼요. 얼른 들어오세요."

테이블이라 해봤자 고작 네 개. 그리고 카운터 겸 주방에 붙어 있는 미니바가 전부인, 일곱 평은 될까 싶을 정도로 아주 작은 찻집이었다. 주인 남자가 따뜻한 물 한 잔을 쟁반에 담아 내왔다.

"앉으세요. 차 뭐 드실래요?"

고운은 벽에 붙은 메뉴들을 하나씩 찬찬히 눈으로 읽었다.

다방커피를 비롯해 국화차, 매실차, 쌍화차 등 전통차도 제법 많았다. 그리고 개중 특이한 메뉴도 하나 있었다.

—특야참 (O9:OOpm~)

후루룩 맛있는 잔치국수 + 음료

그 아래 '국물 맛이 끝내줘요!'란 문구가 삐뚤빼뚤 적혀 있었다. 아마도 다녀간 손님들이 맛있다고 칭찬 글을 적어 놓은 모양이었다.

"우리 가게 처음이신 것 같은데, 맞죠?"

"예."

"하하, 제가 이래 봬도 한 번 본 사람들은 엄청 기억 잘 하거든요."

주인 남자의 넉살에 고운의 입가에도 옅은 미소가 그려졌다.

그러고 보니 아직 저녁도 먹기 전이었다.

"특야참 지금 주문해도 괜찮을까요?"

"당연하죠! 그게 우리 가게 일등 메뉴입니다!"

"그럼 그걸로 주세요."

"예, 특야참 하나. 얼른 맛있게 해서 대령해 드리겠습니다!"

큰 소리로 씩씩하게 대답을 하고서 주방으로 들어가는가 싶더니 주인 남자가 이내 다시 돌아와 고운에게 물었다.

"손님, 춥지 않으시면 창문 좀 열어도 될까요?"

"네. 괜찮아요."

고운에게 허락을 받고서 주인 남자가 고운의 옆에 위치한 창문을 밀었다. 유난히 가로가 긴 창문이 위로 들리더니 바깥으로 열렸다. 그러자 빗소리와 함께 한적한 3월의 밤 풍경이 눈앞에 고스란히 다가왔다. 열린 창문이 처마 역할을 해서 빗방울이 안으로 튈 염려도 없었다.

"……와."

저도 모르게 감탄사를 내뱉는 고운을 보며 주인이 활짝 웃었다.

"이 자리에서 보는 밤 풍경이 엄청 근사하거든요. 손님들도 다 좋아하시고요."

창밖에 시선을 못 떼며 고운도 고개를 끄덕였다.

"그럼 잠시만 기다려주세요! 금세 맛있는 국수 대령하겠습니다!"

주인이 주방으로 들어간 뒤, 고운은 그제야 카페 안을 둘러보았다. 일반 프렌차이즈 커피 전문점에 비해 반에 반도 안 되는 아주 작은 크기였지만 깔끔한 인테리어 덕분인지 답답한 느낌은 전혀 없었다. 오히려 아기자기하고 깔끔한 게 천편일률적인 커피 전문점들보다 훨씬 더 좋았다. 반대편 벽에는 고흐의 '별이 빛나는 밤에'가 걸려 있었는데 그 아래 붙어 있는 흰 A4용지가 문득 눈에 들어왔다.

─6개월간 임시 사장님 구함.

그리고 그 밑에 쓰여 있는 문구는 다음과 같았다.

─6개월간 "별이 빛나는 다방"을 맡아서 운영해 주실 분 찾습니다.

(가게 영업시간은 자유롭게 조정 가능, 가게 임대비 제외하고 그 외의 수입은 모두 임시 사장님의 것! 구미가 당기지 않습니까?)

지이잉.

고운은 테이블에 올려 둔 휴대전화를 집어 번호를 확인했다. 유정이었다. 무슨 말을 할지 뻔히 알 것 같아 저도 모르게 한숨이 나왔다.

〈이고운, 너 당분간 쉰다고 했다면서?〉

소문 참 빠르다. 그리고 유정 선배는 결코 둘러 말하는 법이 없이 스트레이트다. 다음 말도 알 것 같았다.

〈혹시 어디 심각하게 아픈 거야? 그런 건 아니지?〉

"네."

〈잘됐다, 그럼. 며칠 쉬었을 테니까 쉬는 거 그만 하고 나 좀 도와줘, 고운아.〉

역시나였다.

"죄송해요, 선배."

〈부탁 좀 할게, 이고운. 진짜 너 말고는 마땅한 사람이 없어서 그래.〉

이젠 익숙해질 때도 되었건만 누군가의 간절한 부탁을 거절하는 건 예나 지금이나 똑같이 힘들다.

"저, 누구 가르치는 데 재주 없는 거 아시잖아요."

〈괜찮아. 누군 처음부터 남 가르치며 태어났어? 게다가 넌 다른 애들보다 훨씬 더 빨리 적응할 거고. 우리 학원, 이번에 강남에 분

점 내는 거 너도 들었잖아. 동통대 준비반도 그렇고, 내가 정신이 하나도 없다. 정말 내가 믿고 맡길 사람이 필요해서 그래. 그러니까 이번 한 번만 좀 도와주라, 어?〉

얼마 전부터 내내 하던 똑같은 이야기였다. 이미 안 한다고 몇 번이나 거절했는데도 유정은 쉬이 포기가 안 되는 모양이었다. 고운은 새어나오는 한숨을 꿀꺽 삼키고서 벽을 힐끔 보았다.

—카페 경험 있으신 분 환영. 없으신 분도 대환영!

차와 음악, 그리고 사람을 좋아하시는 분들은 부디 도전해주십시오!

〈이고운. 어차피 당분간 별다른 계획 없을 거 아냐.〉

"그게…… 당분간 제가 다른 일을 맡아 하게 될 것 같아서……
좀 힘들 거 같아요."

〈지현이 말로는 너 통역 쉰다고 했다던데, 아냐? 혹시 벌써 다른 스케줄 잡혔니?〉

"통역 말고 다른 일이요."

전화를 받으면서도 고운의 시선은 계속해서 벽으로 향했다.

—망할까 봐, 말아먹을까 봐 겁먹지 않아도 됩니다. 무섭지 않아요.

그리고 까짓 망하면 어떻습니까! 고작 6개월인데!

아무 걱정 말고 일단 도전해 보세요!

6개월 후면 제가 돌아와 다시 불같이 일으킬 테니 겁먹지도 마세요!

하마터면 웃음이 나올 뻔했다. 고운이 웃음을 참기 위해 애쓰는데 유정이 전화기 너머에서 궁금한 듯 물었다.

〈다른 일? 뭔데?〉

"지금은 말하기 좀 그렇구요. 나중에요."

〈나 좀 서운해지려 그런다, 이고운.〉

"죄송해요, 선배."

전화기 너머에서 잠시 침묵하던 유정이 무거운 한숨 소리와 함께 대답했다.

〈알았어. 그래도 오늘 밤, 한 번 더 생각해 봐줄 순 있지?〉

선뜻 대답을 하지 않자 유정이 고운의 이름을 다시 한 번 불렀다. 하는 수 없다.

"네, 생각은 해볼게요. 그렇다고 너무 기대는 하지 마시구요."

〈됐어, 긍정적인 대답 기대할거다? 그럼 쉬어.〉

고운에게서 생각해본다는 대답을 듣고 나서야 유정은 전화를 끊었다. 짧게 한숨을 내쉬며 고운은 고개를 설레설레 흔들었다. 유정의 성격으로 보건대 아마 확실하게 다른 일을 한다고 말하기 전에는 쉽게 포기하지 않을 것이다. 어떻게 말해야 좋게 거절할 수 있을까. 고운은 창밖으로 시선을 돌렸다.

[2744님께서 '밖에 비가 오네요. 창밖으로 떨어지는 빗소리가 참 듣기 좋아요'라고 메시지를 보내 주셨는데요. 사실 전 오후부터 비가 온다기에 아까부터 계속 기다리고 있었거든요. 일기예보에 따르면 이 비가 그치고 난 뒤 날이 많이 따뜻해진다고 하네요. 봄소식을 알려주는

비라 더욱 반가운 비님이에요, 그쵸? 2744님께서 신청해주신 서영은의 '비오는 거리' 우리 함께 들어요.]

차창을 톡톡 두드리는 빗소리에 이어 라디오에서 흘러나오는 편안하고 나지막한 노랫소리가 듣기 좋게 어우러졌다. 조금 전, 유정의 전화로 살짝 복잡해지려 했던 기분은 언제 그랬냐는 듯 금세 좋아졌다. 그러고 보니 이렇게 라디오를 듣는 것도 오랜만이었다. 마음 편하게 아무 걱정 없이 쉬어본 게 얼마만일까. 손가락을 까닥거리며 노래를 듣다 고운은 휴대전화를 꺼냈다.

─[특종] 새신랑 손민건, 결혼 전 A모씨와 이미 2년간 사실혼 관계?
─손민건, 라디오 하차 수순? HBS 라디오국, 손민건 하차 논의 중!

인터넷이 온통 '손민건'이란 남자 연예인 이름으로 도배가 되어 있었다. 손민건은 방송에 별 관심 없는 고운이 알고 있을 정도로 꽤 유명한 가수이기도 했다. 인터넷 기사를 대충 훑어보는데 주방 쪽에서 소리가 났다. 이윽고 주인이 국수가 담긴 그릇을 들고 나왔다. 고운은 얼른 전화기를 내려놓았다.

"아이쿠, 오래 기다리셨습니다. 자아, 여기 후루룩 맛있는 국수가 나왔습니다."

딸그락.

두껍고 커다란 사기그릇이 고운의 앞에 놓였다. 맑은 국물에 하얄게 돌돌 말린 국수가 담겨 있었고, 그 위에 볶은 호박, 파, 빨간 실고추, 김가루가 맛깔스럽게 올려져 있었다. 주인 남자가 양념간장이 담긴 종지와 먹음직스럽게 익은 김치와 단무지도 옆에 놓아주었다.

"입맛에 맞게 양념간장을 올려 드시면 됩니다. 그럼 맛있게 드세요."

고운은 가볍게 눈인사를 건네고는 양념간장을 국수 위에 한 숟갈 덜어 놓았다. 고소한 참기름 냄새에 없던 식욕까지 생겨나는 것 같았다. 국물을 한 숟가락 떠먹은 고운의 입가에 만족스러운 미소가 그려졌다. 국수를 한 젓가락 후루룩 먹고는 빨간 김치도 함께 곁들여 먹었다.

정말 맛있다.

양도 야참으로 부담스럽지 않을 만큼 딱 적당했다. 국물까지 말끔하게 비우고 수저를 내려놓는데 주인 남자가 다가왔다.

"차는 뭘로 드시겠어요?"

"혹시 쌍화차도 되나요?"

"아, 그럼요! 되죠. 잠시만 기다리세요."

주인 남자가 빈 그릇을 가지고 주방으로 들어갔다가 잠시 후 쌍화차를 들고 다시 나왔다. 쌉싸래한 쌍화차 향이 너무 좋았다. 한 모금 마시자 한약처럼 진한 맛이 입안에 가득 퍼졌다.

"되게 맛있네요, 쌍화차."

"하하, 그렇죠? 쌍화차 쓰다고 좋아하는 분 잘 없는데, 이렇게 알아주시는 분이 계시니 엄청 보람됩니다! 바로 제 비장의 무기

중 하나거든요."

노래를 들으며 쌍화차를 마시자 꼭 옛날, 통영에 있던 진숙의 다방에 다시 돌아온 것만 같았다. 찻잔을 내려놓으며 고개를 드는데 문득 벽에 붙은 구인 광고가 보였다.

—6개월간 임시 사장님을 모십니다!

턱을 괸 채 한참 동안 구인 광고를 바라보다 고운이 주인을 불렀다.

"사장님. 저기, 벽에 붙어 있는 내용이요."

"아, 네."

주인이 웃는 얼굴로 다가왔다.

"정말 아무나 할 수 있는 거예요? 아무 경험 없어도요?"

주인이 마치 격려하듯이 싱긋 웃으며 대답했다.

"그럼요. 아무나 할 수 있죠."

"그럼……."

잠시 망설이다 고운은 용기 내어 다음 말을 꺼냈다.

"제가 한번 해봐도 될까요?"

둘.
첫사랑을 조우할 때는

─HBS 라디오국, 스탠바이미 PD 사칭 결국 법적 대응키로!

고PD@standbyme_cutygo 3월 10일
국장님께 호출당해 갔다 왔다. 결국 어쩔 수 없이 하차 결정. 간절하게
사정했지만 내 힘만으로는 막아줄 수가 없었다. 아무 것도 모르는 사람들
은 입방아들을 찧어 대지만 1년 반을 그와 함께 해온 나는 안다. 지금, 그
가 억울해 피눈물을 흘리고 있다는 걸.

고PD@standbyme_cutygo 3월 10일
민건일 괴롭히고 있는 A모씨. 당신이 flower snake인 걸 알고 있어.
지금이라도 고소 취하하고 부끄러운 줄 알고 조용히 입 닥치고 살지 그

래. 민건인 절대 그럴 남자가 아냐. 그는 여자를 꽃처럼 아끼고 사랑해 주는 세상에 단 하나밖에 없는 완벽하게 멋진 남자란 말이야. 같은 여자로서 네가 정말 수치스럽고 부끄럽다.

건♡프린세스@gunyloverprincess 3월 10일

사랑해, 민건아. 3만의 거니러브는 언제까지나 널 사랑하며 응원하고 있어. 설사 내일 당장 지구가 망한대도 널 사랑하는 이 마음을 멈출 수는 없을 거야. 넌 우리들 마음속에서 영원히 무죄야.

〈위는 스탠바이미 고재희 프로듀서를 사칭한 것으로 알려진 SNS 글이며 가장 아래의 것은 손민건 팬클럽 '거니러브'의 운영자인 '거니러버 프린세스' 계정의 SNS 글이다. 두 글 모두 현재는 삭제되었다.〉

HBS 라디오국이 스탠바이미 프로듀서 사칭과 관련, 이에 대해 법적으로 강력 대응하겠다고 밝혔다.

HBS 라디오 '스탠바이미' 제작진은 공식 홈페이지를 통해 '현재 스탠바이미를 담당하고 있는 고재희 프로듀서는 SNS를 통해 손민건을 옹호한 사실이 없으며 스탠바이미 프로그램 관계자 중 어느 누구도 그런 글을 올린 적이 없다.'고 공식 입장을 발표했다. 무엇보다 사칭 SNS에서는 스스로 '같은 여자'라고 밝혔지만 고재희 프로듀서는 분명히 남자임을 강조했다. 아울러 HBS 라디오국은 프로그램 관계자를 사칭해 프로그램에 피해와 혼란을 준 이를 찾아 방송국 차원에서 빠른 시일 내 엄중한 법적 조치를 취할 예정이라고 밝혔다.

누리꾼들은 작성자가 아마도 고재희 프로듀서의 이름 때문에 여자라고 짐작해 이와 같은 글을 올린 것으로 보고 '같은 여자'라는 단어에 근거해 작성자가 여자일 것으로 추측했다. 아울러 그 글을 가장 먼저 퍼간 이가 손민건 팬클럽 회장인 것으로 보아 작성자는 손민건 팬클럽 회원 중 하나일 것이며 이는 미리 서로 계획해 저지른 일이 아니냐는 주장까지 나오고 있다.

손민건 측에서는 가뜩이나 힘든 상황에서 또 하나의 악재가 겹쳤다며 안타까운 심정을 전했다. 하지만 이번 일은 손민건 측과 전혀 상관없이 이루어진 일이며 그 역시 이번 사건의 피해자임을 재차 강조했다.

이번 사칭 사건을 지켜본 누리꾼들은 '손민건, 스탠바이미에 똥 한번 거하게 싸질러 놓고 가는구나', '사칭하는 인간 꼭 잡혀서 제대로 처벌받기를', '스탠바이미는 무슨 죄. 불쌍하다' 등의 반응을 보이고 있다.

한편 손민건은 배우자가 아닌 A씨와 2년간 사실혼 관계에 있었다는 사실이 알려진 후, HBS 라디오 〈스탠바이미〉에서 하차했으며, 방송사 측에서는 현재 새로운 DJ를 찾기 위해 고심 중인 것으로 알려졌다.

마우스에서 손을 떼며 연주가 남 작가를 보았다.

"일단은 대충 마무리 된 것 같은데요? 홈피 자게판 글들도 거의 다 자진 삭제되었고 지금은 억울했겠다고 오히려 위로하는 글들이 대다수고요. 뭐, 아직도 의문을 표하는 탐정놀이 하는 인간들이 몇몇 있긴 하지만 점차 사그라지고 있는 추세니까 더는 신경 안 써도 될 듯해요."

"그래? 다행이네, 그건. 하여간에 손민건 이 자식. 저런 말도 안 되는 SNS 떴을 때부터 고PD 사칭이라 밝혔으면 될 걸, 자긴 아무 것도 모르는 척 뒤로 빠지는 바람에 일 더 커진 거 아냐."

"그러니까요. 혹시 팬클럽이랑 서로 짜고 저런 거 아니에요?"

"그럼 진짜 완전 미친놈이고. 하긴 아직도 방송 하겠다고 저 난 리 치는 걸 보면 미치긴 미쳤지. 제정신이 아냐."

연주와 남 작가가 한참 심각한 얼굴로 이런저런 얘기를 주고받 는데 문득 옆에서 웃음소리가 터졌다. 노트북 모니터를 열심히 들 여다보던 순태였다.

"근데 볼수록 대박이다. 도대체 팬심이 얼마쯤 충만해지면 이 런 오글거리는 소리를 아무렇지 않게 쓸 수 있는 거야? 플라워스 네이크?"

말을 하다 말고 순태가 파안대소를 했다.

"그만해. 뭐 좋은 일이라고."

연주가 말리는데도 순태는 웃음을 멈추지 않았다.

"아니, 해도 해도 너무 웃기잖아. 이것 봐. 히트는 요거야, 요 거. 아이디 큐티고."

순태의 말에 남 작가와 연주도 풉, 웃고 말았다. 주변에서 웃음 이 새어 나오자 순태의 목소리가 더욱 신이 났다.

"푸하하하. 야, 저게 말이 되냐? 고지라, 아니 고지랄이면 몰라 도. 안 그래? 큐티고는 무슨."

순태가 호탕하게 웃어대며 양쪽 볼에 주먹을 쥐고 앙증맞은 동 작을 취했다. 한데 웃음이 터지기는커녕 오히려 분위기가 싸해졌 다.

"아, 왜? 안 웃겨? 뿌잉뿌잉! 큐티고 고재희PD라니까요!"

그때였다. 저벅저벅. 뒤에서 발소리가 들려왔다. 껄껄 웃어대던 순태가 무심결에 뒤를 돌아보다 히익, 숨을 들이켰다. 재희였다. 순태가 후다닥 일어섰다.

"재밌어, 홍순태?"

나직이 날아온 재희의 한마디에 순태는 눈을 질끈 감았다.

"죄송합니다."

순태가 고개를 숙이며 사과하는 동안, 재희는 무표정한 얼굴로 의자를 꺼내 자리에 앉았다. 차마 눈도 못 마주치고 바닥을 보던 순태가 시선을 연주에게로 돌리며 기어들어 가는 소리로 중얼거렸다.

"내가 보기에도 저건 딱 팬클럽 짓이네, 팬클럽 짓. 제정신들이 아닌 거지. 큐티고는 무슨 놈의 얼어 죽을."

연주가 순태를 툭 치며 조용하라고 눈치를 주었고, 당황해서 정신없이 주절거리던 순태는 고개를 끄덕이며 입을 꾹 다물었다.

"홍순태. 너, 안 바빠?"

"예? 아, 예. 강진이 녀석 일본 가서 오늘, 내일은 녹방이거든요."

순태가 고개를 꾸벅 숙이며 하는 소리에 재희는 시선만 한 번 힐끔 줄 뿐, 이내 다이어리를 펴고 펜을 꺼냈다.

"고PD, 노경민은 안 될 것 같아. 이번에 차은희 작가 드라마 들어간다 하더라고."

남 작가의 말이 끝나기가 무섭게 순태가 '이야!' 하며 끼어들었다.

"차은희 작가 드라마 한 남자 배우들은 완전 다 떴잖아요. 노경민 완전 팽잡았네?"

"그러니까. 걔야 아이돌에서 배우로 확실하게 자리매김할 수도 있는 기회잖아. 그래서 죽어도 포기 못하겠대."

"당연하지! 나라도⋯⋯."

순태가 신이 나 맞장구를 치던 그때였다. 문이 쾅 열리며 막내 작가 세미가 우당탕 뛰어 들어왔다.

"아이씨, 애 떨어질 뻔했네! 야, 인마! 너 조용히 못 다녀?"

재희도, 남 작가도, 연주도 아닌 순태가 화를 버럭 내자 세미가 입을 비죽였다.

"홍PD님은 왜 아무 상관도 없는 남의 프로에 와서 그러세요."

"야, 우리 와이프가 여기 작간데 내가 왜 남이야."

순태와 세미가 티격태격하는 동안에, 연주가 전화를 들고서 재희를 불렀다.

"노경민 안 되면, 문현수 쪽에 다시 물어볼까요?"

"문현수요? 안 돼요! 화장실에서 이거 보고 깜짝 놀라 달려왔다구요!"

세미가 후다닥 달려들어 연주의 손에서 전화기를 뺐더니 제 휴대전화를 내밀었다.

"뭔데 그래?"

연주가 안경을 추슬러 올리며 세미의 휴대전화를 보았다.

"속보, 문현수, 음주⋯⋯."

연주가 화들짝 놀라 재희를 보았다.

"문현수, 음주운전 했다는데요?"

테이블에 빙 둘러앉아 있던 사람들의 시선이 모두 재희에게로 향했다. 어쩌지? 모두들 하나같이 근심 가득한 얼굴이었다. 딱 한 사람만 빼고서.

"문현수고 노경민이고."

턱을 괸 채 무표정한 얼굴로 재희가 명단에 있는 이름을 펜으로 쭉 지웠다. 영락없는 고지라 모드다.

"후보에 뒀던 다른 사람들 전부 다 지우도록 하죠. 다 필요 없습니다."

모두가 의아한 얼굴로 재희를 보았다.

"그럼······."

"조금 전에 국장님께 들었는데 NBS에서는 이번 개편을 맞아 강유진을 데리고 온다고 하네요."

"강유진? 키블리의 강유진 말하는 거야?"

모두의 입이 떡 벌어졌다. 요즘 가장 인기 있는 여자 아이돌 그룹의 멤버인 그녀를 DJ로 앉히는 이유는 10대, 20대, 30대 청취율을 무조건 잡고 가겠다는 소리였다. 가뜩이나 손민건 사건 때문에 청취율이 떨어질 대로 떨어진 스탠바이미에게 이보다 최악의 소식은 없었다.

"아니, 한창 바쁠 텐데 라디오 할 시간이 난대? 드라마에 CF까지 정신없는 것 같던데."

"알아서 하겠죠. 우리가 걱정해 줄 일은 아니고."

재희가 두 손을 깍지 끼며 사람들을 둘러보았다.

"그래서 국장님께서 우리도 특별히 신경 써서 새로운 DJ 데리고 왔으면 하시더라구요. 이번이 전화위복의 기회가 되었으면 한다는 말씀과 함께. 저도 국장님 생각에 백 프로 동의합니다. 떨어진 청취율, 이번 기회에 다시 무조건 가져오는 걸로 하죠."

손민건 사건이 터진 후, 처음으로 재희의 표정에 엷은 미소가 배어났다. 조금 전, 그다지 좋지도 않은 소식을 전한 사람답지 않은 얼굴이었다.

"그럼 고PD는 혹시 생각한 사람 있어?"

재희와 오랫동안 함께 호흡해 온 남 작가였다. 재희의 표정에서 무언가를 읽은 그녀가 조심스레 운을 떠보았다. 재희가 평온한 미소를 지으며 입을 열었다.

"한남훈."

재희의 입에서 나온 이름 석 자에 순간 회의실 안이 조용해졌다. 찬물이라도 뒤집어쓴 듯 모두의 얼굴에서 웃음기가 싹 가셨다.

"호, 혹시 고PD가 말한 한남훈이…… 내가 아는 그 한남훈 맞아? '우리가 사랑했던 이유'에 나온…… 그 배우 한남훈?"

남 작가가 묻는 말에 재희는 짧게 고개를 끄덕였다.

"맞습니다. 그 한남훈."

"……."

"저쪽이 강유진을 데리고 오든 누굴 데리고 오든 상관없습니다. 우린 무조건 한남훈으로 가도록 하죠."

재희가 노트를 덮으며 조용히, 그리고 단호하게 말했다.

"일단 삼 일 드릴 테니까 각자 할 수 있는 모든 방법을 총동원해서 한남훈, 이리로 데려오도록 해보죠."

연주가 분위기를 살피며 조심스레 입을 열었다.

"아무래도 한남훈 쪽에서는 별로 안 내켜 하는 것 같던데요."

"영화 촬영은?"

"지난주에 끝났다고는 하는데……."

잠시 정적이 이어지자 남 작가가 끼어들었다.

"고PD, 나도 해주기만 하면 한남훈이 제일 좋을 것 같긴 한데…… 근데 어디 하려고 하겠어?"

무표정한 얼굴로 곰곰이 생각에 잠겨 있던 재희가 고개를 들어 남 작가를 보았다.

"아니, 충무로도 그렇고 여의도도 그렇고 다들 못 잡아서 안달 난 게 한남훈인데. 이 잘나가는 시기에 뭐한다고 라디오를 하려고 하겠어. 더군다나 한남훈은 이미지 깎인다고 예능도 잘 안 하잖아. 그러지 말고 우리, 그냥 은현아로 하는 게 어때? 자기도 지난번 개편 때 '월드뮤직' 나가고 난 뒤, 다시 하고 싶어 하는 것 같던데. 그래도 은현아, 실력 하난 끝내주잖아. 국장님께 잘 말씀드리면……."

책상을 톡톡 두드리다 재희가 한숨을 내쉬며 고개를 저었다.

"너무 식상해요. 다른 프로그램과 차별도 안 되고."

"그렇긴 하지만 안정적이기도 하잖아요. 일단은 지금 상황이 너무 급하니까 스케줄 되는 사람들 중에서 그나마 제일 나은 사람으로 하는 게 낫지 않을까요? 남 선배 말대로 은현아 정도면 나쁘진 않은 것 같은데."

연주도 남 작가 의견에 동의했다.

"이번 새 DJ로 가을 개편 때까지는 끌고 가야 해. 한두 달 하고 또 다시 바꾸는 게 더 안 좋아."

잠시 침묵이 흘렀다. 남 작가가 흐음, 턱을 괸 채 펜을 이리저리 흔들었다.

"그건 그렇지. 사실 고PD 말처럼 일단 되기만 되면 한남훈이 제일 좋은 카드이긴 하지만 어디 그게 우리 뜻대로 되어야 말이지."

"다시 전화 한번 해 볼게요. 혹시 또 모르니까."

연주가 수화기를 들었다. 마치 한남훈이 거기 있기라도 한 듯 모두의 시선이 연주가 든 전화기로 향했다.

"안녕하세요. 어제 전화 드렸던 HBS 라디오 스탠바이미 작가 황연주라고 합니다. 혹시 한남훈 씨랑 이야긴 좀 해보셨나 해서요. 아시겠지만 저희가 시간 여유를 많이 드릴 수가 없는 상황이거든요."

지이이잉. 지이이이잉.

테이블에 올려 둔 휴대전화 하나가 반짝거리며 요란스럽게 진동했다. 재희가 얼른 휴대전화를 집어 들고 밖으로 나갔다.

"네."

〈너, 어디냐?〉

대뜸 어디냐고 묻는 사람은 딱 한 사람, 아버지 고 감독밖에 없었다.

"방송국이죠, 어디긴 어디에요."

심기가 불편하니 말도 따라 불편하게 나온다. 한데 전화 너머라 그런지 고 감독은 그런 불편한 아들의 심기가 전혀 느껴지지 않은 모양이었다.

〈너 이따 시간 나면 할머니 집에 좀 다녀와야겠다.〉

갑자기 거긴 또 왜 가란 걸까. 묻기도 전에 성격 급한 고 감독이 얼른 말을 이었다.

〈아, 할머니 집에 새로 들어온 아가씨, 아니 입주자 있지? 부동산 김씨한테 연락 받았는데 글쎄 그 아가씨가 그 동네에 찻집을 개업했다지 뭐냐. 그러니 네가 거기 화분이라도 하나 좀 가져다주고 와라.〉

개막을 앞두고 시범경기니 훈련이니 한창 정신없을 양반이 무슨 일로 전화를 다 했나 싶었는데 걱정했던 것과 다르게 별일이 아니었다. 재희는 한숨을 삼키며 휴대전화 녹음버튼을 눌렀다.

"일이 바빠서 제가 직접 가긴 그렇고 꽃집에 배달 주문할게요. 주소 불러 주세요."

〈이놈의 자식이, 누군 꽃집에 주문할 줄 몰라서 전화했냐?〉

"그럼 은형이나 재영이 시키던가요."

〈은형인 결혼하고 만날 바쁘다 그리고 재영이야 병원 일 때문에 정신없이 바쁠 테고.〉

"저도 정말 바빠요. 아니, 우리 집에서 찻집을 개업한 것도 아닌데 그런 것까지 직접 챙길 이유는 없잖아요."

〈이놈아, 일단 우리 집에서 세 들어 사는 사람 아냐. 모르면 모를까. 그래도 아는데 어떻게 그래? 잔말 말고 오늘 당장 가. 그리고 가서 툴툴거리지 말고 최대한 싹싹하고 다정하게 굴어. 알았어? 아무튼 주소는 문자로 지금 보내마.〉

재희가 무슨 말을 할 새라 그 말을 끝으로 전화는 뚝 끊겼다.

"……미치겠네."

재희는 무거운 한숨을 지으며 벽에 머리를 기댔다. 가뜩이나 머리가 아파 죽겠는데 난데없이 꽃 배달을 하라니. 억지도 이런 억지가 없다.

지이잉.

짧은 진동과 함께 손에 쥐고 있던 휴대전화 액정이 환해졌다.

─거길 가든가, 아님 나하고 두 시간 동안 네놈 결혼에 대해 심도 있게 토킹어바웃을 하든가. 난 후자도 아주 기꺼운 마음으로 받아들일 수 있다.

또다, 또. 기승전결혼.

이야기를 하다 차라리 다각도의 삼천포로 빠지는 건 이해할 수 있을 것 같았다. 하지만 그 삼천포가 하필이면 딱 한 군데, 결혼이란 게 문제였다. 요즈음은 고 감독과 무슨 말만 하면 항상 결론은 재희의 결혼으로 마무리 지어지곤 했다. 이번에도 마찬가지였다. 미간부터 찌푸린 재희는 다시 통화버튼을 눌렀다.

"도대체 거기 가는 거랑 제 결혼이랑 무슨 상관이 있……."

〈바쁘다. 끊자.〉

그 한마디를 끝으로 전화는 뚝 끊겼다.

어이없다는 듯 전화를 내려다보다 재희는 한숨을 내쉬며 이마를 짚었다. 분명 고 감독 성격에 그곳에 전화를 해 볼 것이고, 만약 가지 않았다는 걸 알게 되는 날에는 두 시간, 아니 어쩌면 세 시간이 넘도록 그놈의 '결혼'에 대해 고 감독과 '토킹어바웃'을 해야 할지도 몰랐다. 안 당해본 사람은 모르겠지만 그건 정말 무섭도록 끔찍한 일이었다. 생각만으로도 몸서리가 쳐진다고나 할까.

재희는 잔뜩 인상을 쓴 채 검지로 뻑뻑한 눈가를 문지르다 시계를 보았다. 오늘은 녹음 방송이 나갈 예정이니 고맙게도 한두 시간 정도는 어찌어찌 뺄 수 있을 것 같긴 했다. 젠장. 할머니 집에 들어왔다는 그 입주자는 하필이면 이렇게 정신없을 때 개업을 하는 건 또 뭐란 말인가. 재희는 말도 안 되는 트집을 잡으며 벽에서 몸을 떼고 회의실 문을 벌컥 열었다.

"그럼 꼭 좀 부탁드리겠습니다."

연주가 전화를 끊고서 재희를 보았다. 표정을 보아하니 이번에도 역시 이야기가 흡족하게 마무리 지어지진 않은 모양이었다.

"한남훈, 소속사에도 연락하지 말라 그러고는 잠수 탔대요. 대놓고 거절은 안하지만 소속사에서 연락 못 하게 둘러대는 것 같아요. 본인 연락처도 안 가르쳐 주는 걸 보면."

"일단 본인 의사가 제일 중요한 거니까 우선 만나서 이야기해 보자고. 어떻게든 한남훈 본인 연락처부터 수배해. 그게 안 되면 집 주소, 잘 가는 곳까지 전부 다 확보하고."

"잘 가는 곳이라면."

"밥은 먹고 살 거 아냐. 잘 가는 식당이라든가 아니면 술집이라든가. 한남훈 만날 수 있는 곳이라면 어디든지 상관없어."

흐음, 어떻게 하는 게 좋을지 모두들 생각에 잠겨 있던 그때, 세미가 휴대전화를 들고 벌떡 일어났다.

"저 방금 문자 왔는데요. 제가 아카데미 다닐 때 친했던 언니 사촌의 친구의 동생 친구가 지금 한남훈네 소속사 배우 매니저래요. 혹시 한남훈 연락처 알지 않을까요?"

"친했던 언니 사촌의 친구의 동생 친구?"

남 작가가 콧잔등을 찡그리며 조금 전 세미가 했던 말을 따라 읊었다.

"그게 사돈의 팔촌보다 가까운 거야, 먼 거야?"

모두들 대답은 않고 긴가민가하는 얼굴로 서로를 쳐다만 볼 때였다.

"사돈의 팔촌보다 가깝든 멀든 어쨌거나 생판 남남인 것보다야 낫겠지. 혹시 모르니 지금 바로 연락해 봐."

재희의 말에 세미가 '네!' 하며 휴대전화를 집어 들었다. 남 작가와 연주도 마찬가지였다. 작은 회의실 안이 바쁘게 움직이기 시작했다.

"그리고 난 일이 생겨서 한 시간 정도 나갔다 와야 할 것 같으니까 무슨 일 있으면 바로 전화하고."

재희는 노트와 원고를 챙기고는 회의실을 나섰다. 어차피 해야 할 일이라면 한시라도 빨리 해치우고 오는 편이 나았다.

—별이 빛나는 다방.

재희는 고 감독에게서 온 문자를 다시 확인했다. 간판 이름을 보니 제대로 온 듯했다.

주의해서 보지 않으면 그냥 지나칠 만큼 아주 작은 가게였다. 날렵하게 하늘로 새치름하게 뻗은 기와지붕이 제일 먼저 눈에 들어왔다. 그리고 그 아래 커다란 유리창과 나무 무늬가 그대로 살아 있는 문이 보였다. 고 감독의 말을 들었을 때만 해도 아주 시끌벅적하게 개업식이라도 한 줄 알았는데 가게 밖은 물론이고 안에도 손님이라곤 보이지 않고 조용해 보였다. 재희는 짜증스런 마음을 애써 떨치며 화분을 들고 가게 안으로 들어갔다.

딸랑.

사람은 보이지 않고 대신 맑은 풍경 소리가 그를 반겼다. 화분을 바닥에 내려놓고 가게 안을 휘둘러보았다. 일고여덟 평쯤 될까? 테이블 네 개가 고작인 작은 가게 안은 아기자기하게 꾸며져 있었다.

지이잉. 지이잉.

재희는 휴대전화를 꺼내 발신인을 확인했다. 현석이었다. 내키지 않은 걸음이라 오는 내내 딱딱하게 굳어 있던 재희의 표정이 비로소 풀어졌다. 재희는 전화를 받으며 자연스레 창가 쪽으로 몸을 돌렸다.

"어. 이 시간에 웬일이야?"

가게 안에서 흘러나오는 노래 소리에 재희는 휴대전화의 볼륨을 제일 크게 높였다.

"오늘? 왜, 무슨 일인데. 술 마실 기분이 아니라 그래."

이야기를 나누는데 등 뒤에서 인기척이 느껴졌다. 이어 타박타박 편안한 발소리가 들려왔다. 유리창에 누군가의 모습이 비쳤다. 창밖을 향해 있던 재희의 시선이 무의식적으로 소리가 나는 곳으로 움직였다

산뜻한 민트색 스니커즈에 옅은 하늘빛 스키니진, 허벅지 중간까지 내려온 품이 넉넉한 아이보리색 니트 티, 그리고 하얀 얼굴. 한 쌍의 맑은 밤색 눈동자가 그를 빤히 보고 있었다. 다홍빛 입술이 살짝 벌어진 걸 보아하니 꽤 놀란 모양이다. 재희 역시 갑작스런 여자의 등장에 놀라긴 마찬가지였다.

혹시 고 감독이 말한 그 세입자일까. 한데 문득 이상한 기분이 들었다. 분명 초면인데도 불구하고 마주 선 여자를 어디선가 본 것만 같았다.

〈어떻게든 시간 내라고. 오늘은 무조건 한잔 해야 돼. 어?〉

귓가에서 들려오는 현석의 말에 대답하는 것도 잊은 채 재희는 여자를 빤히 보았다.

동그랗던 눈매가 순간 가느스름해지며 여자가 고개를 살짝 왼쪽으로 기울였다. 재희의 눈매도 따라 가느스름해졌다. 여자는 곰곰이 무언가를 떠올리는 중이었다. 그리고 재희 역시 마찬가지였다.

〈야, 내 말 듣고 있어?〉

머릿속에서 오래전 기억이 불쑥 치고 올라왔다. 재희의 눈썹이 더욱 비딱해졌다. 맞은편에 선 여자도 재희와 비슷한 듯 했지만 자신의 기억을 확신하지 못하고 살짝 망설이는 것처럼 보였다.

"혹시……."

여자가 조심스레 말을 꺼내던 그 때였다. 마침 흘러나오던 노래가 딱 끝이 나고, 그 순간을 기다렸다는 듯 현석의 목소리가 전화기 너머로 크게 터져 나왔다.

〈야, 고재희!〉

재희를 마주보고 서 있던 여자가 '아!' 하고 짧은 감탄사를 뱉었다. 긴가민가하던 의심이 단번에 싹 걷히고, 여자의 얼굴에는 반가움이 왈칵 밀려들었다.

"재희…… 선배?"

맞다.

오래된 기억 속, 열일곱 살 단발머리 여자애.

재희는 차마 믿기지 않는다는 듯 혼잣말을 중얼거렸다.

"……이고운?"

고운의 웃음소리가 맑게 퍼졌다.

"진짜 사장은 아니구요. 그냥 육 개월 동안만 맡아 주기로 한 거예요. 이를 테면 임시 사장."

초콜릿색의 구불구불한 머리카락이 느슨하게 묶여 어깨 근처에서 부드럽게 미끄러지듯 찰랑거렸다. 내리깐 두 눈 끝에 부채처럼 드리워진 속눈썹은 아찔할 정도로 길고도 짙다.

"드세요, 선배."

고운이 재희의 앞에 찻잔을 놓아 주었다. 산뜻한 재스민 향이 코끝을 자극했다. 고운의 말소리에 재희는 퍼뜩 정신을 차렸다.

"아깐 정말 너무 놀라서. 긴가민가했는데 혹시나 아니면 어쩌나, 싶었거든요."

"……그러게."

마찬가지였다. 어떻게 놀라지 않을 수가 있으랴.

"그나저나 그 집이 선배 할머니 집인 줄은 정말 꿈에도 생각 못했어요."

고운이 재희의 맞은편 자리에 앉으며 웃었다.

"그러니까."

재희는 어색한 미소를 지으며 가게 한편에 놓아둔 나무를 보았다. 1m쯤 되는 나무 위에 촌스러운 분홍색 리본이 길게 늘어져 있었다.

—축 개업, 대박나세요!

꽃집 주인이 문구를 어떻게 적을 거냐 묻기에 바쁜 마음에 대충 알아서 적어 달라고 했던, 불과 삼십 분 전에 자신이 한 말을 재희는 아주 많이 후회했다. 하다못해 '대충'이라는 말만이라도 뺐으면 저것보다는 나았을까. 힐끔 앞을 보니 아니나 다를까, 고운의 시선도 재희와 같은 곳에 머물고 있었다. 그나마 다행인 건 입꼬리가 살짝 올라가 있다는 것이다. 기분이 썩 나빠 보이지는 않았다.

"다른 걸로 하려고 했는데 주인이 개업 집에는 저 문구가 제일 좋다고 굳이 우겨서, 할 수 없이."

흐음. 묘한 미소를 지으며 고운이 재희를 돌아보았다.

설마. 그런 말을 했을 리가.

고약하게도 때론 말보다 눈빛이 더욱 정확한 의미를 전달할 때가 있는 법이다.

아마도 너무 '대충'인 변명이었나 보다. 재희는 또다시 후회했다. 큼, 헛기침을 하고서 얼른 말을 돌렸다.

"해피트리래, 저 나무 이름이."

고운이 꽤 오랫동안 나무를 들여다보다 재희에게 밝게 인사를 건넸다.

"고마워요, 선배. 나무가 되게 예뻐요. 잘 키워 볼게요."

재희는 작게 고개를 끄덕이는 걸로 대답을 대신했다. 그 바람에 침묵이 두 사람 사이에 어색하게 끼어들었다. 괜스레 차를 한 모금 마시고서 재희는 고운을 보았다.

"여기 사장이랑은 어떻게 아는 사이야?"

"그냥 주인과 손님 관계?"

생각지도 못한 대답에 재희는 잠시 말문이 막혔다. 그런 재희의 반응을 예상이라도 한 듯 고운이 웃었다.

"여기 사장님이 일이 있어서 육 개월간 가게를 비우게 됐거든요. 원래대로라면 친구분이 대신 맡아 주기로 했는데 갑자기 사정이 생겼대요. 그래서 혹시나 하고 임시 사장 구인 광고를 냈는데 그거 보고 제가 제일 먼저 손 든 거예요. 신기하죠?"

고운이 웃으며 하는 소리에 재희도 피식, 웃음이 새어 나오고 말았다. 황당하면서도 한편으론 고운의 말처럼 신기한 일이기도 했다.

"그럼 육 개월이 지난 후에 원래 사장이 오면 넌 다시 손님으로 돌아가는 건가?"

"아마도 그렇겠죠?"

고운이 천연덕스럽게 미소 지으며 어깨를 으쓱였다.

그럼 그 후에 넌 뭘 하는데?

아니, 그전에는 뭘 했을까. 십여 년의 오랜 시간이 지나는 동안 넌 무슨 공부를 하고, 어떤 시간을 보내고, 어떤 사람들을 만났을까.

아무렇지 않게 묻기에는, 강산이 한 번 변하고도 남았을 그 긴 시간이 재희의 입술을 꽉 붙들었다. 하지만 고맙게도 그런 재희의 마음을 알아차리기라도 한 건지 고운이 먼저 말을 꺼냈다.

"저, 원랜 통번역 해요."

"통번역?"

"네. 나중에 혹시 통번역 할 일 생기면 저한테 일거리 던져 주세요. 감사히 받을게요. 저, 이래봬도 꽤 실력 있어요."

웃음기가 자연스레 묻어난, 가볍고 경쾌한 말투였다. 가끔 오래 전, 열일곱 살의 그 아이가 떠오를 때가 있었다. 그럴 때면 주제넘게 그 아이를 걱정하곤 했었다. 혹시라도 감당하기 힘든 슬픔에 그 아이의 작은 두 어깨가 짓눌리지는 않을지, 그래서 그 맑은 웃음을 잃어버리지는 않았는지. 한데 다행스럽게도 외려 그때보다 훨씬 더 잘 웃게 된 것 같았다. 또다시 주제넘게 재희도 한결 홀가분해졌고 비로소 조금은 편하게 물을 수가 있었다.

"영어?"

"중국어요."

고운이 두 손으로 찻잔을 들었다. 후, 입술을 오므리고 나직이 바람을 불더니 한 모금 홀짝였다. 그 모습을 물끄러미 바라보다 재희는 자신의 앞에 놓인 찻잔을 슬며시 만져 보았다. 손끝이 금세 따끈해졌다. 또다시 침묵이 찾아왔고 작은 카페 안에는 오로지 여가수의 나른한 노랫소리만 가득했다. 하지만 조금 전처럼 어색하진 않았다. 오히려 편안한 기분이 들었다.

"그럼 서울에는……."

"선배는……."

둘이서 동시에 말을 하고서 똑같이 웃음이 터졌다.

"먼저 말해."

"아니에요, 선배 먼저 하세요."

"괜찮아. 너 먼저 해."

한두 번쯤 실랑이를 하다 고운이 하는 수 없다는 듯 핏 웃었다.

"그럼 제가 먼저 할게요."

흠, 작게 심호흡까지 하는 모습에 재희는 저도 모르게 긴장했다. 찻잔을 향해 있던 고운의 시선이 재희에게로 다가왔다.

"옛날에요. 선배, 왜 연락……."

그때였다. '딸랑' 풍경 소리와 함께 손님들이 우당탕 들어왔다. 아니, 밀어닥쳤다는 말이 딱 맞았다. 여섯 명의 젊은 여자들이었는데 한눈에 보기에도 관광객들이었다. 순식간에 머리 위로 쏟아지는 시끄러운 외국어에 재희는 귀가 멍멍해질 지경이었다.

"선배, 잠깐만요."

고운도 조금 당황스러운지 재희에게 양해를 구하고서 서둘러 자리에서 일어났다. 통역 일을 한다더니 고운은 능숙하게 웃는 얼굴로 손님들을 응대했다. 카운터에 들어간 고운이 손님 한 명씩 눈을 맞추며 무언가를 물었고 손님들은 말이 통하는 주인을 만난 게 다행스러운지 이런저런 이야기를 한참씩 쏟아냈다.

지이잉.

고운에게 향해 있던 시선을 거두고 재희는 테이블 위에 올려둔 자신의 휴대전화를 보았다. 연주였다.

―선배, 언제 들어오세요? 국장님이 찾으세요.

재희는 찻잔을 말끔히 비우고 휴대전화를 챙겨 일어났다.

그래도 인사라도 해야지 싶었는데 고운은 주문을 받느라 정신이 없어 보였다. 재희는 품에서 수첩을 꺼내 그중 한 장을 쭉 찢었다. 그리고 만년필을 꺼내 뚜껑을 열어 짧은 메모 한 장만 남기고서 곧장 그곳을 나왔다. 차로 걸어가다 재희는 문득 자리에 멈춰서서 뒤를 돌아보았다.

늦은 오후, 발간 봄 햇살이 참으로 좋은 때였다. 투명한 유리창 너머에서 그 아이는 손님들을 향해 환하게 웃고 있었다. 길고 힘들었을 시간을 무사히 이겨 내고 열일곱의 단발머리 소녀는 어느새 어른이 되어 있었다.

―방송국 들어가 봐야 해서. 차 잘 마셨다.

뾰족하고 가는 펜으로 쓴 글씨는 본인과 참 많이도 닮아 있었다. 언젠가 어느 책에서 그런 글귀를 본 적이 있었다. 필체는 그 사람의 인격을 담고 있노라고. 그래서 사람 따라 필체도 달라진다고. 그 말에 따르면 고재희라는 사람은 참 깔끔하고도 명쾌하고 거침없으며, 아주 많이 단정한 이였다. 학창시절과 똑같이.

고운은 재희가 남기고 간 메모를 서랍에 집어넣으며 미소 지었다.

"고재희 선배?"

국수를 한 젓가락 가득 들어 올리다 말고 국이 고운을 보았다.

"응. 아까 진짜 놀랐어. 너도 선배 기억나지?"

고운은 햇볕에 빳빳하게 말린 마른 행주로 깨끗하게 씻어 말린 유리컵을 들어 닦았다. 뽀독뽀독, 기분 좋은 소리가 손끝에서 전해졌다.

"그럼, 기억나지."

고운의 말에 맞장구를 치고서 국이 국수를 먹었다. 후루룩, 맛있는 소리가 공기를 울린다.

"그 선배가 너한테 엄청 못되게 굴었던 것도 기억나고."

유리컵을 닦던 손을 멈추고서 고운이 국을 돌아보았다. 국은 평소와 다름없는 얼굴로 태연히 국수만 먹고 있었다. 한 입, 두 입, 세 입, 그리고 국이 김치를 집어들 때 고운이 괜스레 억울한 투로 말했다.

"뭘 또 못되게 굴었다고."

무심히 국수를 먹던 국이 고개를 힐끔 들어 고운을 보았다. '네 기억이 잘못되었어' 라고 말하는 얼굴이었다.

"그 선배, 안 그랬어, 진짜."

"왜, 쓸데없이 트집 잡고 그랬잖아."

"그런 적 없는데?"

"있었어. 청소가지고도 한참 그랬잖아."

국의 말에 까맣게 잊고 있었던 기억이 그제야 떠올랐다.

그러게, 그러고 보니 그런 일이 있었다.

"그건 오해가 좀 있었어. 그런데 그것 말고는 없었어, 진짜."

고운은 얼른 재희 대신 변명을 했다. 하지만 국은 여전히 옛날에 재희가 고운에게 한 잘못을 일일이 찾아내기라도 할 듯 인상을 쓰며 곰곰이 생각에 잠겨 있었다.

"아, 또 뭐 있었지? 분명히 있었던 거 같은데 기억이 잘 안 나네."

"없었어. 있었으면 내가 기억했지."

"그런가?"

연필처럼 젓가락을 쥐고서 심각하게 생각에 잠겨 있던 국은 금세 다시 국수를 먹기 시작했다.

쟤는 괜히 멀쩡한 사람을 졸지에 나쁜 사람으로 만들어.

고운은 몰래 눈을 흘기고서 이내 다시 컵을 닦기 시작했다. 하나, 둘, 셋, 넷, 다섯, 여섯. 그리고 일곱 개째를 닦던 때였다.

"이고운."

고운은 컵을 내려놓고 국을 보았다.

"가만 생각해 보니까 나 좀 서운해지려 그런다?"

"뭐가."

"그래도 난 십 년 동안 네 친구였고, 그 선배는 그저 십몇 년 만에 잠깐 만난 고등학교 선배일 뿐이잖아. 그런데 뭘 그렇게 기를 쓰고 그 선배 변호를 해. 괜히 사람 무안하게."

고운은 잠시 말문이 막혔다.

"그거야……."

"네가 생각해도 좀 웃기지."

냅킨으로 입을 닦으면서도 국은 고운에게서 눈을 떼지 않았다. 국이 기다란 눈매로 저렇게 빤히 쳐다볼 때에는 꼭 속까지 들여다보는 듯한, 흡사 발가벗겨진 느낌이 들곤 했다.

"야! 노국!"

고운은 들고 있던 행주를 국에게 확 던졌다.

"아이쿠!"

솜씨 좋게 고운이 던진 행주를 낚아채고서 국이 씩 웃더니, 자리에서 일어나 다 먹은 그릇을 고운의 앞에 가지고 왔다.

"사람 그렇게 빤히 보지 말랬지."

"이야기하는데 그럼 얼굴 안 보면, 하늘 보고 얘기 해? 빨리 불기나 해. 말 돌리지 말고."

"내가 무슨 말을 돌려."

"너 옛날에 그 선배랑 뭐 있었지? 내가 모르는?"

"……무, 뭐?"

"어라? 진짜 뭔 일 있었나 보네? 뭔데? 무슨 일인데?"

국이 허리를 숙여 바에 기다란 몸을 기대고는 다시 물었다. 정신을 바짝 차려야 했다. 고운은 국의 손에서 행주를 빼앗아 태연하게 다시 컵을 닦았다.

"일은 무슨? 사실이 아닌데 네가 그렇다고 하니까. 재희 선배 입장에서는 억울하잖아."

"진짜 그게 다야?"

"그럼 그게 다지. 네 말처럼 십몇 년 만에 잠깐 본 사람인데."

뽀도독 뽀도독. 컵에 구멍이라도 낼 기세로 고운은 닦은 자리를 닦고 또 닦았다. 노란 불빛에 컵이 반짝반짝 무섭도록 빛이 났다. 국이 빙글 돌아 바에 허리를 기대더니 혼잣말처럼 중얼거렸다.

"고재희 선배, 옛날에 참 잘 생겼었는데. 지금도 잘 생겼디?"

"응."

고운은 아무렇지 않게 대답했다.

"결혼은?"

"몰라. 안 물어봤어."

"왜?"

"그냥. 그런 거 물을 새도 없었어. 넌 십몇 년 만에 만난 선배한테 대뜸 '결혼했어요?' 그러고 물어?"

"어. 물어보는데."

컵을 닦다 말고 고운은 고개를 들어 국을 바라보았다. 국이 너무도 당연하지 않냐는 듯 어깨를 으쓱였다.

"지금 뭐 하냐, 결혼은 했냐, 애는 있냐. 우리 나이엔 다들 그러잖아."

눈도 깜빡이지 않고 빤히 국을 보다 고운이 혀를 찼다.

"네가 그러니까 친구가 없는 거야. 그 사람 사정이 어떤지도 모르고 그런 거 물으면 실례잖아."

"실례는 무슨, 그게 어떻다고. 아무튼 뭐, 굳이 안 물어도 알 수 있잖아. 반지를 꼈다거나."

딸랑.

말을 하다 말고 국이 뒤를 돌아보았다. 야구 모자를 꾹 눌러쓴 채, 그것도 모자라 이 밤중에 선글라스까지 낀 젊은 남자가 찻집 안으로 들어왔다.

"하이! 어, 뭐고? 국이 형도 있었네?"

남훈이었다. 그렇잖아도 국의 성가신 질문 공세가 귀찮아지던 참이었다. 고운은 컵과 행주를 내려놓고 반가운 얼굴로 동생을 맞았다.

"생각보다 일찍 왔네."

영화 촬영이 끝난 걸 핑계 삼아 오랜만에 친한 배우 형들과 술 마신다고 나갔던 게 오후였다.

"다들 엄청 열심히 막 달리고 있는데 난 오늘 술맛도 영 별로고 분위기도 싫고 그래서 그냥 나왔다. 누나, 미안한데 나 국수 좀 말아도. 양 많이 해서. 배가 억수로 고프다."

"저녁 아직 안 먹었어?"

"안주 이것저것 나오긴 했는데 별로 입맛이 없어서 몇 젓가락
먹다 말았다."

"알았어. 잠깐 앉아 있어."

고운이 바삐 주방으로 걸음을 옮겼다. 냄비를 찾아 불에 올리고
냉장고에서 국수를 꺼내는데 바깥에서 남훈의 웃음소리가 주방까
지 새어 들어왔다. 뒤이어 국의 웃음소리도 함께 들려왔다. 그 소
리에 고운도 덩달아 웃음이 났다.

보글보글, 그새 물이 끓었다. 고운은 국수를 한 줌 꺼내 냄비 안
에 부채처럼 펼쳐 넣었다. 젓가락으로 이리저리 휘젓고 팔짱을 끼
고 불 앞을 지키고 섰는데 문득 국이 한 말이 생각났다.

"그 선배가 너한테 엄청 못되게 굴었던 것도 기억나고. 청소 가
지고도 한참 그랬잖아."

문득 떠오른 오래전 기억에 저도 모르게 웃음이 새어 나왔다.
그때 당시에는 금세라도 세상이 무너질 것처럼 힘들었는데, 지금
은 그저 한 번 웃고 넘어갈 일일 뿐이다.

그리고 그 오래전 기억 속에서 그가 좋은 선배였다는 것만은 분
명했다.

통영에 가고 몇 달 안 되어 재희와 연락이 끊겼고, 열일곱 그 시
절도 자연스레 시간을 따라 흘러갔었다. 열여덟, 열아홉, 스물. 해

가 바뀔 때마다 새로운 친구들을 사귀며 그들에게, 그곳 생활에 적응하느라 많은 애를 써야 했다. 어쩌면 잊고 있었던 게 당연한지도 모른다.

물론 아주 가끔 재희가 떠오를 때가 있었다.

참 좋은 선배.

그럴 때마다 고운의 기억 속에서 고재희는 늘 그렇게 좋은 선배였다.

고운은 문득 자신이 준 찻잔을 받아들던 두 손을 떠올렸다. 흰 편이었고 남자 손답게 크고 길었었다. 그러고 보니 반지가…… 있었던가? 아님 없었던가?

✳

쨍. 잔 부딪치는 소리가 맑게 울렸다.

"한창 눈코 뜰 새 없이 바쁘셔야 할 고재희씨께서 어쩐 일로 갑자기 술 마시자고 연락을 다 하셨을까."

현석과 건배를 하고 잔을 깨끗하게 비우고 내려놓았다. 비릿한 알코올이 목구멍을 넘어가는데도 취하기는커녕 정신은 오히려 더욱 또렷해졌다. 아…… 이런 기분 진짜 싫다.

"……취하지도 않네."

정말 한 마디로 '젠장'이라든가 아니면 '제기랄'이었다. 재희는 나직이 숨을 흘려보내며 무릎에 깍지 낀 손을 내려놓았다. 빈 잔에 술을 따르려는데 문득 테이블 위에 덩그러니 놓인 반지가 눈에 들어왔다. 오자마자 현석이 한숨을 푹푹 내쉬며 손에서 빼놓은 것이었다. 포장마차의 노란 불빛에 은빛 반지가 유난히 찬란하게 도 빛나고 있었다. 재희는 소주병을 내려놓고 물끄러미 반지를 들여다보았다.

……결혼은 했을까.

그러고 보니 하도 정신이 없어 물어보지도 못했다. 하긴 나이를 생각하면 결혼을 했을 확률이 높았다. 어쩌면 아이가 있을지도 모르지. 남편과 아이. 왜 그 생각을 못 했을까. 거기까지 생각이 미치자 또다시 기분이 묘하게 틀어졌다. 잔잔하던 수면에 누군가 작은 돌덩이를 계속해서 던지고 있는 느낌이었다. 세월이 이렇게나 흘렀는데 고작 한 번 봤다고 이런 식으로 속절없이 흔들릴 수가 있는 걸까.

"……미친 놈."

욕설과 함께 실소가 비죽 튀어 나왔다. 남이야 결혼을 했으면 어쩔 거고 안 했으면 어쩔 건가. 재희는 기분 나쁜 생각들을 털어 버리기라도 하듯 고개를 젓고서 술잔을 채웠다. 재희의 시선이 현석에게로 힐끔 향했다.

"서이환 말이야."

"이환이?"

현석이 술잔을 부딪쳐 오며 재희를 보았다.

"어떻게 지낸대?"

"글쎄다. 몽고에 의료 봉사 갔다는 소린 들었는데. 뭐, 무소식이 희소식 아니겠냐?"

"……만나는 사람은 혹시 있대?"

"얼핏 누구 만나는 사람 있다고 듣긴 했어. 근데 그건 갑자기 왜?"

"아냐, 그냥 갑자기 궁금해서."

술잔을 입으로 가져가다 말고 재희는 다시 현석을 불렀다.

"혹시…… 이환이 어머님."

"이환이 어머님?"

현석의 눈빛에 재희는 이내 고개를 설레 저었다. 아무래도 술 몇 잔에 정신이 나간 모양이다. 그런 사적인 이야기가 궁금한 것도 어이없는데 하물며 다른 사람에게 캐묻는다는 건 정말 미친 짓이었다.

"야, 이환이 소식은 순태가 제일 빠삭하게 알 텐데 왜 소식통 옆에 두고 나한테 물어? 진짜 이상한 놈일세."

현석이 구시렁거리며 타박했다.

"그러게."

자기가 생각해도 어이가 없긴 했다. 재희는 실소를 흘리며 들고 있던 술을 입에 털어 넣었다. 비릿한 알코올 향이 입안에 알싸하게 퍼지며 인상이 절로 써졌다.

"어이, 고재희 씨."

앞에서 현석의 목소리가 들려왔다.

"너 뭔 일 있지."

무표정한 얼굴로 현석을 바라보던 재희가 불현듯 피식 웃었다. 그래도 꼴에 20년 된 친구라고 이상한 느낌이 오긴 하는 모양이다. 재희는 대답 대신 다시 술을 한 잔 마시고 안주 대신 시원한 밤공기를 들이켰다. 여의도 공원의 짙은 나무 냄새가 여기까지 나는 듯했다.

"진짜 봄은 봄인가 보다."

"얼씨구, 어울리지 않게 봄 타령은."

현석의 타박에 재희가 나지막이 웃었다. 하긴 스스로 생각해도 어울리지 않는 소리긴 했다.

"차현석."

"왜?"

"너, 첫사랑 기억 나냐?"

"첫사랑?"

잠시 눈을 굴리던 현석이 이내 씩 웃으며 고개를 끄덕였다.

"기억나지. 그런데 그건 왜?"

"아니, 갑자기 궁금해서."

"별일이네. 네가 그런 게 다 궁금할 때가 있고. 보자, 내 첫사랑이라……. 가만, 걔 이름이 뭐였지? 박세영? 박세미?"

"무슨 첫사랑 이름도 까먹어?"

재희의 핀잔에 현석이 쓰읍, 인상을 쓰다가 손가락을 딱 튕겼다.

"아, 생각났다. 박세은. 그래, 박세은이다."

"근데 정말 걔가 네 첫사랑이긴 해? 너, 걔랑 사귀지도 않았잖아."

현석이 혀를 찼다. 정말 한심해하는 눈빛이었다.

"인마, 첫사랑이 왜 첫사랑인데. 이뤄지지 않았기 때문에 첫사랑인 거야."

궤변을 늘어놓더니 현석이 술을 한 잔 마셨다.

"인생에 있어서 제일 첫 번째 사랑이라 가장 순수한 거고, 그래서 그만큼 서툴렀던 거고. 그래서 더 예뻤던 거고."

"……그래서 지금은 그 이름이 잘 기억나지 않는 거고?"

재희가 묻는 말에 현석이 '그러니까!' 하며 자기도 우스운지 쿡쿡 웃어댔다.

"사실 첫사랑이 뭐 그렇게 별거겠냐."

쪼르르, 빈 술잔이 채워지는 소리가 오늘따라 더욱 운치 있게 느껴졌다.

"근데도 이상하게 특별하게 느껴지니 골 때리는 거라니까. 지나간 세월에 대한 그리움 때문인지, 아니면 안 좋은 기억은 모두 날아가고 좋은 기억만 남아서 미화되는 것 때문인지……. 어쩌면 '내 첫사랑은 이만큼 아름답고 순수했고 특별했어' 그렇게 믿고 싶은 것인지도 모르고. 마음고생 하느라 힘들었던 그 시절에 대한 위로나 보상 심리, 뭐 그런 거?"

현석이 안주로 나온 당근 조각을 하나 집어 입에 물고 아삭아삭 씹어먹었다.

"사실 너도 생각해 봐. 사랑이란 게 나 혼자 하는 게 아니잖냐. 이게 따지고 보면 원격 조정 당하는 감정의 노동이잖아. 남이 내 감정을 좌지우지하는 건데, 그게 어떻게 마냥 아름답고 좋을 수만 있겠어, 안 그래? 생전 안 해본 찌질한 짓까지 다 하게 되는 게 바로 사랑인데."

진지한 얼굴로 이런저런 이야기를 늘어놓던 현석이 갑자기 피식 웃었다.

"내가 너한테 말을 안 해서 그렇지, 내가 진짜 그놈의 망할 사랑 때문에 무슨 짓하고 돌아다닌 지 아냐? 너 듣고 나면 아마 배꼽 쩰 거다. 이 자식, 완전 미쳤네, 그러면서."

진지하게 현석의 이야기를 듣고 있던 재희가 피식 웃었다.

"무슨 짓을 하고 돌아다니셨는데."

"그게 말이지."

금세라도 말을 할 것 같던 현석이 별안간 입을 꾹 다물었다. 그러더니 미친 듯이 도리질을 쳤다.

"아무튼 난 첫사랑이고 끝사랑이고 이젠 사랑의 '사' 자만 들어도 징글징글하다. 젠장. 앞으로는 정말 그딴 거 하기 싫다. 절대. 그래서 앞으로 내 인생의 목표는 아름다운 독거노인이야, 독거노인."

둘이서 동시에 나란히 잔을 비워냈다. 크으! 현석이 젓가락을 뻗어 안주 한 점을 집었다. 한데 입으로 가져가다 말고 갑자기 재희를 뚫어져라 쳐다보았다.

"왜?"

묻는 말에 대답은 않고 현석이 씨익 웃기만 하더니 이내 은근한 목소리로 입을 열었다.

"너 혹시…… 오늘 첫사랑 만났냐?"

쿨럭. 예기치 못한 공격에 그만 사래가 들리고 말았다.

"호오. 진짜였어?"

현석의 눈이 먹이를 눈앞에 둔 하이에나의 그것처럼 반짝반짝 빛났다.

"야, 이 자식! 장하다. 누군데? 어? 혹시 나도 아는 사람이냐?"

그냥 첫사랑이 아니라 하면 그만이었다. 그리고 오늘 고운을 만난 이야기를 하면 되는 것이다.

그런데 입이 떨어지질 않았다. 아무 이유도 없었다. 그냥, 그러기 싫었다. 현석에게도 말하고 싶지 않은, 뭐라 말로 설명할 수 없는 특별하고도 묘한 기분. 세상 사람 아무도 모르게 혼자만 알고 싶은, 그런 마음. 그래, 딱 그거였다.

"대박이네. 아, 진짜 세상 오래 살고 볼 일이야. 고재희가 첫사랑 때문에 술도 다 먹고."

현석이 놀려대는 소리에 재희는 긍정도 부정도 않은 채, 결국 피식 웃는 걸로 대답을 대신했다. 그리고 술잔을 들어 홀짝 한 모금에 털어 넣었다. 목 끝까지 올라온 '이고운'이란 이름 역시 함께.

―별이 빛나는 다방.

추적추적 가을비가 내리는 가운데, 새까만 어둠 속에서도 유독 그곳에서만 환한 불빛이 새어나오고 있었다.

"……잠시만요."

재희는 대리운전 기사에게 양해를 구하고서 차에서 내렸다. 그냥 집에 가던 길에 잠시 들린 것뿐이었다. 당연히 불이 꺼져 있을 줄 알았다. 그런데 도로 건너편의 가게 안에는 불이 켜져 있었다. 안에 사람이 있다는 말이다. 재희는 셔츠를 걷어 시간을 확인했다.

새벽 두 시가 훌쩍 넘은 시간.

여자가 겁도 없이 이 시간까지 집에도 안 가고 뭐하는 걸까. 더군다나 할머니 집은 골목의 가장 끝, 언덕에 위치하고 있었다. 미간을 찌푸린 채 환하게 켜진 간판을 올려다보고 있던 재희는 걸음을 뗐다. 아무래도 데려다주는 편이 나을 것 같아서였다. 하지만 두어 발자국 걷다 말고 자리에 멈춰 서고 말았다.

분명히 이 시간에 여긴 무슨 일로 왔냐 물을 텐데, 그럼 뭐라고 대답을 해야 할까.

그리고 어쩌면…… 결혼을 했다면, 그렇다면 저 안에 남편이 있을지도 모르지 않은가.

딩동.

문자가 들어왔다. 재희는 심란한 얼굴로 휴대전화를 꺼내 문자를 확인했다. 세미였다.

―알아냈어요! 한남훈, 요즘 완전 자주 가는 커피숍이 하나 있대요. 북촌에 있는 곳인데 거의 매일 가다시피하나 봐요. 바로 주소 찍어 보낼게요.

그리고 곧이어 문자 하나가 들어왔다. 무심코 주소를 읽어가던 재희가 멈칫했다.

─별이 빛나는 다방

어디서 많이 들어 본, 아니, 많이 본 이름이었다. 설마……?

이맛살을 찌푸린 채 재희가 고개를 들었다. 아니나 다를까. 별
이 빛나는 다방. 재희의 눈앞에 조금 전 문자에서 본 그 다방 이름
과 똑같은 이름이 떡하니 자리하고 있었다.

"……그럼."

그때였다. 불빛으로 가득하던 가게가 순식간에 암전이 되었다.
그리고 고운이 가게 밖으로 걸어 나왔다. 혼자가 아니었다. 큰 키
에 호리호리한 체구의 남자도 함께였다.

"누난 가끔 누나에 대한 내 사랑을 무시하더라. 내가 얼마나 누
날 사랑하는데."

고운이 아무 대답 없이 문을 잠그고는 돌아서자 남자가 고운의
어깨를 두 손으로 단단히 잡았다.

"사랑해. 사랑한다고. 사랑한다니까?"

숨 막힐 것만 같은 침묵 속에서 고운이 무슨 말을 했는지 남자
가 유쾌하게 소리 내 웃으며 고운의 어깨를 감싸 안았다. 비록 어
둡긴 했지만 재희는 남자의 얼굴을 똑똑히 볼 수 있었다. 놀랍게
도 남자는 재희도 아는 사람이었다. 며칠 전부터 그렇게 찾아 헤
맸던 그 남자가 지금 바로 재희의 눈앞에 있었다.

"근데 첫사랑이란 게 딱 그렇게 추억으로 남겨두는 게 좋을 때가 가끔 있더라고. 안 그럼 이미 옛날에 한 번 받은 상처를 지금 또다시 똑같이 받을 수도 있단 말이야. 세상에 그것만큼 비참한 일이 어딨냐? 안 그래?"

헤어지기 전, 현석이 농담처럼 했던 그 말이 고장 난 테이프처럼 머릿속에서 반복되고 있었다.

※

[스스로에게도 궁금했던 적이 있습니다. 친구 말처럼 연락하려면 얼마든지 할 수 있었는데, 왜 그러질 못했을까 하고요. 그런데 십여 년 만에 그 아이를 본 순간, 내가 왜 그랬었는지 그제야 깨달았습니다. 아마…… 확인하기가 무서웠던 것 같습니다. 막연히 상상만 하던 그 일. 그러니까…… 그 아이 옆에 다른 사람이 있다는 사실이 현실이 되었다는 걸 말이죠. 바로 오늘처럼요.

서울에 사는 0179님께서 조금 전 보내 주신 사연입니다. 신청곡은 따로 안 보내주셨는데요. 기운 내시라고 제가 노래 선물 한 곡 들려 드릴게요. 김건모의 '혼자만의 사랑']

DJ의 말이 끝나고 노래가 시작될 무렵이었다.
"소리 좀 높여 주시겠어요."
남자의 부탁에 정철은 라디오 볼륨을 높였다.

"감사합니다."

남자는 깍듯하게 고맙다는 인사를 했다.

"천만에요."

정철도 싱긋이 웃으며 대답하고는 백미러로 뒤를 흘끔 보았다. 남자는 창밖을 바라보고 있었다. 북촌에서 출발한 후, 계속 만지작거리던 휴대전화는 옆 좌석에 놓아둔 채였다.

"바람 많이 안 들어오세요? 창문 좀 닫아 드릴까요?"

"괜찮습니다."

오늘 밤은 운이 좋은 편이었다. 남자는 아주 점잖고 예의가 발랐다. 게다가 아주 훤칠하고 잘생겼다. 방송국 앞에서 태웠는데, 혹시 신인 탤런트라도 되는 걸까? 이번 주 내내 고약한 손님만 태웠던 터라 대리기사 일도 그만둬야 하나, 심각하게 고민하던 정철이었다. 그래서인지 그는 오늘 밤, 이 젊은 남자 손님이 너무도 반갑고 고마웠다.

"저도 예전에 이 노래 참 좋아했었는데. 밤에 들어 그런지, 오늘은 왠지 더 슬프게 들리네요."

정철은 허허 웃으며 괜히 말을 한번 건네 보았다.

"……그런가요?"

남자가 대답했다. 한데 어쩐지 씁쓸하게 들렸다. 아무래도 더 이야기를 걸어서는 안 될 것 같아 정철은 다시 입을 다물고 운전에만 열중했다.

"도착했습니다."

"수고하셨습니다."

차에서 내린 남자가 꽤 많은 돈을 꺼내더니 정철에게 정중하게
내밀었다.

"아유, 이거 너무 많은데."

"괜찮습니다. 아까 다른 곳에 들르기도 했었고……."

평소라면 좋다고 받아들었을 텐데 남자의 표정이 워낙에 안 좋
은 터라 정철은 돈을 받으면서도 왠지 미안해졌다.

"그럼 감사합니다."

"네, 조심해서 가세요."

어차피 돈 받고 하는 일인데 남자는 데려다줘서 고맙다며 정철
에게 인사까지 하고서 비틀거리며 건물로 들어갔다.

"에이그, 참. 무슨 일인지 모르겠지만 잘 좀 풀리면 좋겠네."

남자가 들어간 건물을 올려다보던 정철은 고개를 절레절레 돌
아섰다.

셋.
질투는 나의 힘

─한남훈

탤런트, 영화배우

키 183cm, 몸무게 70kg

소속사 블룸엔터테인먼트

재희는 팔짱을 낀 채 노트북 화면에 띄워진 한남훈의 프로필을 노려보았다.

누나.

고운을 그리 불렀었다. 한데 그냥 여느 친한 누나, 동생 사이라고 하기에는 그 정도가 너무도 다정하고 친밀했다. 그래서 처음에는 한남훈이 어쩌면 고운의 동생일지도 모른다는 생각을 했었다.

어렴풋하게 기억하기로는 그때 통영에서 보았던 그 꼬맹이도 아마 지금쯤 한남훈과 비슷한 나이가 되어 있을 거였다. 하지만 한남훈의 프로필에 적힌 바에 따르면 그는 외동아들이었다.

　—가족관계 아버지, 어머니

　프로필에 적힌 바에 따르면 한남훈에게는 누나가 없다. 그리고 아버지도 있었다. 그가 기억하기로 그때 그 동생은 고운의 어머니가 혼자 키우고 있었다. 그렇다면 어머니께서 재혼이라도 하신 걸까? 그래, 그럴 경우에는 아버지가 있을 수도 있다. 한데 그럼 왜 가족 관계에 누나는 없는 걸까.

　고운이 통영으로 전학을 간 건 어머니와 동생과 함께 지내기 위해서였다. 만약 고운의 어머니가 재혼을 하시고 새 가정을 꾸렸다면, 그리고 한남훈이 그때 재희가 본 고운의 어린 남동생이 맞다면 가족관계에 '누나'가 있어야만 했다. 이고운이라는 누나가.

　머릿속에서 잔뜩 헝클어진 퍼즐은 하나를 맞추고 나면 마치 그를 놀리듯 보기 좋게 다른 하나가 어그러져 버렸다. 미간에 짙은 주름을 그리고서 재희가 연주를 불렀다.

　"포털에 나오는 연예인들 프로필 말이야. 이거 믿을 만한 거야?"

　"글쎄요? 뭐, 보통 다 맞지 않아요?"

　연주의 말이 끝나기가 무섭게 세미가 얼른 대화에 끼어들었다.

　"에이! 그거 틀릴 때도 많아요. 특히 키라든지 몸무게 같은 건 오히려 맞는 것보다 틀린 게 더 많고."

"그래?"

"네. 제가 아이돌 팬질을 좀 많이 해봐서 아는데요, 그거 팬들이 프로필 변경 요구할 때도 있고, 또 소속사에서 요청해서 올리는 경우도 있구요. 그래서 조금씩 다들 부풀리기도 해요."

자신만만한 세미의 말에 재희는 동의하듯 고개를 끄덕였다. 그래, 어쩌면 이 프로필이 틀렸을지도 모른다. 누나가 있을 수도 있지 않은가.

재희는 십수 년 전의 기억을 열심히 더듬어 보았다. 그 꼬맹이의 이름이 뭐였더라. 하도 오래전이라 기억이 잘 나진 않지만 분명 한 씨는 아니었다. 아마 재희가 기억하기로는 오 씨였다. 오상…… 뭐였더라. 분명 고운의 이름과 비슷했던 것 같은데. 재희의 시선이 노트북 화면에 선명하게 떠 있는 남훈의 이름으로 향했다. 연예인들은 예명을 쓸 때 성도 바꾸곤 한다지. 이제 확인할 건 한남훈의 예전 이름이었다.

"한남훈 말이야. 혹시 예명이야?"

재희가 부르는 소리에 노트북 앞에서 열심히 원고를 적고 있던 연주도, 그 옆에서 자료를 정리하고 있던 세미도 동시에 고개를 들었다.

"한남훈이요?"

연주가 자기는 잘 모르겠다는 듯 세미를 보았다. 재희도 궁금한 눈으로 세미를 보았다. 이곳에서 가장 어린 나이답게 온갖 연예계의 가십이란 가십은 모조리 꿰고 있는 그녀였다.

"아마."

세미가 손가락으로 뺨을 긁적거리며 생각하듯 눈을 위로 치켜떴다.

"본명일 걸요?"

가지런하게 수평을 이루고 있던 재희의 눈썹이 비딱하니 경사를 이루기 시작했다.

"……확실해?"

"잠깐만요."

타닥타닥, 노트북을 두드리던 세미가 역시, 하며 손가락을 딱 튕겼다.

"맞네요, 본명. 초등학교 졸업사진에도 한남훈이라고 나와 있는데요?"

연주가 세미에게로 몸을 기울여 노트북을 함께 보더니 고개를 끄덕였다.

"그렇네. 설마 초등학교 때 내가 연예인이 될 거라 생각해서 예명 지을 리는 없었을 테고."

"그러니까요. 아, 진짜 그나저나 한남훈 이때도 너무 잘생겼죠?"

"그러게. 무슨 초등학생 꼬마가 이렇게 생겼어? 유부녀 가슴 뛰게. 선배도 한번 봐요."

"됐어."

재희는 미간을 찌푸리며 고개를 돌렸다. 한남훈을 만난다는 기대감 때문인지 연주와 세미의 목소리는 평소보다 잔뜩 들떠 있었다.

"한남훈, 애인 있겠죠?"

"저런 얼굴이 설마 없겠어?"

"아우! 누군지 그 여자, 진짜 좋겠다."

"이따가 오면 한번 슬쩍 물어볼까?"

"에이, 그런다고 말하겠어요?"

한남훈이 본명이다. 그렇다면 한남훈이 고운의 동생일 가능성도 없어졌다. 재희의 시선이 다시 한남훈의 프로필로 향했다. 얄미울 만큼 착하게 아주 잘생긴 녀석이 재희를 향해 맑게 웃고 있었다.

학교 선후배라 하기에는 나이차가 너무 많으니 불가능하고, 한동네에서 알고 지낸 누나 동생 사이에 그렇게 스스럼없이, 친밀하게 사랑한다 말하는 것도 어폐가 있었다.

그렇다면 한남훈, 대체…… 이 자식은 누구란 말인가?

"처음 뵙겠습니다. 한남훈입니다."

키는 183cm정도. 몸무게는 대략 70kg. 적어도 포털사이트에 나오는 프로필을 사기 치지는 않은 모양이다. 건치 연예인에 뽑혀도 될 만큼 '씨익' 하고 웃을 때마다 하얀 이가 가지런히 모습을 뽐냈다. 쌍꺼풀 없이 긴 눈매가 웃을 때마다 기가 막히게 반달형으로 휘어졌다. 사내 녀석이 입술 색은 왜 저리 붉고 고울까. 화장이라도 한 걸까. 실물로 봤을 때 화면이 훨씬 멋지게 보이는 이가 있고 반대로 훨씬 못한 이가 있는데, 한남훈은 아무리 깐깐하게 보더라도 후자였다. 그리고 무엇보다 녀석의 입에서 흘러나오는 나긋나긋한 서울 말씨를 보아하니 태어나 통영은커녕 경상도도 한 번 가보지 않은 사람 같았다.

"지난번에 통화했던 남진경이에요. 어휴, 화면보다 실물이 훨씬 더 낫네. 어쩜 이런 인물이 다 있어, 그래? 내가 정말 눈이 부셔서 얼굴을 제대로 쳐다볼 수가 없네. 이렇게 만나 뵙게 되어 영광이에요!"

남 작가가 활짝 웃으며 손을 내밀었다. 그리고 다음, 제 차례가 되자 연주도 황홀한 미소를 지으며 악수를 청했다.

"반가워요. 전 황연주 작가예요. 그리고 이쪽은 우리 막내, 이세미 작가."

"네. 반갑습니다."

남훈이 미소 띤 얼굴로 깍듯하게 연주와 세미에게도 인사를 건넸다. 연주와 세미의 입이 약속이나 한 듯 귀밑까지 쫘악 찢어진다. 얼씨구, 저러다 조커 되겠네. 재희는 심드렁하니 콧방귀를 뀌었다.

"그리고 이쪽은 우리 PD님."

모두의 시선이 테이블 한쪽으로 향했다. 팔짱을 낀 채 남훈을 빤히 바라보고 앉아 있던 재희가 손을 내밀었다.

"고재휩니다."

우와! 남훈이 해맑은 탄성을 지르며 재희가 내민 손을 잡았다. 작은 회의실 안에 한바탕 웃음이 일었다.

"우리 고PD 잘생겼죠?"

"네! 전 무슨 신인 배우분인 줄 알았어요."

남훈의 말에 남 작가가 깔깔대고 웃으며 그의 말에 맞장구를 쳤다.

"안 그래도 여자 연예인들 중에 우리 고PD한테 추파 던지는 애들, 꽤 있어요. 것도 아주 대놓고 티 나게. 옆에서 보면 웃기다니까?"

"고PD님 결혼 안 하셨어요?"

"오, 노! 우리 팀은 저기 한 명 빼고 전부 다 싱글."

연주가 손을 들며 자진 납세했다. 손님이 왔을 때 대부분이 그러하듯 아주 화기애애한 분위기였다. 한데 그런 분위기에 찬물이라도 끼얹듯 냉랭한 목소리가 흘러나왔다.

"잡담하려고 서로 바쁜 시간 쪼개 모인 건 아니니까. 일 얘기 하죠."

재희가 고개를 들어 사람들을 휘둘러보다 연주를 불렀다.

"황 작가, 원고."

"아, 네."

연주가 얼른 원고를 꺼내 남훈에게 내밀었다. 남훈이 원고를 받아 대충 한번 들춰 보는데 재희가 곧바로 말했다.

"한번 읽어 볼래요?"

"지금 바로요?"

"그럼 시간 얼마나 필요해요? 오 분쯤?"

어딘지 모르게 날이 선 듯한 재희의 말투에 회의실 안의 공기가 대번에 얼어붙었다. 남 작가가 베테랑답게 너털웃음을 지으며 분위기를 수습했다.

"라디오라는 게 생방으로 진행되다 보니까 워낙에 순발력이 필요해요. 그래서."

"아…… 예, 정말 그렇겠네요."

원고를 한번 내려다보던 남훈이 이내 온화한 미소를 지으며 재희에게 말했다.

"그럼 지금 한번 해볼게요."

재희가 짧게 고개를 끄덕였고, 남훈은 심호흡을 하고서 이윽고 원고를 읽기 시작했다.

적당히 명랑하고, 경쾌하고, 그러면서도 산만하거나 들뜸 없이 차분함을 유지하는, 한마디로 라디오를 하기에 아주 좋은 목소리였다.

"이야!"

남훈이 오 분 가량 되는 원고를 다 읽었을 때, 남 작가가 제일 먼저 박수를 쳤고 연주도 활짝 웃으며 박수를 쳤다. 세미는 옆에서 환호성까지 질렀다. 그만큼 남훈의 테스트는 생각했던 것 이상으로 좋았다.

"더 볼 것도 없네. 목소리가 아주 퍼펙트해! 발음도 똑부러지고."

"그러니까요. 발성도 좋은 건 알고 있었는데 실제로 들으니까 정말 너무 좋네."

똑, 똑, 똑.

어디선가 들려오는 소리에 모두들 약속이나 한 듯 고개를 휙 돌렸다. 재희가 골똘히 생각에 잠긴 얼굴로 비스듬히 이마를 괸 채, 펜 끄트머리로 책상을 두드리고 있었다. 똑, 똑, 똑. 규칙적으로 울리던 소리가 그쳤다. 재희가 이마를 받치고 있던 손을 떼고서 남훈을 보았다.

"며칠 전에 소속사랑 통화했을 때는 시나리오 괜찮은 게 들어 왔다고 별로 내키지 않아 하는 것 같던데. 한남훈 씨, 본인 생각은 어때요? 배우니까 라디오 보다는 아무래도 좋은 영화 찍는 게 우선이지 않겠어요?"

남훈이 살짝 당황한 기색으로 재희를 보았다. 남훈뿐 아니라 남 작가는 물론이고 연주도, 세미도 마찬가지였다. 모두들 '쟤 지금 뭐라는 거야?' 라는 얼굴이었다. 분명 무조건 한남훈 본인만 잘 설득하면 된다고, 어떻게든 한남훈 연락처를 알아오라 했던 사람이 바로 재희였다. 그래서 며칠 동안 모두들 있는 줄, 없는 줄 다 대어 간신히 남훈과 연락을 해 이렇게 미팅을 성사시켰더니 도대체 이게 무슨 똥 퍼붓는 소리란 말인가?

어색하던 분위기 속에서 남훈이 씩 웃으며 뒷머리를 긁적거렸다.

"실은 그거 안 하기로 했어요. 좋은 영화이긴 한데 아무래도 캐릭터가 저랑 안 맞는 것 같아서요."

와우! 남훈의 대답에 남 작가와 연주, 세미가 약속이나 한 것처럼 동시에 환호성을 질렀다.

"어머, 정말? 하긴 그런 건 안 하는 게 낫죠."

"네. 그리고 솔직히 말하면 PD님께서 말씀하신 것처럼 소속사에서는 제가 라디오보단 영화 들어가는 거 바라는 게 맞아요. 그런데 제 생각은 좀 다르거든요."

남훈의 표정은 부드러웠지만 말투는 그와 다르게 제법 강단이 있었다.

"라디오 하면서 많은 분들의 이야기를 접해보는 게 배우인 저한테 굉장히 좋은 경험이 될 것 같더라고요. 제가 살아보지 못한 인생을 어떻게 보면 조금이라도 함께할 수 있는 기회잖아요."

"어머, 그렇죠."

남 작가가 얼른 추임새를 넣으며 맞장구를 쳤다.

"그리고 무엇보다 제가 어렸을 때부터 라디오를 너무 좋아했었고…… 사실 라디오 DJ는 제 꿈이기도 했거든요."

"어머! 정말? 웬일이야! 세상에! 꿈은 이루어지라고 있는 거예요! 그럼요!"

일이 성사되기 직전이란 걸 느꼈는지 남 작가 휘하 작가들이 감격 어린 얼굴로 남훈을 바라보았다.

"그래서 말인데……."

조금 부끄러운지 쑥스러운 미소를 지으며 남훈이 말을 이었다.

"저, 라디오 한번 해보고 싶습니다. 물론 그전에 PD님과 작가님들께서 '그러자' 하셔야 하는 거지만요."

"오케이! 됐네! 됐어! 더 볼 것도 없이!"

남 작가가 손뼉을 짝 쳤다. 연주와 세미도 좋다고 소리를 지르며 박수들을 쳐댔다.

한시라도 바삐 아무 DJ라도 뽑아야 할 급한 상황에서 천하의 한남훈이 자기 입으로 그 자리에 앉고 싶다고 말했다. 스케줄 맞고, 목소리 근사하고, 순발력도 좋고, 안 할 이유가 없었다. 이만하면 백 점, 아니 천 점짜리 DJ였다. 한남훈을 두고 고민한다는 것 자체가 미친 짓이었다. 당연히 지금 이 자리에서 '좋다. 하자!'라고 하는 게 맞았다.

모두들 잔뜩 기대어린 눈빛으로 재희를 보았다. 주먹을 쥔 채 비딱하니 뺨을 괴고 있던 재희의 시선이 이윽고 남훈에게로 날아갔다. 무표정한 얼굴로 남훈을 노려보다 기어이 묻고 말았다.

"혹시 여자 친구, 있어요?"

＊

[다음 들으실 곡은 0923님께서 신청해 주신 써니사이드의 '첫사랑'이란 노래입니다. 이 노래를 들으면 전 이상하게 옛날 학창시절이 떠오르곤 하더라구요. 그 시절, 제가 좋아하던 남자 아이는 지금 어디서 뭘 하고 사는지 궁금하기도 하구요. 여러분도 그러시나요?]

"감사합니다. 안녕히 가세요."

손님을 배웅하고서 고운은 테이블을 정리하고 카운터 뒤에 위치한 자신의 자리로 향했다. 관광객이 몰려오는 주말 같은 때만 아니면 대부분은 오늘처럼 한산한 편이었다.

처음 이 주간은 정말 정신이 하나도 없었는데 그래도 조금 시간이 지나니 일도 어느 정도 손에 익어서 크게 힘들지만은 않았다.

책을 펼쳐 놓고 번역을 하다 말고 고운은 문득 고개를 들었다. 라디오에서 흘러나오는 노래의 가사에 저도 모르게 미소가 지어졌다. 오래전 학창 시절이 기억난다던 DJ의 말처럼 정말 그때의 기억이 새록새록 떠올랐다. 나무 냄새가 가득하던 학교, 아침 등굣길에 교복을 입고 우르르 들어가던 학생들, 유난히 호탕하던 총각 담임선생님, 함께 다니던 친구들, 보라, 상미, 수진이, 그리고 방송반. 그러고 보니 방송반 선배들은 지금쯤 무얼 하고 있을까. 상념에 잠겨 있던 고운의 시선에 파릇한 나무 잎사귀가 들어왔다.

"참."

고운은 서둘러 자리에서 일어나 물뿌리개를 찾아 물을 담았다. 그리고 창가로 가서 나무에 물을 주었다.

"너한테 처음 주는 물이네. 씩씩하고 건강하게 잘 자라라."

새파란 나뭇잎마다 동그란 물방울이 이슬처럼 맺혔다. 흙이 축축해질 때까지 물을 주고서 쭈그리고 앉아 나무를 들여다보았다.

―축 개업, 대박나세요!

화분을 묶은 분홍색 리본에 적힌 글자를 보다 고운은 혼자 작게 웃었다. 아마 이걸 사면서 고운이 받게 될 줄은 그 역시 꿈에도 몰랐으리라.

연락처라도 남겨두고 갔으면 좋았으련만. 물을 주고 일어서다 고운은 문득 벽에 걸린 시계를 보았다. 아마 지금쯤 남훈은 방송국에서 라디오 프로그램 관계자들과 미팅을 하고 있을 거였다.

"잘 하고 있으려나⋯⋯."

처음에는 잘할 수 있을지 모르겠다며 자신 없어 하던 녀석이었다. 한데 어제, 아니 오늘 새벽까지 찬찬히 이야기를 하다 보니 하고 싶은 마음이 생각했던 것보다 훨씬 더 큰 것 같았다.

"누나, 나 진짜 꼭 하고 싶은데 안 되면 어떡하지? 진짜 꼭, 꼭 하고 싶다고!"

하도 따라다니며 징징거리기에 그렇게 하고 싶었으면 진작 하겠다고 하지, 뭣하러 미적거렸냐며 한소리를 했는데 막상 지나고 보니 후회가 되었다. 혹시라도 만에 하나, 일이 잘 안 되면 제 말처럼 많이 실망할 텐데. 그냥 좋은 소리만 해줄 걸.

땡그랑.

때마침 울린 맑은 풍경 소리에 고운은 얼른 허리를 펴고 일어섰다. 퀵서비스 직원이었다.

"이고운 씨 되시죠?"

"네."

"사인해 주세요. 잠시만요. 여보세요? 네. 아, 지금 출발합니다. 이십 분이면 충분합니다. 네."

고운에게 사인을 받고서 퀵서비스 직원은 전화를 받으며 서둘러 가게를 나갔다. 땡그랑. 다시 맑은 풍경 소리가 울렸다.

고운은 퀵서비스 기사가 내려놓고 간 상자를 테이블 위로 올렸다. 한약 상자였다. 상자를 열어 보니 안에 흰 편지 봉투가 들어 있었다.

—안녕하세요. 이환이 대학 동기 하석민이라고 합니다. 이환이 녀석이
일러준 그대로 약 지어서 보냅니다. 혹시 드시다 불편한 게 있으시면 바
로 연락 주세요. 제가 조만간 찻집으로 한번 찾아뵙겠습니다.

그러고 보니 예전에 몇 번 스치듯 본 적이 있는 사람이었다. 고
운은 약을 한 봉지 꺼내서 들어 보았다. 약을 우려낸 지 얼마 되지
않았는지 여전히 뜨거웠다.

한의사가 되고 난 이후부터 늘 해마다 계절이 바뀔 무렵이면 직
접 약을 달여 가지고 왔던 이환이었다. 아마 올해도 몽고에 있지
않았더라면 직접 달여 가지고 왔을 터. 한데 그러질 못하니 더욱
마음이 쓰였던 모양이다. 친구에게 부탁까지 했던 걸 보면. 고운
은 그런 이환의 마음이 고마우면서도 미안하고, 또 그만큼 무거웠
다. 고운은 의자를 꺼내 앉아 휴대전화로 메일함을 열었다. 이환
의 메일 주소를 찾아 입력했다.

—오빠

짧은 두 글자를 쓰고 나자 늘 그랬듯 이번에도 역시 무슨 말부
터 해야 할지 조금 막막했다. 그러고 보니 이환이 몽고에 간지도
벌써 반년이 지나 있었다.

"몽고?"

"대학 은사님께서 몽고에 계신데, 그곳 병원에서 급하게 인력 충원을 해야 한다고 해서. 내가 간다고 했어."

"얼마 동안?"

"글쎄. 지금으로서는 한 일 년 정도?"

지이잉.

옛 생각에 잠겨 있던 고운은 손에서 느껴지는 진동에 퍼뜩 정신을 차렸다.

전화가 들어왔다. 남훈이었다.

"미팅은 잘 끝냈어?"

〈응. 대충 잘 하긴 한 것 같은데.〉

그런데 말끝을 흐리는 게 아무래도 이상했다.

"왜? 무슨 일 있었어?"

〈아니, 작가분들도 다 좋고 그런데 PD가 좀…….〉

"PD가 왜?"

✳

새벽 한 시가 가까워졌는데도 식당 안은 만원에 가까웠다. 메뉴판에 적힌 '해장국'이란 이름이 무색할 정도로 식당 안의 테이블마다 빠짐없이 소주병이 자리하고 있었다. 재희와 현석의 자리 역시 예외는 아니었다.

"아우씨, 이제 살겠네."

아예 뚝배기 째로 국물을 쭉 들이켠 뒤에 현석이 개운한 얼굴로 재희를 보았다. 한데 재희는 무슨 생각을 그리 하는지 비딱하니 이마를 괸 채 술잔만 만지작거리고 있었다. 해장국은 아예 건드리지도 않았는지 숟가락이 새것 그대로였다. 대신에 술은 이미 한 병 넘게 비어진 상태였다.

"너, 뭐 해장국 앞에 놓고 제사 지내냐?"

현석이 숟가락을 들어 재희의 앞에 휘휘 젓자 비로소 고개를 슬쩍 든다.

"딱 보니 뭔 일 있구만. 탁 털어놔 봐. 이 형님이 시원하게 풀어 줄 테니까."

"일은 무슨……."

재희는 심드렁하니 받아치고는 만지작거리던 술잔을 들어 입에 털어 넣었다.

"니네 프로 DJ 뽑는 것 때문에 그래? 마땅한 사람이 그렇게 없어?"

다른 사람들에게는 마땅한 사람이 하나 있긴 하다. 단, 오로지 재희에게만 마땅하지가 않아서 문제일 뿐.

"그냥 한남훈 하면 되겠구만."

뜬금없는 현석의 말에 재희가 고개를 들었다. 현석이 뭘 그렇게 놀라냐는 투로 상 위에 올려 둔 재희의 휴대전화를 가리켰다.

"아까 너 화장실 갔을 때, 문자 왔던데? 아주 난리도 아니더만."

"야, 인마. 넌 왜 남의 전화기를 함부로."

눈에 있는 대로 힘을 주고 현석을 노려보고서 재희는 휴대전화 문자창을 열었다.

—야, 고재희. 너 미쳤지? 내가 아무리 생각을 해도 이해가 안 돼서 그런다. 어? 여자 친구 있어요? 있으면? 있으면 네가 어쩔 건데? 자라 보고 놀란 가슴 솥뚜껑 보고 놀란다고. 혹시 손민건 때문에 그래? 야! 아무리 그래도 배우의 사생활을! 그것도 초면에! 네가 PD 생활 원데이, 투데이 하는 초짜도 아니고오! 대체 어쩌자고 그런 실수를 해! -남 선배-

—작년에 나, 다 집어치우고 스위스 간다는 거 네가 말렸잖아! 딱 일 년만 더 하라고 네가 잡았다고! 내가 너 아니었으면 알프스 산에서 요들송 부르고, 근사한 남자랑 연애도 하면서 아주 그냥 니나노를 부르고 살았을 텐데! 그런 날 억지로 끌고 들어왔으면서, 거기서 여자 친구 있습니까아? 그런 말도 안 되는 똥을 뿌려! 다른 사람도 아닌, 고재희 네가? -남 선배-

—네가 생각해도 미친 거 맞지? 잠시 내 정신이 아니었구나 싶지? 회개하자, 고재희. 사람이니까 잠깐 실수 할 수 있어! 반성하고, 사과하고, 원래대로 바로잡으면 돼! 간단한 거라고! -남 선배-

—선배, 암만 생각해 봐도 선배가 실수했어요. 그냥 쿨하게 사과하고, 우리 다시 한 번 사정해 보죠. -황연주-

—형, 일 쳤다면서요? 아니, 대체 어쩌자고 그랬어요? 다른 사람

도 아닌 한남훈인데! 형, 연주가 괴로워해요. 우리 와이프 너무 고생 시키는 거 아닙니까? -홍순태-

—처음부터 한남훈 아니면 안 된다고 한 사람, 고PD 너다. 이성적으로 생각해. 도대체 뭐 때문에 그랬는지 모르겠지만, 지금이라도 수습하자! 세상에, 이런 기회 둘도 없다는 거 잘 알고 있지? 한남훈이야, 한남훈! -남 선배-

—국장님 아는 거 시간 문제다? 한남훈이랑 미팅한 거 뻔히 다 아는데, 누구 때문에 틀어졌다는 거 알면, 그 성격에 가만 있을 것 같아? 시말서 한 장으로 안 끝나. 그러니까 한남훈 마음 바뀌기 전에 당장 연락해서 내일 보자 그래. 혼자 만나기 그러면 우리가 전부 다 같이 나가 줄게! -남선배-

—너, 믿는다. 고재희. 응? HBS 스탠바이미 고재희 PD! -남 선배-

심드렁하니 보다 휴대전화를 다시 상 위에 툭 던져 놓는데 앞에서 혀를 차는 소리가 들려왔다.

"야, 인마. 한남훈이면 차고 넘치는구만, 또 뭐가 마음에 안 들어서 거기서 어깃장을 놔. 그냥 좀 해라. 괜히 쓸데없이 골머리 썩지 말고. 가만 보면 넌 없는 고생을 사서 하는 스타일이라니까?"

오늘따라 말 참 많다.

"야. 한남훈, 난 걔 좋더라. 마스크도 좋고, 연기도 잘하고, 거기다 발성도 좋고, 성격도 좋아 보이고. 그러니까 그냥 해, 인마.

듣자니 애도 착하다더만. 이번에 걔, 누구냐? 걔처럼 그런 말썽은 절대 안 칠거다, 아마."

"누가?"

"어?"

"누가 걔더러 착하다고 했냐고."

"아니, 뭐…… 그렇게 생겼잖아."

"그렇게 생기기는……. 야, 남 등쳐 먹고 다니는 사기꾼 중에 나쁘게 생긴 놈 하나도 없어."

괜스레 엉뚱한 사람에게 신경질을 쏟아 내고서 재희는 소주잔을 깨끗하게 비워냈다.

착해? 착한 놈이 그런 짓을 하고 다니나?

"혹시 여자 친구 있어요?"

갑작스런 질문에 당황하던 한남훈의 얼굴이 떠올랐다. 하지만 이내 씩 웃으며 고백하듯 털어놓았다.

"네. 있어요."

여자 친구의 존재를 당당히 밝히고서 뒷머리를 긁적거리며 해맑게 웃는데 그 나이대의 풋풋하고 싱그러운 청년, 아니, 소년 같은 냄새가 났다. 꺄악! 작가들 사이에서 돌고래 울음소리와도 같은 환호성이 터져 나왔다.

"어머! 정말? 누구, 연예인? 우리도 아는 사람?"

"아뇨. 고등학교 때부터 친군데 지금은 평범한 대학생이에요."

"어머, 진짜? 어우우! 되게 예쁜가 보다!"

"네. 예쁘고 또 되게 똑똑해요. 의대 다니거든요."

여자 친구 자랑을 하며 팔불출처럼 히히 웃기까지 했다.

"어머! 남훈 씨, 여자 친구 정말 좋아하나 보다? 여자 친구 얘기 하니까 얼굴에 그냥 웃음꽃이 확 피네? 누가 먼저 고백했어?"

"제가요. 제가 학교 다닐 때부터 쭉 좋아했거든요."

"어머, 그럼 첫사랑?"

"네. 아, 참! 근데 이거 절대 비밀이에요. 여자 친구가 알면 저 죽어요. 정말 걔, 자기 프라이버시 엄청 중요하게 생각해서 걔 친구들한테도 제 얘기 절대 안 하거든요."

그 누군가의 말처럼 재희가 보기에도 정말 좋아하는 듯했다. 그러니 더욱 이해가 안 갔다. 여자 친구까지 있는 녀석이 대체 이고운한테 왜 그런 걸까? 정말 자기 말처럼 고운을 사랑이라도 한다는 건가. 좋아 죽겠다는 여자 친구도 있다는 녀석이? 한참을 골똘히 생각하다 재희는 맞은편에 앉은 현석을 힐끔 보았다. 현석이 '왜?' 하고 묻는다.

"좋아하는 사람 따로 두고 다른 사람한테 사랑한다는 말을 할 수가 있나?"

"농담으로?"

"농담으로 하는 말 같으면 너한테 묻겠냐?"

재희의 핀잔에 현석이 비뚜름하게 턱을 괴었다.

"뭐, 양다리면 그럴 수도 있지. 요새 양다리가 어디 한둘이겠어?"

역시나 현석의 입에서도 재희가 생각하는 바가 나왔다. 이런 나쁜 놈의 개자식. 재희는 주먹을 꾹 말아 쥐었다.

"뭐야, 고재희. 설마 너, 양다리 중에 한 다리 된 거야?"

재희는 대답 대신 그저 한 번 쳐다보기만 했다. 현석이 금세 양손을 저으며 자신의 말을 정정했다.

"하긴 무슨 여자를 만나야 한 다리가 되든 반 다리가 되든 하지. 근데 그런 얘긴 갑자기 왜 물어? 네 입에서 나올 소리가 아니잖아."

타인에 대해서는 그냥 무관심으로 일관하는 재희의 성격을 누구보다 잘 아는 현석이었다.

"아는 사람."

현석이 '아하!' 하며 고개를 끄덕이더니 이내 되물었다.

"그래서?"

"그래서라니?"

재희도 되물었다. 가타부타 무슨 답을 해주리라 믿었는데 그래서라니? 이건 바라던 답이 아니다. 한데 현석은 여전히 영문을 모르겠단 얼굴로 어깨만 으쓱일 뿐이었다.

"말 그대로야. 그래서 그게 너랑 무슨 상관이냐고."

"……무슨 상관이 있어서가 아니라 어쨌든 말은 해줘야 할 거 아냐. 모르면 모를까, 내가 아는데."

마치 제가 귀찮은 일을 떠맡은 양 인상을 찌푸린 채 물을 마시던 현석이 시큰둥하니 물었다.

"너랑 친한 사이야?"

순간, 누군가에게 뒷통수를 세게 한 대 맞은 기분이었다. 대답을 못 하고 있으니 현석이 확인이라도 하듯이 재차 물었다.

"너랑 친한 사이냐고. 누군데 이렇게 신경을 써?"

재희는 멈칫거렸다.

'이고운'이라고 혹시 기억해? 왜, 우리 고등학교 다닐 때 1학년 애. 단발머리에 얼굴 하얗고 예쁘장하게 생겼던, 서이환과 친했던 애 있잖아. 아, 야자 시간에 방송 사고 쳤던 애. 근데 걔가 만나는 놈이 아무래도 양다리 같단 말이야. 그것도 한참이나 어린 놈이. 그래도 내가 선밴데, 모르면 모를까, 말은 해줘야 할 거 아냐. 안 그래?

그냥 그렇게 말을 해도 됐었다. 한데 그럴 수가 없었다. 현석의 눈을 한참 들여다보다 재희는 답지 않게 말끝을 흐렸다.

"……글쎄."

"글쎄는 또 뭐야. 기면 기고 아니면 아니지."

한심하다는 투로 콧방귀를 뀌고서 현석이 재희의 앞에 놓인 소주를 가져다 자신의 잔을 채웠다.

"아주 친한 사람 아니면 그냥 모른 척해. 자고로 남의 연애사에 관여하는 것만큼 멍청한 짓이 없다. 딴에는 신경 써서 좋은 마음으로 얘기해 줘도 오히려 괜한 불똥 튀어서 욕만 먹게 되거든. 그리고 너, 원래 남의 일에 관심 없잖아. 너답지 않게 남 걱정은."

현석이 별 것도 아닌 걸로 괜한 고민을 하냐는 듯 한참 잔소리를 늘어놓았다.

"……하긴."

걔랑 나랑 무슨 사이라고.

재희는 만지작거리고만 있던 술잔을 들어 입으로 가져갔다. 인상이 절로 써졌다. 오늘따라 술맛 한번 참 고약했다.

고운이 어장 관리를 당하든 말든 그야말로 무슨 상관이랴. 현석의 말처럼 아무 사이 아니니 그냥 신경 끄면 될 일이었다. 한데 도대체 여긴 왜 와 있는 걸까. 현석과 헤어진 후, 택시를 타고 곧바로 집으로 향했다. 그런데 의지와는 상관없이 발이 제멋대로 움직였다. 떠나려는 택시를 다시 급하게 잡아 타고는 '북촌이요'라고 해버린 거다.

"애인 보러 가는 길인가 봐요? 좋을 때네. 하하, 부럽습니다."

50대로 보이는 택시 기사가 백미러로 눈을 맞추며 재희를 향해 웃어 보였다. 아니라 하면 그만인데 해명 대신 재희도 그냥 웃음이 나왔다. 아마 그 아저씨는 좋아서 웃은 줄 알 테지. 애인 만나러 가는 길이라 너무너무 설레고 좋아서. 엉망진창인 속은 전혀 모를 테다.

택시에서 내려 조금 걷자 어둠 속에서 환하게 빛나고 있는 가게 하나가 보였다.

─별이 빛나는 다방.

투명한 유리창 너머로 고운이 테이블에 앉아 책을 펼쳐 놓고 노트북을 골몰히 들여다보고 있었다. 재희는 시간을 확인했다. 새벽

두 시.

지난번에도 그러더니 여자애가 겁도 없이 이 시간까지…….

순간, 저도 모르게 짜증이 났다. 원래 사장이라는 놈은 대체 몇 시까지 장사를 했기에 여자애가 이 시간까지 가게 문을 열어 놓고 있는 걸까.

책을 보던 고운이 문득 전화를 받았다. 고운의 얼굴에 미소가 스미는가 싶더니 이내 소리 내어 웃었다. 행복해 보였다.

"자고로 남의 연애사에 관여하는 것만큼 멍청한 짓이 없다. 그 러니 그냥 신경 꺼."

현석의 말이 맞았다. 자기가 좋다는데 굳이 거기 끼어들 이유가 없었다. 멍청한 짓이다. 재희는 뒤돌아서 걸음을 뗐다.

한 발짝.

그래, 너랑 나랑 무슨 사이라고.

두 발짝.

신경 끄자, 신경 끄면 될 일이다.

세 발짝.

"여자 친구 있어요. 고등학교 때부터 친구. 근데 이거 꼭 비밀 로 해주셔야 해요. 안 그러면 저, 걔한테 차여요.

걸음을 멈추었다.

……이런 개자식.

재희는 곧바로 뒤돌아서 성큼성큼 가게로 걸어갔다.

옳은 일이든 그른 일이든 이젠 아무래도 상관없다. 멍청하다 욕을 들어먹어도 상관없다. 분명 남의 일에 괜히 끼어들었다며 나중에 후회하게 될 것이다. 그래도 상관없었다.

문을 열자 맑은 풍경 소리가 울렸다. 고운이 고개를 들었다가 눈이 휘둥그레 커진다.

"선배?"

고운이 반가운 얼굴로 자리에서 일어났다.

"이 시간에 여긴 어쩐 일이에요?"

재희는 마른 침을 삼켰다. 분명 알려 주기 위해 온 건데 막상 고운의 얼굴을 보니 입이 잘 떨어지질 않았다. 눈치채기라도 한 걸까. 고운의 얼굴에서도 웃음기가 사라졌다.

"선배, 무슨 일 있어요?"

고운이 조심스레 물었다.

"……그게."

땡그랑.

맑은 풍경 소리가 재희의 말을 잘랐다. 바람 냄새와 함께 급하게 누군가가 가게 안으로 들어왔다.

"누나야, 내 왔다. 근데 누나가 사 오라 한 건 없던데?"

한남훈이다. 재희와 남훈의 시선이 부딪쳤다. 놀란 듯 재희를 보고 있다 남훈이 이내 반갑게 인사를 건넸다.

"어? 고PD님이 여긴 어쩐 일이세요?"

투박한 경상도 사투리가 마치 마법처럼 서울 말씨로 바뀐다. 재희가 대답을 하기도 전에 고운이 남훈에게 되물었다.

"너, 선배 알아?"

"선배? 고PD님이 누나 선배라고?"

남훈이 어리둥절한 얼굴로 고운과 재희를 번갈아 보다 고개를 갸우뚱거렸다.

"고PD님, 내 오늘 미팅하고 온 라디오 PD님인데?"

"정말?"

남훈과 고운의 눈길이 나란히 재희에게로 다가왔다. 재희는 당황스러웠다. 아몬드형의 긴 눈매가 그러고 보니 어쩐지 닮은 것도 같다. 고운이 웃으며 말했다.

"선배. 남훈이, 제 동생이에요."

동생.

"왜, 예전에 고등학교 때 우리 같이 통영 갔을 때, 그때 한 번 봤었는데. 기억 안 나요?"

통영.

유난히 새까맣고 동글동글한 눈을 가진 조그만 꼬마 아이가 어렴풋 떠올랐다. 한데 그 꼬마가 지금 눈앞에 있는 이 한남훈이라고?

"남훈이 너도 기억 안 나? 재희 선배. 왜, 나 통영에 처음 갔을 때 같이 갔던 선배."

재희를 뚫어져라 보던 남훈이 갑자기 '에?' 하며 큰 탄성을 내질렀다.

"이 형이 그때 그 재희 형아라고?"

마치 엊그제 본 사람처럼 남훈이 재희를 '형아'라 부르고 있었다.

"와아! 진짜가? 형! 저 남훈이, 아니, 상운이에요! 저 기억하세요? 우와, 어떻게 인연이 또 이렇게 이어졌대? 진짜 신기하다! 형, 그쵸?"

넷.
어땠을까?

"이제 좀 괜찮아요?"

근 십 분 가까이 딸꾹거리고 있었던 터라 제법 걱정이 많이 되었던 모양이었다. 고운이 안색을 살피며 조심스레 묻는 말에 재희는 애써 무안함을 감추고 고개를 짧게 끄덕였다.

"⋯⋯응."

"유자차예요."

고운이 내려놓은 찻잔에서 향긋한 유자 향이 하얀 김에 묻어 모락모락 올랐다.

"꿀 많이 탔어요."

장난처럼 따라 나온 고운의 뒷말에 재희는 어색한 미소만 지었다. 고운이 자연스럽게 재희의 맞은편 자리에 앉았다.

"술, 많이 마신 거예요?"

"어? 어. 아니. 아니, 좀."

방송을 마치고 나와 현석과 함께 부어라 마셔라 했던 술의 양이 소주 두 병쯤 되었던가. 하지만 이미 온몸에 퍼져 독한 냄새를 풀풀 풍기고 있어야 할 취기가 거짓말처럼 증발되어버린 뒤였다. 실로 놀라운 일이 아닐 수 없다. 사람이 받는 정신적 충격이라든지 놀라움이 생각했던 것보다 훨씬 더 큰 힘을 발휘할 때가 있다는 사실을 재희는 오늘에서야 새삼 깨달았다.

"선배, 뭐 속상한 일 있었던 건 아니죠?"

재희와 눈길이 닿자 고운이 걱정스레 물었다.

"아까 가게 들어올 때, 선배 표정이 너무 안 좋아서요."

등 뒤에서 식은땀이 또르르 흐르는 것만 같다.

만약 머릿속에 생각하고 있던 그 말을 입 밖에 내뱉었다면 어떻게 되었을까. 아마 지금 이 자리에 앉아 있지도 못할 것이다. 아마 집으로 달려가 타조처럼 베개에 머리를 박고 밤새 이불을 걷어차고 있었겠지.

"선배랑 남훈이랑 같이 일하게 될 거라고는 정말 꿈에도 생각 못했거든요. 어쩌면 라디오 하게 될지도 모른다는 얘기 들었을 때도…… 맞다. 그러고 보니 정말 왜 그때 선배 생각을 못 했지?"

"……그러게."

"에이, 아직 확실한 건 아니다!"

주방 뒤편에서 남훈의 목소리가 들리는가 싶더니 젓가락을 입에 문 녀석이 한 손에는 컵라면을, 그리고 다른 한 손에는 맥주 한

캔을 들고 밖으로 나왔다. 고운의 옆에 자리를 잡고 앉은 그가 재희를 보며 씩 웃었다.

"고PD님, 아니, 재희 형이 아직 확답 안 주셨거든."

재희는 당황한 눈빛으로 남훈을, 그리고 고운을 보았다. 얼굴이 화끈 달아올랐다.

"실은 아까 저, 인터뷰할 때 엄청 겁먹었어요. 형 무서워서."

젓가락을 뜯어 습관처럼 이리저리 부벼대며 남훈이 순한 얼굴로 장난스럽게 말을 이었다. 서울 토박이로 알았던 낮과는 다르게 지금 재희의 앞에 앉은 남훈은 영락없는 경상도 청년의 모습 그대로였다. 역시 신이 내린 미친 연기력의 소유자답다. 만약 아까 낮에도 지금처럼 사투리를 썼다면 고운의 동생이었다는 걸, 그 옛날 그 꼬맹이였다는 걸 알아볼 수 있었을까.

남훈과 재희를 번갈아 보던 고운이 이내 동생의 옆구리를 툭 치고서 얼른 말을 돌렸다.

"참, 선배. 아까 물어보려다 남훈이 때문에 깜빡했는데. 무슨 용건 있어서 오신 거 아니에요?"

용건이 있긴 했다. 차마 말로 할 수 없는 용건인 게 흠이지만.

"그러니까. 이 밤중에 여기까지 올 정도면 엄청 중요한 일 아니에요?"

남훈도 거들고 나섰다. 재희는 당황한 마음을 감추느라 찻잔을 들어 한 모금 꿀떡 삼켰다.

"……어, 그거 뜨거울 텐데."

그렇잖아도 지금 막 그 뜨거움을 호되게 느낀 참이었다. 쿨럭.

헛기침이 튀어나왔다. 아무 일 없다는 듯 얼른 입꼬리를 끌어올리며 고운을 보았다. 무슨 핑계를 대야 하나 싶은 순간, 마침 창가에 놓인 화분 하나가 눈에 들어왔다.

"그게, 아버지가."

아버지란 말이 나오자 고운과 남훈은 똑 닮은 눈매를 동그랗게 뜨고서 재희를 빤히 보고 있었다.

"혹시 집에 별 문제 없냐고, 한번 물어보래서."

어색한 침묵이 찾아왔다. 재희는 서둘러 말을 덧붙였다.

"그러니까 어디 수리해야 할 곳이나 그런 데 있는지 한번 알아보라고, 아니 꼭 물어보라고 해서."

남훈이 이상하다는 듯 고개를 갸웃거리며 재희를 빤히 보았다. 그래, 당연히 이해가 안 되겠지. 충분히 그럴 만했다. 정작 말을 하는 본인도 지금 무슨 소릴 지껄이고 있는 건가, 그런 지경이었으니까. 재희는 어색한 미소를 지으며 애써 말을 덧붙였다.

"그러니까 내가 여기 근처에서 술, 아니 약속이 있다고 하니까."

아, 고운이 금세 싱긋이 웃으며 도리질을 쳤다.

"그런 거 없어요."

그러고는 여전히 어리둥절한 얼굴로 있는 남훈에게 설명을 해 줬다. 알고 보니 그 집이 재희네 할머니 집이었다면서. 남훈이 '진짜? 정말?' 하며 신기한 얼굴로 재희를 보았다. 어쩐지 앉은 자리가 점점 더 불편해졌고 재희는 앞에 놓인 유자차를 한 번에 쭉 들이켰다. 여전히 목구멍이 델 만큼 뜨거웠지만 상관없었다. 그보다는 한시라도 빨리 여기에서 나가는 게 먼저였다.

"그럼 말도 전했고 난 이만……."

말을 채 끝맺기도 전에 서둘러 일어서는데 고운이 따라 일어섰다.

"잠시만요. 선배, 집에 가는 거죠? 제가 데려다 줄게요."

재희는 눈을 깜빡이다 손사래를 쳤다.

"됐어. 택시 타고 가면 되니까 그럴 필요……."

"번화가도 아니고 이 시간엔 택시도 잘 안 잡혀요. 남훈아, 열쇠."

"어."

남훈이 주머니에서 열쇠를 꺼내 고운의 손바닥에 쥐어주었다.

"형, 누나 운전 잘해요. 타고 가세요. 누나야, 내는 여기 있을게."

졸지에 남훈의 배웅을 받으며 재희는 고운의 손에 이끌려 가게를 나왔다. '삐!' 소리와 함께 가게 앞에 주차되어 있던 차가 반짝하며 불이 켜졌다.

"선배, 타요."

고운이 차 문을 직접 열어 주며 이리 오라 손짓을 했다. 더는 어쩔 도리가 없었다.

초록불에서 노란불로, 그리고 빨간불로 바뀌었다. 차가 부드럽게 멈춰 섰다.

고요했다. 침 넘기는 소리조차 크게 울릴 것 같은, 숨 막힐 듯한 정적이었다. 좁고 어두운 공간에 단 둘이 있다는 건 생각보다 훨씬 더 어렵고 긴장된 일이었다. 물론 상대가 어떤 사람이냐에 따라 그 긴장됨의 정도는 달라질 테지만.

큼, 재희는 마른기침을 하며 창밖으로 고개를 돌렸다.

"선배."

옆에서 들려온 말소리에 재희는 지나치게 긴장한 채 돌아보았다.

"스탠바이미라 했죠? 선배가 하는 프로그램이요."

"······응."

"앞으로는 매일매일 꼭 들을게요."

신호가 바뀌었고 차가 다시 출발했다.

"아까, 남훈이 때문에 많이 놀랐죠?"

"조금."

실은 아주 많이.

"세월 참 빨라요. 그 꼬맹이가 저렇게 크고."

"그러게."

재희는 창틀에 팔을 올려 비스듬히 머리를 괴었다. 대학에 간 후에도 가끔 고운이 생각날 때, 그리고 가끔 바다에 갈 일이 있을 때, 고운과 함께 갔던 통영에서의 일이 떠올랐다. 그리고 그럴 때면 처연하지만 유난히 고우셨던 고운의 어머니도, 억센 사투리를 쓰던 밝고 명랑했던 고운의 이모도, 그리고 머리통이 동그랗고 눈망울이 새카맣던 귀여운 꼬마 녀석도 함께 생각나곤 했다.

"엄마가 돌아가시기 전에 남훈이 아버지한테 연락을 했더라고요.

나야 그래도 서울에 집이 있었지만 남훈인 나랑 엄마 말고는 아무도 없었잖아요. 그리고 그때, 남훈이 나이가 너무 어리기도 했고……. 아버지 호적에 들어가면서 이름도 바꿨어요. 항렬 때문에."

재희는 가만히 고운의 이야기를 듣고만 있었다.

"남훈이 녀석, 삼대 독자래요. 마침 남훈이 본가에서도 아이가 없어서 마음고생이 심했었다 그러더라구요. 그러다 엄마 연락 받고 어른들께서 정말 흔쾌히 받아주셔서…… 감사하죠. 남훈이 부모님, 두 분 모두 정말 좋으신 분들이세요. 저한테도 되게 잘해 주시고요. 참, 근데 이거 대외비예요. 남훈이 부모님 입장도 있고, 또 남훈이 소속사에서도 우리 집 가정사 알려지지 않았으면 하고요."

이름이 바뀌었던 것도, 가족관계에 누나가 없었던 것도 그래서였다. 이제야 모든 게 이해가 갔다. 그저 공부하고, 평범한 대학 생활을 보냈을 다른 아이들과 달리 여러모로 마음고생이 심했겠구나. 지나간 세월이 괜스레 안타깝고 안쓰러웠다.

고운은 재희가 아무 말이 없자 옆을 힐끔 돌아보았다. 재희는 앞만 바라보고 있었다. 반듯한 이마 아래로 곧게 뻗은 콧날과 입술, 날렵한 턱선 등이 차례대로 시야에 들어왔다. 마치 고운의 시선을 느끼기라도 한 것처럼 재희가 왼손을 들어 관자놀이를 슬쩍 문질렀다. 순간, 언젠가 국이 했던 말이 떠올랐다.

"굳이 안 물어도 알 수 있잖아. 반지를 꼈다거나."

재희의 왼쪽 손에는 아무것도 없었다. 하긴 결혼반지는 오른쪽

에 끼니 왼쪽 손에 반지가 없다고 해서 결혼을 안 했다고 할 순 없
었다.

"선배, 결혼은요?"

이유는 모르겠지만 자신이 물어보고도 살짝 긴장이 되었다.

"아직."

재희도 아직 미혼이었다.

"넌?"

"저도 아직이요. 그래도 동지를 만난 것 같아서 되게 반갑네요."

고운이 제법 장난스레 웃었다.

"너도 주변에서 어지간히 괴롭히나 보네."

"그렇죠, 뭐."

덕분에 어색하던 분위기가 조금씩 편안해졌다.

[노래 한 곡 더 듣고 갈게요. 이런 고요한 밤이 되면 왠지 지나간 첫
사랑도 생각나고, 오래 전에 연락이 끊긴 친한 친구들도 생각나고 그러
는데요. 아마, 이 노래 들으면 그런 생각이 더 진하게 날 것 같네요. 싸
이의 '어땠을까']

DJ의 말이 끝나고 라디오에서 노랫소리가 흘러나오기 시작했
다. 고운이 볼륨을 살짝 높이더니 이내 흥얼거리며 노래를 따라했
다. 재희의 입가에도 옅은 미소가 그려졌다.

"……진짜 어땠을까."

고운이 문득 핏 웃으며 혼잣말을 했다. 재희의 눈길이 그런 고

운에게로 향했다.

"왜, 우리도 연락 안 끊겼으면 어땠을까, 문득 그런 생각이 들어서요. ……사실 선배, 꼭 한번 보고 싶었거든요. 뭐하고 지내나 궁금하기도 했고."

잠시 정적이 흘렀다. 대답도 없이 무언가를 골똘히 생각하던 재희는 창틀에 팔을 올려 비스듬히 머리를 괴었다.

"연락하지 그랬어. 대학 때라도. 그럼 얼마든지 볼 수 있었을 텐데."

고운이 대답은 않고 재희를 돌아보았다. 한데 그 눈빛이 어딘가 의미심장했다. 아니나 다를까.

"연락했는데 선배가 안 받았잖아요."

이건 또 무슨 말일까?

"전학 가고 얼마 안 되어서 아빠가 휴대전화 사줬고…… 맞아, 그때 휴대전화 처음 생겼을 때도 선배한테 바로 연락했었어요. 전화 생겨서 삐삐 없앤다고. 그리고 나중에 대학 붙었을 땐 내가 직접 선배……."

"잠깐만."

재희가 고운의 말을 막았다. 무슨 이야기를 하는 건지 도무지 알아들을 수가 없었다. 재희의 억울하다는 표정을 읽었는지 고운이 의아한 눈빛으로 재희를 빤히 보았다.

"정말 기억 안나요? 그때 일 전부 다?"

"아니. 그때 일 전부 다 똑똑히 기억나."

"근데 왜 처음 들었다는 것처럼 그래요?"

"처음 들었으니까."

"네?"

말도 안 돼. 고운이 중얼거리는 소리에 재희도 똑같이 중얼거렸다. 정말 말도 안 되는 건 나라고.

"그러니까 나한테 연락을 했었다고? 휴대전화 생기고도?"

"네. 삐삐 남겼었잖아요. 휴대전화 생겼다고."

고운의 말에 아무리 그때의 기억을 되짚고 또 되짚어 보았지만 그런 적은 결코 없었다.

"난 못 받았어."

재희의 강한 어조에 고운의 눈매가 커다래진다.

"진짜요?"

"그래."

"그럴 리가 없는데? 혹시 학교 다니느라 바빠서 잊은 거 아니에요?"

다른 사람도 아닌, 고운의 연락을 기억하지 못할 리가 없었다.

"아니. 전혀. 정말 연락 못 받았었어."

재희의 단호한 대답에 고운은 콧잔등을 찡그렸다.

"나는 분명히 연락을 했었고 선배는 분명히 연락을 받은 적이 없었고. ……정말 귀신이 곡할 노릇이네요."

"……그러게."

도대체 뭐가 어디서부터 어떻게 잘못되었던 걸까.

"전학 가고 처음 한 달간은 선배도 나도 삐삐 꽤 자주 했었어요. 그죠?"

"그래, 그랬어."

"그러다 어느 순간 연락이 끊겼는데…… 가만, 그러고 보면 내가 휴대전화 생기고 나서부터 선배랑 연락이 끊겼던 것 같기도 하고."

고운의 말에 재희는 눈을 가느스름하게 뜨고 옛 기억을 더듬어 보았다. 지금 고운의 말을 들어보니 연락이 끊겼던 건 너무나도 당연한 일이었다. 이미 없애버린 삐삐에다 계속 혼자서 일방적으로 연락을 보내고 있었던 것이니까. 세상에…… 정말 꿈에도 생각지 못했던 이유였다. 재희는 한숨 어린 실소를 지으며 이마를 짚었다.

"난, 네가 공부하느라 바빠서 연락 없는 줄로만 알았어. 아무 연락이 없어서."

"나야말로 휴대전화 생겼다는데도 연락 한 번 없기에 선배 학교 다니느라 바빠서 그런 줄 알았어요."

십여 년 전, 매일 매일 삐삐를 들여다보며 고운에게서 연락이 왔었나, 안 왔었나 체크했던 날들이 있었다. 고운의 말처럼 정말 어느 순간부터 거짓말처럼 연락이 딱 끊겼었다. 고운의 소식이 궁금해 가끔 삐삐를 남기곤 했지만 고운에게서는 단 한 번도 답이 오지 않았다. 처음에는 공부하느라 바빠서 그렇겠지, 그렇게 스스로를 위로했었다. 그러다 이 년이 지나 수능이 끝나고, 고운이 대학생이 되었을 무렵에는 시간이 지나서 나란 사람은 잊었나보다, 그렇게 혼자 다독여야만 했다. 한데 그게 아니었던 것이다. 정말 고운의 말처럼 꼭 귀신에 홀린 기분이었다.

"아냐. 고등학교 다닐 때야 그렇다고 쳐도, 그 후엔 선배가 내 연락처 몰랐을 리가 없는데?"

한참을 심각하게 생각하던 고운은 또다시 뭔가가 떠오른 모양이었다.

"기억 안나요? 내가 선배 학교까지 찾아갔던 거."

"……학교에?"

이건 또 무슨 말일까.

"왜, 선배 3학년 때였나. 나 대학 입학하고 바로 선배 학교 찾아갔었잖아요."

"네가? 날 찾아왔다고?"

"네. 선배 과사에. 그런데 마침 거기에 선배 여자 친……."

예전 이야기를 해 주며 재희를 돌아보다 고운은 문득 웃음 짓고 말았다. 재희의 얼굴은 억울 그 자체였다. 정말 그에게는 모든 게 처음 들어 본 이야기임이 분명했다.

"진짜…… 이게 다 무슨 일인지 모르겠다, 그쵸?"

"그러게."

재희는 한숨을 내쉬며 이마를 짚었다.

두 사람 사이에 분명 오해가 있었고, 결국은 그 일로 인해 자연스럽게 연락이 끊어지고 말았던 것이다.

"뭐가 어떻게 된 거지?"

어디서부터 잘못되었는지 생각을 해보려고 해도 워낙 오래전 일이라 기억을 짜 맞추기조차 쉽지가 않았다. 곰곰이 옛날 일을 떠올려 보고 있는데 고운이 웃으며 재희를 불렀다.

"그땐 정말 서운했었는데, 그래도 선배가 일부러 연락 끊은 건 아니었다니까 조금 위로가 되네요."

이하동문이다. 고운의 장난기 섞인 그 말에 재희도 그만 피식 웃고 말았다.

"방송반 사람들이랑은 다들 자주 보죠?"

"다는 아니고 그냥 몇몇만."

"그래요? 난 옛날에 그랬던 것처럼 여름에는 여행도 다 같이 가고 꼬박꼬박 잘 모일 줄 알았는데."

이환에게 아무 말 못 들었던 걸까. 그러고 보니 이환과는 어떻게 지내는지 문득 궁금해졌다. 물어보려다 재희는 한숨과 함께 이환의 이름을 꾹 삼켰다. 고운의 시선이 다가오기에 재희는 서둘러 입을 열었다.

"대학 때는 가끔씩 보곤 했는데 지금은 아무래도 다들 사는 게 바쁘니까. 결혼하면 아무래도 자기 생활이 더 없어지기도 하고."

"아무래도 그렇긴 하죠. 음, 현석 선배였나? 선배 단짝. 그 선배랑은 지금도 보죠?"

"그 녀석, 의사 됐어."

"의사요? 어? 문과였는데 어떻게요?"

"학교 몇 달 다니다 결국 의대 간다고 재수했거든. 걔네 집 식구들이 전부 다 의사라서."

"진짜요? 와! 생각도 못했어요."

"혹시 순태랑 연주도 기억나? 너보다 한 기수 위."

"그럼요."

"걔들은 결혼했고."

"정말요?"

"둘 다 방송국에서 같이 일해. 순태는 PD, 연주는 나랑 같은 프로 하는 작가."

"와아, 그럼 고등학교 때처럼 다 같이 일하는 거네요? 웬일이야. 진짜 신기하다."

이런저런 이야기를 하다 보니 어느새 차는 재희의 동네에 다 와 있었다.

"이쪽으로 가면 돼."

재희가 손가락으로 오른쪽을 가리켰다. 고운이 부드럽게 핸들을 돌렸다. 얼마 지나지 않아 재희가 창문을 가볍게 톡톡 두드렸다.

"어, 여기."

5층짜리 건물 앞에서 고운의 차가 멈췄다. 고운은 차창 너머로 재희의 집을 한번 올려다보았다. 1층, 2층, 3층, 4층 모두 상가가 들어와 있는 걸 보니 가장 꼭대기 층이 재희의 집인 모양이었다.

"고맙다. 늦었는데 여기까지 데려다주고."

재희가 안전벨트를 푸는 사이에 고운이 손을 뻗어 불을 켰다. 그러고는 옅은 미소를 지으며 재희에게 작별을 고했다.

"선배야말로 늦은 시각인데 가게까지 찾아와 줬잖아요. 아버님한테 걱정해주셔서 고맙다고 말씀 전해주세요. 피곤하겠다. 얼른 들어가세요."

'오랜만에'라는 단어로 얼버무리기에도 너무 긴 시간, 정말 말 그대로 강산이 한두 번쯤은 변했을 법한, 십여 년 만에 만난 고등학교 선후배 사이.

사실 이렇게 늦은 시각에 술 먹었다고 데려다주는 것만 해도 엄청난 배려이자 친절이었다. 그걸 누구보다 제일 잘 알고 있으면서도 얼른 들어가라는 그 말에 왠지 모르게 자꾸만 서운한 생각이 들었다. 재희는 마른기침과 함께 새어나오는 한숨을 서둘러 갈무리했다.

"그래. 운전 조심해서 가."

"참, 선배."

문을 열다 돌아보았더니 고운이 제 휴대전화를 재희에게 내밀고 있었다. 빙긋이 웃으면서.

"번호 좀 알려주세요."

머리의 물기를 수건으로 대충 털어 훔치고는 재희는 불을 끄고 침대에 누웠다. 눈을 감고 잠을 청했다. 한데 아무리 노력을 해도 좀처럼 잠이 오질 않았다.

"연락했었는데 선배가 안 받았잖아요."

보는 사람도 없건만 재희는 피식 웃으며 손으로 얼굴을 가려 버렸다. 처음 그 이야기를 들었을 땐 어이가 없었다. 하지만 지금은 아니었다. 비록 너무 늦긴 했지만, 그래도 고운도 자신에게 연락을 했었다는 걸 알았으니까.

지이잉, 진동이 울리며 문자가 왔다.

─선배, 저도 방금 집에 왔어요. 좋은 꿈 꿔요, 선배.

재희는 서둘러 자리에서 일어나 앉았다.

─그래. 너도 좋은 꿈 꿔라.

전송버튼을 누르려다 재희는 다시 문자 창을 눌렀다. 한참을 노려보다 '딜리트'를 눌렀다.

─그래. 너도 좋은 꿈 꿔.

전송버튼을 누른 뒤, 재희는 고운이 보낸 문자를 다시 보았다.

─010─XXXX─XXXX.

발신인 이름이 없는 문자를 들여다보다 재희는 화면을 눌렀다. '새로운 연락처 등록'을 누르자 '이름' 칸에 커서가 깜빡였다. '이고운'까지 적었다가 다시 앞으로 돌아가 글자를 새로 고치고 저장 버튼을 눌렀다.

─고운

재희의 얼굴에 희미한 미소가 담기었다. 침대에 기대어 문자를 보고 또 보는데 거짓말처럼 액정이 다시 환해졌다.

—선배, 다시 만나서 정말 좋아요. 앞으로 자주 봐요, 우리.

슬그머니 입꼬리가 올라가는 게 느껴졌다. 톡톡톡톡, 부지런히 손가락을 움직였다.

—그래. 그러자.

잠시 고민하다 다음 말도 마저 썼다.

—다시 보니 좋다. 나도.

문자를 보낸 뒤, 재희는 자리에 누워 휴대전화를 계속 바라보았다. 바보도 아닌데 자꾸만 웃음이 피식피식 샜다. 이상하게도 오늘 밤은 어릴 적 소풍 전날처럼 왠지 잠이 올 것 같지가 않았다.

❋

따뜻한 시그널 음악이 흐르고 낮고 부드러운 목소리가 스피커를 통해 들려왔다.

[안녕하세요. 오늘부터 여러분과 매일 이 시간을 함께 나눌 배우 한

남훈입니다. '스탠바이미'라는 아주 재밌고 예쁘고 따뜻한 집에 제가 오늘 이렇게 이사를 왔습니다. 이렇게 많은 분들이 환영을 해주셔서 정말 감사하고 또 설레기도 하고 그러네요. 앞으로 제가 여러분의 응원에 힘입어 열심히 최선을 다해서 이 예쁜 집을 가꿔나가도록 하겠습니다. 아무쪼록 앞으로 정말 잘 부탁드리겠습니다.]

고운은 긴 나무 숟가락으로 음료를 저었다. 등 뒤에서 손님들의 이야기 소리가 도란도란 들려왔다.

"어머, 한남훈 라디오 하나 봐. 목소리 너무 좋다."

투명한 유리잔에 색 고운 자몽에이드와 레몬에이드를 가득 따르고 색색의 작은 경단과 찹쌀떡도 예쁜 접시에 담았다. 쟁반을 들고 손님들에게로 향하는 고운의 걸음이 사뿐사뿐 가벼웠다.

"주문하신 음료 나왔습니다."

음료와 떡을 테이블에 내려놓는데 손님 하나가 '어'하며 고운을 보았다.

"저희 떡은 안 시켰는데."

"서비스예요. 오늘 축하할 일이 있어서요."

쟁반을 가지고 자리로 돌아와 고운은 노트북 앞에 앉았다. '스탠바이미'홈페이지로 들어갔다. 환하게 웃는 남훈의 사진 밑으로 매일매일 사연을 올리는 곳, 요일별 코너, 다시 듣기, 시청자 게시판 등이 마련되어 있었다.

차례대로 하나씩 구경하다 '한줄 게시판'을 열었다. 방송 시작한지 얼마 되지도 않았는데 남훈을 응원하는 글들이 이미 많이도 올라와 있었다. 흐뭇하게 지켜보다 고운도 노트북으로 글자를 쳤다.

　　―이고운
　　남훈 씨와 스탠바이미의 새로운 출발을 응원합니다!

엔터를 쳤다. 동시 접속자가 많은지 고운이 쓴 문구 위로 여러 다른 응원 메시지들이 실시간으로 올라왔다.

[참, 여러분. 새로워진 스탠바이미에 저 말고 또 다른 뉴페이스가 왔어요. 바로 '내 인생의 화양영화' 라는 코너인데요. 인생에 있어서 가장 아름답고 행복한 순간을 화양연화라고 하잖아요. 그처럼 내 인생에서 가장 아름답고 특별했던 영화를 소개해 주시고, 그에 따른 사연을 보내 주시면 되겠습니다. 매주 금요일 밤, 여러분의 진솔한 마음을 기다리고 있겠습니다. 그럼 노래 한 곡 듣고 갈까요? 아이유의 '금요일에 만나요']

남훈의 멘트가 끝나고 기타 리듬과 함께 달콤한 노랫소리가 흘러나왔다. 슬그머니 미소 지으며 고운은 두 손으로 턱을 괴고서 노래를 들었다.

다섯.
낯설고 어색한, 하여 설레는 마음

"안녕하세요!"

재희와 함께 들어오던 남훈이 장난스럽게 손을 흔들며 스탠바이미 식구들에게 인사를 건넸다.

"전혀 안녕하지 못하네요. 졸려 죽겠다, 진짜."

연주가 하품을 하며 기지개를 켰다. 그런 연주를 보며 남 작가가 의미심장한 미소를 지었다.

"왜? 대체 뭐한다고 밤에 잠을 못 잤대?"

"말도 마세요. 밤새 애 때문에 실랑이하느라 잠도 얼마 못 잤잖아요. 녹음만 아니면 그래도 세 시간은 더 잤을 텐데."

연주가 평소답지 않게 우는 소리를 하며 자리에 엎드렸다.

"홍PD는? 홍PD는 녹음 없잖아. 출근도 늦겠다, 좀 봐 달라

하지."

"어유, 말해 뭐해요. 한번 잠들면 옆에서 지진이 나도 모를 인간이라니까요. 어젠 진짜 얼마나 열이 받는지 발로 엉덩이를 풀스윙으로 걷어찼는데도 모르더라고요."

모두들 깔깔거리며 크게 웃어댔다. 순태의 잠버릇을 익히 아는 재희도 덩달아 피식 웃음이 났다.

"짠, 제가 또 그럴 줄 알고 커피 배달 왔습지요. 우리 남 작가님은 크림 잔뜩 얹은 카라멜마끼아또. 우리 황 작가님은 녹차라떼. 우리 막내 작가님은 카페모카. 우리 최 엔지니어님은 까페라떼. 그리고 우리 고PD님은 아메리카노."

"캬아, 역시 우리 남훈 씨는 멘탈까지 아주 리얼 미남이라니까. 이런 것도 일일이 다 기억해서 챙기고. 남훈 씨, 여자 친구한테 잘해. 임자 없었으면 내가 남훈 씨 인생에 유일한 오점 한번 남겨 보겠다고 죽자 사자 달려들었을지도 몰라."

남 작가의 우스갯소리에 한바탕 웃음소리가 뒤따랐다. 남 작가의 옆에 있던 연주도 남훈을 향해 엄지손가락을 치켜들며 거들었다.

"하긴. 남훈 씨가 우리 복덩이긴 해. 남훈 씨 오고 청취율 오른 거 봐. 대박!"

NBC 강유라와 HBS 한남훈의 대결은 싱거울 정도로 허무하게 HBS 쪽의 승리로 끝이 났다. 처음에만 해도 팽팽하게 나뉘어 있던 청취율의 추는 일주일이 지나면서 남훈이 있는 HBS '스탠바이미' 쪽으로 이동하기 시작했고, 한 달 남짓 지난 지금은 그 격차가 꽤 벌어져 있었다. 방송가에서는 한남훈의 스타성이 강유라를 이겼다고 했지만, 남훈은 겸손하게도 라디오 콘텐츠가 더 재밌었던 것 같다며 스태프들에게 자신의 공을 돌렸다.

"에이, 너무 과한 칭찬을 해 주시니 몸 둘 바를 모르겠어서 하는 수 없이 실토해야겠어요. 실은 전 배달만 했고요, 총알 시원하게 쏘신 분은 바로 우리 고PD님."

남훈이 장난스럽게 두 손으로 재희를 가리켰다. 오! 사람들의 환호성이 스튜디오에 퍼졌다.

"어우, 진짜? 웬일이야. 잘 먹을게, 고PD."

"제가 언제는 커피 한 잔 안 사드린 것처럼 그러십니까? 남들 들으면 오해하겠습니다."

무심한 듯하지만 재희의 말투에는 웃음기가 섞여 있었다. 남 작가가 커피를 홀짝이며 의미심장한 눈길을 보냈다.

"요즘 고PD, 뭐 좋은 일 있어?"

"진짜. 선배 요새 되게 얼굴 좋아 보여요."

"맞다. 나도 그 말 하려고 했는데."

연주에 이어 세미까지 거들고 나섰다. 여전히 원고에 시선을 둔 채 재희가 손끝으로 안경을 슬쩍 밀어 올리며 태연히 대꾸했다.

"좋은 일이야 많죠. 남훈이 오고 청취율도 오르고. 새로 하는 코너도 잘 되고. 아 참, 2부 오프닝곡 말인데."

재희가 고개를 들어 남 작가와 연주를 보았다.

"'사랑은 은하수 다방에서'로 바꿀게요."

"사랑은 은하수 다방에서? 십센치?"

못 들을 소리라도 들은 것처럼 얼떨떨한 얼굴로 남 작가가 되물었다.

"네. 일요일에 날씨가 아주 좋대요. 왠지 그 노래가 그날 밤이랑 잘 어울릴 것 같아서요."

재희는 원고를 넘기며 콧노래를 흥얼거렸다. 남 작가가 눈을 동그랗게 뜨고 연주를 보았고 연주와 세미 역시 별반 다르지 않은 얼굴로 어깨를 으쓱였다. 그러고는 셋 다 약속이나 한 듯 의아한 표정으로 재희를 건너다보았다.

"잠깐 실례 좀 할게요."

낯선 목소리에 모두들 뒤를 돌아보았다. 재희의 4년 선배인 유성규PD였다.

"고PD. 녹음 들어가기 전에 잠깐 시간 돼? 삼 분만 면회 좀 하자."

"네."

재희가 안경을 벗고는 밖으로 나갔다. 커피를 마시다 말고 세미가 호들갑스럽게 말을 꺼냈다.

"아무리 봐도 좀 이상하죠? 요새 들어서 고PD님, 사람이 좀 달라진 거 같아요. 노래도 원래 저런 노래 안 좋아하시잖아요."

세미의 말에 남 작가와 연주, 그리고 최 엔지니어까지 끼어들어 고개를 끄덕였다. 옆에 멀뚱멀뚱 앉아 있던 남훈이 의아한 얼굴로 물었다.

"왜요? 고PD님 저런 노래 안 좋아하세요? 고PD님 선곡 항상 좋았는데?"

"남훈 씨, 우리 프로 온 지 한 달 좀 넘었지? 그러니 잘 모르겠다. 고PD가 원래 낯간지러운 거 별로 안 좋아해서 간질간질하거나 말랑말랑한 사랑 노래 선곡은 잘 안 하거든. 뭐, 그렇다고 우리가 써서 넣으면 딱히 빼지는 않는데 자기가 먼저 넣는 법은 없었지."

남 작가의 설명을 들은 뒤, '으응' 하고 연방 고개를 끄덕이던 남훈이 손가락을 딱 튕겼다.

"그럼 혹시 고PD님, 연애하는 거 아니에요?"

"연애?"

"원래 그런 노래 안 좋아하다가 갑자기 그러는 거면 연애하는 거 아닌가?"

남훈의 말이 끝나기가 무섭게 연주가 고개와 손을 동시에 마구 저어댔다.

"에이, 그거야말로 아니다. 남훈 씨, 그건 남훈 씨가 잘못 짚었어. 고 선배가 어디 연애 같은 거 할 사람이야? 여태껏 아나운서들은 물론이고 연예인들이 대놓고 들이대도 눈도 깜짝 안한 사람인데."

연주의 말에 세미가 '맞아맞아!' 하며 맞장구를 쳤다.

"에이, 왜. 고PD도 연애할 수 있지."

"절대 아니에요. 저 재희 선배 고등학교 때부터 봐 왔잖아요. 여자라면 질색을 한다니까요? 학교 다닐 때부터 그랬어요. 내 생각엔 선배, 아마 독신주의……."

연주가 열변을 토하는데 문자 소리가 '딩동' 울렸다. 문자를 확인하던 연주가 남훈을 불렀다.

"남훈 씨. 지난번에 말한 누나 소개팅 말이야. 그거 우리 선배, 자긴 괜찮다는데?"

"진짜요?"

"응. 날짜 정해서 알려 달래."

"그럼 그냥 이번 주에 바로 보도록 할까요? 길게 끌지 말고?"

남훈과 연주가 소개팅 날짜를 잡는다고 이런저런 이야기를 나누는데 재희도 스튜디오로 다시 들어왔다. 남 작가가 궁금한 얼굴로 재희를 보았다.

"유PD가 왜?"

"새벽에 녹음 잡혀 있는데 갑자기 집에 사정이 생겼대요."

"그래서 해주기로 했어? 그럼 오늘 세 탕 뛰는 건데?"

"별 수 없죠, 뭐."

"아이고, 고PD. 오늘 죽어나겠네."

재희가 피식 웃으며 앞에 놓인 커피를 마시는데 문득 신이 나서 이야기를 하는 남훈과 연주의 모습이 눈에 들어왔다.

"암튼 그럼 남훈 씨, 누나랑 상의해서 날짜랑 장소 알려 줘."

"네, 그럴게요. 진짜 고마워요, 황 작가님."

분명 '누나'라고 하는 걸 보니 고운과 관계된 일인 모양이었다. 재희는 원고를 보는 척하며 남 작가에게 물었다.

"무슨 일인데 둘 다 저렇게 신이 났어요?"

"황 작가가 남훈 씨 누나, 소개팅 시켜 주기로 했다네?"

원고를 넘기다 말고 재희가 고개를 휙 들었다.

"……소개팅이요?"

"참, 고PD도 알겠다. 황 작가! 남훈 씨 누나랑 소개팅 한다는 그 선배, 혹시 지난번에 우리도 한 번 본 사람 아냐? 고PD 베프."

재희와 이야기를 하다 말고 남 작가가 연주에게 물었다.

"네, 맞아요. 현석 선배요. 남훈 씨 누나랑 소개팅 해 주기로 했거든요."

연주가 남 작가와 재희에게 웃으며 말했다.

"고PD님 베프예요? 우와, 신기해. 그 얘기 들으니까 엄청 기대되는데요."

"기대해도 좋아. 현석 선밴 뭐랄까, 수컷의 냄새가 진동하는 어른 남자고 할까? 아무튼 훈남의 정석이야. 거기다 학교 다닐 때부터 진짜 성격 좋기로 유명했거든."

"전 남자인데도 그런 분들 보면 진짜 멋있더라고요. 이야, 우리 누나랑 되게 잘 어울리겠다."

연주와 남훈이 신 나서 이야기를 주고받던 그때였다.

"안 돼!"

순간, 잔뜩 들떠 있던 분위기가 뜬금없는 말 한마디에 쑥 가라앉았다. 어색한 정적 속에서 모두의 시선이 재희에게로 향했다.

재희도 당황스러웠다. 생각이란 것을 하기도 전에 부지불식간에 입에서 툭 튀어나온 말이었다. 생뚱맞은 상황에 어리둥절한 모두를 대표해 남 작가가 물었다.

"고PD가 왜 안 돼?"

네가 뭔데 된다 안 된다를 따져? 모두 그런 얼굴로 재희를 보고 있었다.

재희는 서둘러 표정을 가다듬었다.

"현석이 그 자식, 만나는 사람 있어."

재희의 말에 연주가 눈을 동그랗게 떴다.

"어, 정말요? 헤어졌다 그러던데?"

"누가?"

"현석 선배가요."

미친 놈. 하마터면 욕을 할 뻔했다. 재희의 눈썹이 험악하게 비딱해졌다.

"그리고 카톡 프로필 사진 대문에 아예……."

말을 하다 말고 연주가 휴대전화를 집어 들더니 몇 번 톡톡 두드렸다. 그러고는 '봐봐' 하며 남 작가와 남훈에게 휴대전화를 내밀었다.

"'소개팅 급구. 독거노인을 가련하게 생각해 주시옵소서' 이렇게 써 놨는데요?"

"에이, 해달라는 소리네. 그것도 아주 급하구먼."

남 작가가 '상황 끝났어' 하며 웃었다. 그 자식이 분명 그 '요물'이라는 상대와 헤어진 뒤 정신이 살짝 이상해진 게 분명하다. 소개팅 같은 건 사실 할 생각도 없는 놈이 무슨 헛소리를 하고 다니는 걸까. 남훈과 연주가 다시 날짜가 어떻고 하는 소리에 재희는 저도 모르게 다급해졌다.

"안 돼, 그래도."

열 개의 눈동자가 다시 재희에게로 향했다.

"이번엔 왜 또?

남 작가의 질문에 뭐라 할 말이 없었다. 재희가 머뭇거리던 그때, 문득 남훈이 '아!' 하며 재희를 보았다. 비로소 눈치를 챘다는 듯 인상을 찌푸린 채였다.

"맞다. 누나랑 고PD님이 고등학교 선후배 사이랬으니까……."

차마 재희가 하지 못했던 말이 고맙게도 남훈의 입에서 흘러나왔다.

"그럼 황 작가님이 소개팅해 주겠다던 그분도 우리 누나랑 어쩜 아는 사이겠네요?"

"그래! 맞아, 아는 사이."

재희의 대답에 남훈이 아쉬움 가득한 한숨을 내쉬며 어깨를 툭 떨어뜨렸다.

"뭐야, 그럼 안 되겠네요. 고PD님 말처럼."

"그래, 그렇다니까."

무덤덤하게 혼잣말을 하듯 중얼거리면서 재희는 원고를 보는 척 고개를 숙였다. 정말 다행이다. 안도의 한숨을 슬며시 내뱉는데 연주의 목소리가 들려왔다.

"무슨 소리야? 남훈 씨 누나가 누군데? 나도 아는 사람이야?"

"이고운이라고……. 1학년 때 전학가긴 했지만, 그래도 고PD님이랑 같은 방송반도 하고 했었는데."

"이고운…… 고운…… 이고운? 어머, 진짜? 고운이가 남훈 씨 누나라고?"

연주의 눈이 휘둥그레지며 목소리가 한 톤 높아졌다.

"아, 진짜. 난 아직도 안 믿기네. 남훈 씨랑 고운이랑 남매라는 게."

연주가 고개를 설레설레 저으며 커피를 한 모금 마셨다.

"그것도 인연이지, 뭐. 안 그래?"

"거야 그렇죠. 그래도 선밴 어쩜, 알고 있었으면 진작 말 좀 해 주지 그랬어요."

웃음 섞인 대화들이 한참 이어지던 가운데, 재희가 손가락으로 가볍게 테이블을 톡톡 두드렸다.

"자, 잡담은 그만하고 이제 녹음 들어갑시다. 오늘 녹음, 두 타임 해야 하는 거 아시죠?"

"어머, 시간이 벌써 이렇게 됐어?"

모두들 시간을 확인하고는 깜짝 놀라 자리를 정리할 때였다. 연주가 남훈을 손짓해 불렀다.

"남훈 씨, 소개팅 그냥 해도 괜찮을 것 같은데? 우리 선배가 자긴 상관없대."

이게 대체 무슨 소리야. 재희는 어이없다는 얼굴로 연주를 바라보았다. 한데 그런 재희의 표정을 아는지 모르는지 연주는 생긋이 웃으며 현석이 보낸 문자를 친절하게도 읽어 주었다.

"고운이 어떻게 변했을지 엄청 궁금하다고, 꼭 한번 보자는데? 그럼 약속 잡을까?"

"그럼…… 진짜 그래 볼까요?"

"그래. 어차피 십몇 년이나 지났는데 남이나 매한가지지. 남훈 씨 누나가 1학년 때 전학 갔으면 서로 안 지 1년도 안 되었을 거 아냐."

"그렇죠."

"그래. 오히려 옛날이야기 하면서 더 가까워질 수도 있는 거고. 따지고 보면 완전 남남이 만나는 것보다 이렇게 연결되는 게 더 어렵지 않아? 이건 정말 엄청난 인연인 거라고."

남 작가도 끼어들어 거들었다.

"듣고 보니 그러네요. 그럼 황 작가님, 부탁드릴게요. 누나는 제가 알아서 할 테니까, 시간이랑 장소 정해지면 저한테 문자로 바로 보내 주세요."

"오케이!"

재희가 뭐라 할 새도 없이 속전속결로 대화는 끝이 났다. 예정 대로 차현석과 이고운이 소개팅을 하는 걸로.

"웬일이야. 네가 이 시간에 병원엘 다 오고?"

가운 주머니에 두 손을 찔러 넣은 채 현석이 어슬렁거리며 벤치로 걸어왔다.

"그냥, 잠깐 일 있어서 나왔다가. 점심은?"

"그냥 병원 밥 대충 먹었지. 아이고, 우리나라엔 아픈 사람이 너무 많아요. 아주 끝이 없어, 아주."

현석에게 커피를 건네주고서 재희는 벤치에 등을 기댔다. 봄날의 따뜻한 햇살이 기분 좋게 머리 위로 쏟아졌다. 재희의 눈길이 현석의 얼굴을 재빨리 쓱 훑었다.

"잘 지내지?"

"……뭐래는 거야. 야, 우리 어제 통화했거든. 무슨 몇 달 동안 못 본 사람처럼 안부는. 야! 그나저나 이젠 진짜 봄이다. 이러다 금세 또 여름 올 텐데. 어디 콧바람 좀 쐬고 와야 하는데 말이야."

현석이 기지개를 크게 켜더니 이윽고 커피를 홀짝였다.

"소개팅 한다며."

"어, 맞다. 나 누구랑 소개팅 하는지 너도 들었지? 나 어제 연주한테 얘기 듣고 깜짝 놀랐잖아. 어떻게 한남훈 누나가 이고운이야. 참, 이럴 때 보면 세상 진짜 좁다니까."

"……아무리 그래도 아는 사람인데, 안 불편하겠어?"

재희의 말에 현석이 잠시 무언가를 생각하더니 이내 어깨를 으쓱했다.

"그게 언제 적이지? 우리 고3 때였으니…… 십…… 뭐야, 계산도 잘 안 된다. 암튼 걔 얼굴도 기억 잘 안 난다니까? 지나가다 마주치면 아마 모르고 그냥 갈 걸? 그 정도면 그냥 남이지. 참, 넌 고운이 한번 봤어?"

현석의 말을 심각하게 듣고 있던 재희는 고개를 짧게 끄덕였다.

"많이 변했어? 아님 그대로?"

"글쎄…… 뭐."

재희는 애써 평정심을 유지하며 커피 잔을 입가로 가져갔다.

"그러고 보면 이고운 걔, 은근히 인기 많았어. 진호도 고운이 좋아했다는 것 같던데."

이건 또 무슨 소린가. 재희의 시선이 현석에게로 향했다.

"왜, 고운이 걔 그렇게 전학 가고 나서 진호 녀석이 시무룩하더라고. 뭔 일인가 싶어 물었더니 그러더라고. 호감이 아주 지대했다면서. 이환이가 옆에 떡하니 버티고 있어서 애들이 티를 못 냈지. 실제로는 이고운 좋아한 애들 꽤 될 거야, 아마. 아······ 궁금하네. 어떻게 변했을지? 여전히 예쁘겠지?"

현석이 씩 웃으며 재희의 어깨에 팔을 턱 걸쳤다. 재희는 입술에 힘을 꽉 주고서 미소를 지은 채 어깨에 닿은 현석의 팔을 은근슬쩍 밀어냈다.

"그래서 언제 보기로 했는데."

"일요일?"

기분 나쁜 티를 내서는 안 된다. 현석은 무딘 듯 보여도 이상하게 가끔씩은 황당할 정도로 눈치가 빠른 녀석이었다.

"근데 고운이 걔가 그날 시간 된대? 아마 힘들 텐데."

"왜?"

"커피숍 하잖아. 일요일이면 시간 내기 어렵지. 평일보다 매상이 훨씬 더 많은 날일 텐데."

"그래? 그럼 진짜 좀 힘들겠네? 하루 장사 다 접어라 할 수도 없고."

"그렇지."

음, 현석이 잠시 곰곰이 생각하더니 대수롭지 않게 말했다.

"그럼······ 내가 걔 가게로 가면 되지. 어차피 만나면 차 마실 거 아냐."

그게 무슨 문제가 되냐며 현석이 하하 웃었다.

"그래도 남의 영업장에서 그건 아니지. 누가 여기 병원에 찾아와서 너랑 소개팅한다고 하면 너 좋겠냐?"

"그런가?"

"그래, 그렇다니까."

재희는 커피를 홀짝이며 옆을 힐끔거렸다. 한데 현석이 재희를 뚫어져라 쳐다보고 있었다. 눈을 가느스름하게 뜬 것이 어쩐지 불길한 느낌이 스멀스멀 들었다.

……위험.

머릿속에서 붉은색 경고등이 반짝 들어왔다. 아니나 다를까.

"재희야."

"……왜."

한껏 뜸을 들이는 바람에 재희의 심장도 덩달아 쿵쾅쿵쾅 뛰기 시작했다.

"너, 나 소개팅하는 거 싫어?"

"뭐?"

"아니, 아무리 봐도 네가 그런 거 같아서."

재희는 당황스런 얼굴로 현석을 바라보았다. 현석은 눈도 깜빡 않고 여전히 재희를 뚫어져라 쳐다보고 있었다. 하마터면 헛기침이 튀어 나올 뻔해 재희는 얼른 목을 가다듬었다.

"무슨 소리야. 네가 소개팅을 하든 말든 내가 왜."

잠시 침묵이 흐르는가 싶더니 별안간 현석이 재희의 이름을 외치며 그를 껴안았다.

"고재희!"

도대체 무슨 말을 하려고 이러는 걸까. 재희는 잔뜩 긴장해 친구를 바라보았다.

"야아! 친구야! 나 진짜 감격했다. 네가 날 이렇게 끔찍하게 생각하는 줄은 미처 몰랐어! 인마!"

"……."

"그래, 재희야. 내가 이번엔 진짜 제대로 한번 소개팅해 볼게. 재희 네가 더 이상 걱정 안 하도록 최선을 다해서, 응? 아름다운 독거노인, 그런 거 다 집어치우고, 반드시 최선을 다하마! 나만 믿어!"

현석이 재희의 손을 두 손으로 꽉 쥐고 흔들다 주머니에서 휴대 전화를 꺼냈다.

"어, 나 그만 들어가 봐야겠다. 또 찾는다. 아이씨, 너랑 이런 얘기하니까 막 신나는데. 제기랄, 그치?"

재희가 뭐라 말을 할 새도 없이 현석이 벌떡 일어났다. 녀석의 말처럼 얼굴빛이 환한 게 정말 신이 난 듯도 보였다. 나중에 또 전화하자며 손을 흔들고서 재빨리 걸어가던 현석이 갑자기 멈춰 서더니 빙글 돌아섰다.

"아 참, 재희 너 얼마 전에 첫사랑 만났다고 했지?"

현석의 입꼬리가 씨익 올라간다. 아주 사악하게. 재희는 최대한 표정을 가다듬으며 친구의 시선을 의연하게 받아냈다.

"내가 그때도 말했지만, 재희야. 첫사랑은 깨지라고 있는 거야. 그러니까 깨끗하게 잊어버려. 알았지?"

인내심이 그만 바닥을 보이고 말았다. 재희는 쥐고 있던 빈 종이 컵을 꽉 구겨 있는 힘껏 던졌다.

"와우! 나이스 캐치!"

종이컵을 잽싸게 받아 낸 현석이 히죽거리며 손을 흔들고는 뒤돌아서 병원으로 걸어갔다. 뭐가 그렇게 좋은지 콧노래까지 흥얼거리면서. 현석의 뒷모습을 지켜보던 재희는 고개를 뒤로 젖혔다. 도대체 무슨 이야기를 하려고 여기까지 찾아온 걸까.

"······진짜."

하늘은 여전히 맑고 푸르렀다. 미친 사람처럼 갑자기 헛웃음이 나왔다. 날씨는 저렇게 좋은데 기분은 왜 요 모양 요 꼴인 건지.

"······젠장."

긴 한숨을 흘리고서 재희는 머리카락을 손으로 헝클었다.

"그래, 둘이 소개팅을 하든 선을 보든 내가 무슨 상관이라고."

그러니까, 정말 무슨 상관이라고.

······그런데 도대체 왜 이렇게 짜증이 나는 걸까.

＊

땡! 땡! 땡!

망할 놈의 자명종이 마침내 열두 번의 종을 다 쳤다.

재희는 무표정한 얼굴로 침대 헤드에 기댄 채, 책상 위의 디지털시계가 11:59에서 12:00로 바뀌는 것을 멍하니 지켜보고 있었다.

"······젠장."

꾹 한일자로 다물려 있던 입에서 결국 짜증스런 소리가 새어 나오고 말았다. 재희는 침대에 벌렁 누우며 베개에 고개를 묻었다. 보지 않으려 몇 번이나 노력했지만 주인의 의지와는 달리 정신 나간 손이 제멋대로 휴대전화를 움직였다. 그러고는 젠장맞을 문자 창을 기어이 열고 말았다.

—일요일 열두 시에 보기로 했지ㅆ. 내가 꼭 성공하고 오마. -현석-

재희는 휴대폰을 내려놓고 뒤로 돌아누웠다. 명상, 그래 아무래도 지금은 명상이 필요할 때였다.

산은 산이요, 물은 물이로다.

"……그래, 두 사람이 소개팅을 하든 말든 내가 상관할 바는 아니지."

세상사 모든 시름, 마음먹기 나름이니라.

"……그러니까. 뭐, 잘 되었다고 하면 축하해 주고. 그래, 그럼 되는 거야."

죄는 미워도 사람은 미워하지 말라.

"……뭔 말도 안 되는 소리야!"

재희는 벌떡 일어나 앉았다 이내 고개를 설레설레 저었다가 한숨을 지으며 다시 누웠다. 이리 뒤척 저리 뒤척 돌아눕던 재희는 시계를 보았다. 열두 시 삼 분. 아니, 명상을 얼마나 했는데 겨우 삼 분밖에 안 지났단 말인가. 차라리 이럴 줄 알았으면 방송국이

나 나갈 것을 그랬다. 천장을 바라보며 연방 한숨을 뱉어내다 재희는 라디오를 켰다. 신나는 노랫소리가 끝이 나고 DJ의 목소리가 들려왔다.

[오늘 날씨가 정말 너무 좋네요, 그렇죠? 데이트하기 딱 좋은 날씨인데. 2325님께서 방금 문자 주셨는데요, 우리 2325님께서는 오늘 날씨가 너무 좋아서 속이 너무 많이 상한다고 하셨어요. 막 짜증이 나서 혼자서 열심히 방에 누워 하이킥 중이시라구요. 아니, 왜 그러실까? 아…… 좋아하는 선배가 오늘 소개팅을 한다고요? 이런, 그 얘기 듣고 보니 정말 오늘 날씨 못 쓰겠네요, 그렇죠? 하필 왜 이런 날, 이렇게 햇빛이 쨍쨍하고, 그쵸?]

재희는 손을 뻗어 라디오 볼륨을 높였다. 동병상련이라고, 하필 공교롭게도 같은 시름에 잠겨 있는 사람이 또 있을 줄은 몰랐다.

[에이, 이렇게 속 끓이실 거, 소개팅 하지 말라고 진작 고백을 하지 그러셨…… 아, 방금 2325님께서 다시 문자 주셨는데요. 아, 이런! 모르고 계셨구나, 그 선배를 좋아하는지. 이번에 소개팅 한다는 이야길 듣고 긴가민가하던 자신의 마음을 깨닫게 되었다고요. 아…… 그 얘길 듣고 보니 더 속상하네요. 좋아한다는 걸 이제 막 깨달았는데 정작 그 사람은 그것도 모르고 다른 사람 만나러 나가고 말이죠. 에이! 참. 뭐, 그 선배 입장에선 섭섭할 수도 있겠지만, 그래도 전 무작정 우리 2325님 마음 편들고 싶네요. 제가 외쳐 드릴게요. 2325님께서 좋아하는 선배 분,

우리 2325님 마음 듣고 있나요? 오늘 소개팅, 부디 잘 안 되길 바라겠고요. 하하하. 그리고 조만간, 우리 2325님의 마음이 그 선배님께 전해졌으면 좋겠네요. 2325님! 기분 좋은 소식 있으면 언제라도 꼭 연락 주세요. 그리고 지금 짝사랑하는 누군가가 있는 전국의 청취자 여러분, 모두 힘내세요. 이 봄, 여러분의 사랑이 모두 기적처럼 이루어지기를 열심히 응원하겠습니다. 파이팅! 그럼 여러분의 사랑을 응원하며 제가 노래한 곡 띄워 드리겠습니다. 스탠딩 에그, '사랑한대'.]

재희는 팔짱을 낀 채 천장을 물끄러미 올려다보았다. 라디오에선 흥겨운 노랫소리가 흘러나오고 있는데 머릿속은 온통 조금 전 DJ가 했던 말이 뒤죽박죽 섞여 떠돌아다니고 있었다.

……좋아한다고? ……짜증나고 불안하고 화나는 이 마음이…… 좋아서 그런 거라고?

지이잉! 지이잉!

갑작스런 진동 소리에 재희는 움찔 놀라 휴대폰을 집어 들었다.

현석이다.

재희는 한숨을 뱉으며 전화를 받았다.

"왜?"

〈야, 너 지금 삼청동 '마리'로 좀 나가.〉

"갑자기 무슨 소리야?"

〈아니, 내가 약속이 있었는데 소개팅 때문에 깜빡했지 뭐야.〉

"전화해, 그럼. 못 간다고."

〈당연히 했지, 근데 안 받아요. 진짜, 엄청 귀한 손님이라서 바람맞힐 수는 없으니까 네가 나 대신 나가서 맛있는 점심 좀 대접해. 알았지? 그럼 끊는다. 부탁할게!〉

"야, 차현석!"

하지만 전화는 이미 끊긴 뒤였다. 다시 통화버튼을 눌러보았지만 아예 전화를 꺼 놓은 모양이었다.

"이 자식, 진짜······."

자기는 소개팅을 하고 재희에게는 대타를 뛰러 가라니, 염장 지르는 방법도 가지가지다. 죽일 놈, 살릴 놈, 가만 두지 않겠노라며 현석의 욕을 해대던 재희는 한숨을 지으며 시계를 보았다. 1시까지 삼청동까지라······ 지금 당장 나간다고 해도 시간이 빠듯했다. 아무래도 서둘러야 할 것 같았다.

—마리

한옥을 개조해 만든 작은 프렌치 레스토랑이었다. 현석의 이름을 말하자 예약된 테이블로 안내를 해 주었다. 자리에 앉아 시계를 보니 한 시 삼 분 전이었다. 혹시나 늦으면 어쩌나 싶었더니 그래도 다행이었다. 봄 햇살이 반짝반짝 들어오는 테이블에 앉아 재희는 나직이 새어 나오는 욕설을 꾹꾹 삼켰다.

젠장, 차현석 이 자식 나중에 보기만 해 봐, 아주 그냥······.

"선배?"

누군가가 부르는 소리에 창밖을 바라보다 재희는 옆을 돌아보았다. 한데 놀랍게도 재희의 앞에 서 있는 사람은 다름 아닌 고운이었다. 재희의 눈이 휘둥그레 커졌다. 대체 이게 어떻게 된 일일까.

"……네가 어떻게."

"그러는 선배는 정말 어떻게 된 거예요?"

고운이 환하게 웃더니 재희의 맞은편 자리에 앉았다.

"아니, 난…… 현석이가."

때마침 기다렸다는 듯이 테이블에 올려 둔 재희의 휴대전화가 울렸다. 현석이었다.

"잠깐만."

재희는 고운에게 양해를 구하고 밖으로 나왔다. 봄 햇살이 재희의 머리 위로 따스하게 내려앉았다.

〈만났냐?〉

"너, 어떻게 된 거야."

〈얀마. 내가 너 본 세월이 얼마냐. 내가 암만 눈치가 없어도 그 정도도 없겠냐?〉

현석의 말을 듣는 순간, 재희는 그만 말문이 막혀 버리고 말았다.

〈그냥, 솔직하게 탁 까놓고 말을 하든가 하지. 독한 놈. 아주 그냥 이를 악물고 참고 있었을 거 아냐.〉

"너, 그럼……."

〈그래, 인마. 고맙지?〉

전화 너머로 현석이 큭큭 웃어대는 소리가 들려왔다. 후, 재희는 길게 숨을 내쉬며 고개를 숙였다.

〈야, 인마. 넌 앞으로 평생 날 은인으로 생각하고 충성해라, 알았냐?〉

아주 신이 나서 어깨에 힘을 잔뜩 주고 으스대고 있을 현석의 모습이 눈앞에 선하게 그려졌다. 재희는 이마를 가리고 있던 손을 떼고 식당 안을 돌아보았다. 고운은 휴대전화로 문자를 보내고 있었다.

〈눈물 나게 고맙지? 너, 진짜 나 없었으면 어떡할 뻔했냐? 이런 친구가 세상에 어디 있어!〉

"……그랬으면 빨리 전화를 주던가. 시간 없어서 그냥 손에 잡히는 대로 아무거나 입고 왔잖아."

잠시 침묵이 흘렀다. 그리고 딱 삼 초 후, 전화기 너머에서 껄껄대는 웃음소리가 터져 나왔다. 재희도 피식 웃으며 머리를 쓸어 올렸다.

〈야, 얼른 들어가. 고운이 기다리겠다. 점심 맛있게 먹어라.〉

"그래. 나중에 전화할게."

전화를 끊으려다 재희는 서둘러 현석을 불렀다.

"현석아."

〈왜?〉

"……고맙다. 충성."

재희는 전화를 끊고서 식당 안으로 들어가려다 문득 하늘을 올려다보았다. 햇살은 따뜻하고 바람은 부드럽고, 그야말로 완벽하게 아름다운 봄이었다. 재희의 입술 끝에 연한 미소가 담기었다.

"선배 덕분에 연극도 잘 보고, 밥도 맛있게 먹고, 오늘 정말 즐거웠어요."

고운의 목소리가 발랄했다.

"남훈이가 미리 말도 안 해주고 아침에 갑자기 이야길 하더라고요. 취소하랬더니 당일에 그러는 건 예의가 아니라고 하도 난리를 쳐서 나오긴 했는데, 진짜…… 당황스럽기도 하고, 이걸 어떻게 해야 되나 싶었거든요."

고운이 피식, 웃으며 재희를 보았다.

"소개팅 상대가 선배인 줄 진작 알았으면."

"알았으면?"

"……뭐."

가타부타 말은 않고서 고운이 어깨를 으쓱이며 나직이 웃었다. 난데없는 소개팅 때문에 아침나절 꿉꿉하고 부담스러웠던 기분은 흔적도 없이 사라진 뒤였다.

"봄 냄새, 진짜 좋다. 그죠?"

고운이 기지개를 켜며 밤하늘을 바라볼 때였다. '문자 왔슝!' 고운의 가방에서 흘러나온 소리였다.

"잠시만요."

고운이 걸음을 멈추고 가방에서 휴대전화를 꺼냈다. 벨을 진동으로 바꾼 뒤, 문자를 확인하던 고운이 이내 피식 웃었다. 대체 이 시간에 누가 보낸 걸까.

"친구요. 오늘 소개팅 어땠냐고. 남훈이가 그새 쪼르르 말한 모양이에요. 국이 얘도 요즘 선보는 중이거든요."

"국이?"

"아, 선배도 알겠다. 노국이라고, 고등학교 때 같은 방송반이었는데. 왜, 키 크고 안경 쓰고."

고운의 설명에 재희는 십여 년 전 기억을 애써 되살려 보았다. 가물가물하긴 했지만 남자 애 하나가 떠오르긴 했다.

"공부 잘했던 놈?"

재희의 표현에 고운이 품 하고 웃었다.

"네. 그 공부 잘하던 놈."

"근데 어떻게…… 연락하고 지내네? 같은 학교도 아니었을 텐데."

"대학교 4학년 때였나. 걔 옛날 여자 친구가 저랑 같은 어학원 다녔었거든요. 그때 학원 밖에서 만났는데, 용케 절 기억하고 있더라고요…… 어?"

고운이 말을 하다 말고 손을 내밀었다. 재희도 문득 고개를 들어 하늘을 보았다. 별안간 머리 위에서 뭔가가 톡톡 떨어지고 있었다.

"이거, 비 오는 거죠?"

고운의 말처럼 정말 봄비가 내리고 있었다. 빗방울이 굵지는 않았지만 옷이 젖기에는 충분했다.

재희는 주변을 휘 둘러보았다. 골목길에 편의점이 있을 리가 없다.

"선배, 얼른 내려가세요. 전 그냥 혼자 올라가도 돼요."

고운이 이마에 손을 살짝 가져다 대며 재희에게 고개를 돌렸다. 재희는 고운의 어깨 너머 어둠에 휩싸인 골목길을 보았다. 아직도 십오 분 정도는 걸어 올라가야만 했다. 뛰면 칠팔 분쯤? 오르막길이다 보니 고운의 걸음으로는 조금 더 느리려나.

……어쨌거나 고운을 혼자 보낼 순 없었다.

재희의 시선이 고운의 발로 향했다. 다행히 굽이 없는 나지막한 슬립온을 신고 있었다.

"한 칠팔 분쯤이면 될 것 같은데."

"네?"

고운이 말똥말똥한 눈으로 재희를 보았다. 안 되겠다. 설명을 건너뛰고 재희는 그대로 고운의 손을 덥석 잡아 쥐었다.

"가자."

그리고 어리둥절해하는 고운과 함께 골목길을 뛰어 올라갔다.

얼마나 뛰었을까.

하아, 하아.

들려오는 고운의 숨소리가 거칠었다. 더 뛰어가는 건 무리였다. 마침 처마가 제법 길게 나와 있는 집이 보였다. 재희는 고운의 손을 잡고 그곳으로 향했다. 센서 등이 딸깍 켜지며 주변이 환해졌다. 허리를 굽히고 가쁜 숨을 몰아쉬다 문득 고개를 돌렸다. 숨을 고르던 고운도 재희를 향해 고개를 돌렸다. 눈이 마주치자 약속한 것처럼 두 사람 모두 웃음이 새어 나오고 말았다.

……한밤중에 이게 무슨 달리기인지.

갑작스레 내린 봄비 덕분인지 나무 냄새, 흙냄새가 더욱 진하게 올라왔다. 대문에 붙어 서서 비 내리는 걸 지켜보다 재희는 옆을 힐끔 보았다. 예민해진 감각 때문에 온몸의 신경이 바짝 곤두섰고, 옆에서 고운이 나직이 뱉었다 들이마시는 숨소리에 절로 귀가 쫑긋거렸다.

하늘을 올려다보는 고운의 입가에는 동글동글한 미소가 감돌았다. 고개를 내리자 이번에는 나란히 붙어 선 고운의 작은 발이 눈에 들어왔다. 물끄러미 보다 누가 훔쳐볼 새라 쑥스럽고 부끄러워 바보처럼 고개를 들어 허공을 더듬고 말았다. 옆에서 간간이 들려오는 숨죽인 헛기침 소리에 덩달아 목이 간질거리고 입안이 바짝 말라만 갔다.

사춘기 첫사랑의 열병을 앓는 소년의 마음이 어쩌면 이러할까. 나직이 숨을 들이키다 재희는 홀로 웃고 말았다.

"'호우시절'이요."

고운이 문득 말을 꺼냈다.

"선배도 그 영화 봤어요?"

"응."

"그 영화에도 갑자기 이렇게 비가 내리는 장면 있었잖아요."

"그랬지."

"나쁘진 않네요. 이렇게 비를 보는 것도. 그렇죠?"

다정한 고운의 말에 재희도 미소 지으며 동의했다.

토닥토닥, 돌바닥에 빗방울이 닿는 소리가 정겹게 들려왔다.

"……그러게."

봄밤, 정말 때를 아는 좋은 비가 내리고 있었다.

좁고 한적한 골목길에 울리던 발소리가 드디어 멈췄다. 가쁜 숨을 몰아쉬며 재희가 고운을 바라보았다.

"얼른 들어가. 감기 걸리겠다."

"잠시만요, 선배. 우산 갖고 나올게요."

재희가 괜찮다고 할 새도 없이 고운이 서둘러 대문을 열고 안으로 들어가더니 잠시 후 수건과 우산을 가지고 나왔다. 탕 하는 경쾌한 소리와 함께 샛노란 우산이 펼쳐졌다.

"근데 선배, 어쩌죠. 이거밖에 없는데."

"그래."

재희가 피식 웃으며 고운이 건넨 우산을 받아 들었다. 노란 전등 아래 있는 것처럼 주변이 환해지는 느낌이었다.

"참, 선배. 잠시만요."

고운이 손에 들고 있던 수건으로 재희의 얼굴이며 머리를 닦아 주었다. 그러다 서로 눈이 마주쳤고, 두 사람 다 쑥스럽게 웃고 말았다.

"이리 줘. 내가 할게."

고운이 건네준 수건으로 재희는 대충 머리를 훔쳤다. 뽀송한 수건에서 좋은 향기가 났다. 고운의 시선이 느껴졌고 재희는 괜스레 심장이 두근거렸다. 큼, 나직이 헛기침을 하고서 재희는 다시 수건을 고운에게 돌려주었다.

"고맙다."

"아뇨, 뭘."

잠시 어색한 침묵이 맴돌다 재희가 먼저 인사를 건넸다.

"갈게. 얼른 들어가."

"선배 가는 거 보고요. 선배 먼저 가세요."

자신이 빨리 가는 게 고운을 빨리 들여보내는 길임을 알았는지 재희가 별 실랑이 없이 고개를 끄덕였다.

"그래, 그럼 간다. 문단속 잘 하고 자라."

싱긋 웃으며 인사를 하고서 재희는 뒤돌아서 길을 내려갔다. 말끔하게 다듬어진 뒷머리 때문인지 동글동글한 뒤통수가 꼭 깎은 밤톨처럼 예뻤다. 키가 큰 데다 어깨가 넓어 그런지 뒷모습이 모델처럼 근사했다. 가만히 서서 멀어지는 재희의 뒷모습을 지켜보고 있는데 문득 재희가 멈춰 섰다. 뒤를 돌아보더니 안 들어가고 뭐하냐는 듯 손을 저었다. 고운도 얼른 가라며 마주 손을 내젓는데 문득 전화벨이 울렸다.

—재희 선배

발신인을 본 순간, 고운의 웃음이 터지고 말았다. 고개를 드니 재희가 비딱하게 짝다리를 짚고 전화기를 귀에 갖다 대고 있었다.

〈안 들어가고 뭐해. 얼른 들어가.〉

"선배 가는 거 보고요."

〈나야말로 너 들어가는 거 보고 가야겠다. 잔소리 말고 얼른 들어가.〉

자꾸만 웃음이 나서 대답도 못하고 있는데,

〈얼른.〉

딴에는 단호한 말소리가 들려왔다. 고운의 웃음소리는 조금 더 커졌다. 재희 역시 웃음이 터진 듯했다. 듣기 좋은 나직한 웃음이 전화기 너머에서도 고스란히 전해졌다.

〈감기 들겠다. 들어가.〉

"……네. 선배, 조심히 가세요."

〈그래.〉

전화를 끊고서 고운은 재희를 향해 손을 흔들었다. 저만치에서 재희도 가볍게 손을 흔들어 주었다. 고운은 뒤돌아서서 대문을 열고 재희를 보니 여전히 이쪽을 보고 있었다. 얼른 가라며 손을 휘휘 젓고는 고운은 집으로 들어갔다. 대문을 닫고 한 걸음 뗐다 다시 자리에 섰다. 그리고 대문에 몸을 기댔다.

하아.

숨을 들이마시자 촉촉한 비 냄새가 가슴 깊이 들어왔다. 싱그럽고 상쾌하다.

지이잉. 문자가 왔다.

―나 정말 간다. 감기 걸리지 않게 따뜻하게 해서 자라. 좋은 꿈꾸고.

고운은 칫 웃었다. 대문에 기댄 채 문자를 한참 바라보다 톡톡톡 문자를 보냈다.

—도착하면 문자 주세요. 조심해서 들어가요, 선배.

그리고 잠시 후 편지 모양의 이모티콘이 반짝 하고 떴다.

—그래.

휴대전화를 가만히 쥐고 있던 고운은 이윽고 두 손에 고개를 푹
묻었다.
낯설고 어색한, 하여 설레는 마음이었다.

2. 3, 4.

하나씩 올라가는 빨간 숫자를 향하던 고운의 시선이 손목으로 내려갔다. 한 시 오 분 전이었다. 딩동. 도착 소리와 함께 엘리베이터 문이 열렸다.

후, 나직이 심호흡을 하고서 고운은 엘리베이터에서 내려 5002호 앞에 섰다.

정식과 혜영이 살림을 합친 뒤, 두 사람은 오랫동안 살던 동네를 떠나 한의원 근처로 이사를 왔다. 벌써 십수 년 전의 일이었다. 한데도 매번 이곳에 올 때마다 고운은 남의 집에 오는 것처럼 긴장이 되곤 했다. 고운은 손을 움츠렸다 다시 펴고는 초인종을 눌렀다. 기다렸다는 듯 금세 고운을 반기는 목소리가 들려왔다.

〈고운이니?〉

문을 열고 들어가자 혜영이 웃으며 고운을 맞았다.

"어서 와. 오는데 차는 안 막혔어? 주말이라."

"괜찮았어요. 참, 이거."

고운은 슬리퍼를 신고 거실로 들어서자마자 들고 온 것들을 혜영에게 넘겨주었다. 백화점에서 미리 사두었던 여름 원피스 한 벌과 화장품, 그리고 케이크였다.

"집에 오면서 매번 뭘 이렇게 챙겨 와. 그냥 빈손으로 오지."

'그냥요' 하며 고개를 드는데 혜영의 등 뒤로 어색하게 서 있는 정식이 보였다. 고운은 적당히 무던한 미소를 짓는 걸로 인사를 대신했다. 정식이 한 걸음 다가서며 인사를 건넸다.

"왔니?"

"네."

두 달 만에 본 부녀간이라 하기에는 지나치게 삭막한 대화이긴 했다. 어색한 침묵이 흐르는 기미가 보이자 혜영이 웃으며 고운의 손을 잡아끌었다.

"배고프겠다. 들어가자."

쏴아.

따뜻한 온수가 거품 가득한 그릇 위로 쏟아지자 하얀 김이 아지랑이처럼 올라왔다.

"내가 하면 된다니까. 행구는 거라도 도와줄까?"

식탁에서 과일을 깎던 혜영이 다시 한 번 물어왔다.

"괜찮아요. 다 했어요, 이제."

"오랜만에 온 애한테 괜히 일이나 시키는 것 같아 미안해서 그러지."

"생신이시잖아요. 그리고 별로 힘든 일도 아닌데요, 뭘. 음식 하느라 고생하신 거에 비하면."

"아유, 고생은……. 네가 정말 맛있게 먹어 줘서 고맙기만 한데?"

혜영이 웃으며 하는 소리에 '정말 맛있었어요' 하며 맞장구를 쳐주고서 고운은 그릇을 마저 헹궜다.

"이렇게 같이 식사한 게 얼마 만인지 모르겠다. 이환이도 있었으면 좋았으련만. 왜, 굳이 그 먼 곳에는 간다고 해서."

푸념처럼 혼잣말을 늘어놓던 혜영이 문득 고운을 불렀다.

"고운아, 잠깐만."

막 설거지를 끝내고서 고무장갑을 벗어 놓다 고운이 혜영을 돌아보았다. 혜영이 거실 쪽을 한번 슬쩍 보더니 무슨 할 말이 있는지 고운에게 손짓을 했다. 식탁에 앉자 혜영이 사과 한 조각을 포크로 찍어 고운에게 건네주며 조용히 물었다.

"혹시 이환이랑 근래 연락한 적 있니?"

"가끔 메일이 오긴 해요."

"그래? 별다른 말은 없고?"

"무슨……."

"아무래도 꼭 무슨 일이 있는 것 같아서. 공보의 끝내고 온 지 얼마나 됐다고 또 몽고에 나간 것도 그렇고. 너한테도 아무 말 없었어?"

고운에게 물어 놓고서 대답도 듣기 전에 혜영이 근심 가득한 얼굴로 중얼거렸다.

"수아랑도 헤어졌다던데."

"몽고에 가기 며칠 전에 왔었어요. 그때 이야기 듣긴 했었는데."

"그랬구나."

혜영이 긴 한숨을 흘렸다.

"혹시 너한테는 몽고에 왜 갔는지 말 안 해?"

혜영이 묻는 말에 고운은 고개를 저었다.

"그냥, 학교 때 교수님이 일손이 모자르다기에 자기가 가기로 했다고만."

"그래?"

고운의 대답에 잠시 생각하던 혜영이 복잡한 얼굴로 말을 이었다.

"실은 얼마 전에 학회 갔다가 거기서 수아를 만났거든. 차 한잔 하면서 이런저런 이야기 하다…… 둘이 왜 헤어졌는지 너무 궁금하더라고. 나이 들면 주책도 는다더니, 그러지 말아야지 하면서도 결국 묻고 말았잖니. 난 처음에 이환이 녀석, 몽고 간 게 수아랑 헤어지고 속이 상해 머리 식히러 간 줄로만 알았거든. 근데 수아 말 들어보니 그게 아니더라고."

고운은 혜영의 이야기를 가만히 듣기만 했다.

"자기 혼자 학교 다닐 때부터 이환이 좋다고 오랫동안 쫓아 다녔고, 그렇게 몇 년을 매달린 끝에 결국 사귀긴 했는데…… 그런데도 자기는 한 번도 이환이 마음을 가진 적이 없었다는 거야. 이 년을 만났는데도 내내, 계속 허깨비만 붙들고 있는 것 같았다면서. 해달라는 거, 원하는 거, 한 번도 안 들어준 적 없는데 그럼에도 불구하고 마음은 끝끝내 안주더라고. 그래서 더는 지쳐서 못 하겠다고, 자기가 먼저 헤어지자 그랬다더라고."

수아는 이환의 대학 후배였다. 한때는 정식과 혜영의 병원에서도 근무했던 터라 고운도 몇 번 본적이 있었다. 정식과 혜영이 그랬듯 고운 역시 두 사람이 진심으로 잘되길 바랐었다.

"그 말 듣는데 참…… 내가 뭐라 할 말이 없더라. 녀석이, 애초에 마음이 없었으면 아예 사귀지를 말았어야지. 사랑이 무슨 적선하듯 줄 수 있는 것도 아니고, 대책 없잖아. 미련스럽게. 사랑이 노력한다고 없던 감정이 생기니."

푸념처럼 이야기하던 혜영이 손에 들고 있던 과일을 내려놓고 고운을 보았다. 생일인 사람답지 않게 얼굴에 수심이 가득했다. 요즘 그녀가 아들 걱정을 얼마나 하는지 쉬이 짐작할 수가 있었다. 하긴 왜 안 그럴까.

"지금 생각해보면 수아, 방패막이로 그냥 내버려 둔 건 아닌가 싶어. 안 그럼 분명 내가 선 자리 들이밀 걸 아니까. 마음도 전혀 없으면서 지쳐서 나가떨어질 때까지 그냥 옆에 둔다는 게 그거 말고는 설명이 안 되잖니."

"……"

"정말 너무 성이 나서, 수아 만나고 온 날 녀석한테 전화해서 벌컥 화를 내고 말았지 뭐야. 근데 그 녀석이 뭐래는 줄 알아? 죄송해요 하면서 그냥 웃더라. 혼을 내놓고도 어찌나 먹먹하던지."

고운은 혜영이 쥐어준 과일을 먹지도 않고 손에 쥔 포크만 만지작거렸다. 먹먹하더라는 혜영의 말이 고스란히 와 닿았다.

"품 안의 자식이란 말이 왜 생긴 줄 알겠어. 크면서 속 썩인 적 한번 없던 녀석이 머리 굵어지고 나서는 당최 무슨 생각을 하는지 알 수가 없으니, 참…… 그래도 어릴 때부터 너랑은 각별했으니까, 고운이 너한테는 속 좀 보이지 않나 해서 물어본 거야. 도대체 뭔 심란한 일이 있기에 말도 안 통하는 그 나라까지 가서 고생하는지, 도무지 영문을 모르겠어서."

뭐라 할 말이 없었다.

"죄송해요. 아무 도움이 못 되어서……"

"네가 뭘 죄송해. 아유, 내가 너무 답답한 마음에 괜히 너한테까지 엉뚱한 소릴 했나보다. 마음 쓰지 마. 아줌마가 미안, 고운아."

혜영이 신경 쓰지 말라는 듯 고운의 손을 토닥거렸다.

"아니에요."

"아냐. 아줌마 생각이 짧았어. 오랜만에 얼굴 봤으니 좋은 이야기만 해도 모자란데 말이야."

혜영이 다시 웃는 얼굴로 과일을 마저 깎기 시작했다.

"그럼 이제 이환이 그 녀석 걱정은 접어 두고 고운이 네 걱정 좀 해볼까?"

장난스런 말투로 말문을 연 혜영이 고운을 힐끔 보고서 윙크를 했다.

"얼마 전에 소개팅 했었다며?"

"네?"

"남훈이한테 얘기 들었어. 여기, 고등학교 때 선배였다던데?"

하여간에 한남훈, 온 동네방네 소문을 다 내고 다녔다.

"아…… 그게."

"의사랬나?"

잠시 멍하니 있다 고운은 저도 모르게 웃음이 피식 새어 나오고 말았다.

"어머, 잘 됐어? 만나기로 한 거야?"

"아뇨. 실은 그날 못 만났어요. 선배가 갑자기 급한 일이 생겼대서."

"그래? 난 또…… 네가 웃기에 잘 되어가는 줄 알았지 뭐야."

"죄송해요."

"얘 좀 봐. 그게 뭐가 죄송해."

혜영이 밉지 않게 눈을 흘기고서는 이윽고 고운의 손을 다정하게 잡아 주었다.

"그러면 고운아, 너 진짜 이참에 소개팅 한 번 더 안 해 볼래? 아빠랑 아줌마 선배 중에 모교 대학 병원에서 교수하는 양반이 있거든. 근데 그 집 둘째가 영국에서 있다가 이번에 귀국했는데 너 한번 만나보지 않겠냐고, 아빠한테 연락이 왔대. 아줌마도 그 녀석 아는데 참 괜찮아. 어때?"

혜영이 긍정적인 대답을 기대하는 듯 고운의 얼굴을 빤히 보던 그때였다.

지이잉.

짧은 진동 소리에 고운의 고개가 움직였다. 식탁에 놓아둔 휴대전화 액정화면이 환해져 있었다.

"잠시만요."

혜영에게 양해를 구하고서 고운은 휴대전화를 집어 문자를 확인했다.

—고객님께서는 최저 금리로 최고 이천 만원까지 대출됩니다.

스팸문자였다. 삭제하고 나가려는데 문득 문자창의 가장 위에 있는 글자가 눈에 들어왔다. 들어가자 대화창이 떴다.

—좋은 아침.
—네. 선배도 좋은 아침^^.

재희와 아침에 주고받은 문자였다.

"왜, 무슨 좋은 소식이야?"

"네?"

고개를 들었더니 혜영이 눈을 동그랗게 뜨고 궁금한 듯 보고 있었다.

"아…… 그냥 스팸요."

고운은 서둘러 문자창을 끄고 휴대전화를 내려놓았다.

"난 또. 문자 보면서 웃기에 좋은 소식인가 했지."

"제가 그랬어요?"

"그래. 그랬어. 꼭 연애편지 보는 것처럼."

혜영이 유쾌하게 웃더니 다시 말을 이었다.

"아무튼 이따 집에 가서 생각해 보고 나중에 연락해 줘. 아빠한 테 해도 좋고 나한테 해도 좋고."

"네. 그럴게요."

혜영이 빙긋 웃으며 고운의 손을 토닥여 주고는 일어났다. 싱크 대로 가 과일 껍질을 정리하고 손을 씻으며 그녀가 물었다.

"참, 다음 주말에 시간 어때?"

"다음 주말이요?"

"학회가 잡혀서 아빠랑 제주도 갈 일이 있는데 시간 되면 고운 이 너도 같이 가자고."

잠시 침묵이 맴돌다 고운이 입을 열었다.

"전 가게 때문에 시간 못 낼 것 같아요. 그냥 두 분이서 다녀오 세요."

"그래? 이틀 정도 문 닫고 같이 다녀오면 좋을 텐데. 이맘때 제 주도 풍경 참 좋잖니."

"그러게요. 같이 갈 수 있었음 좋았을 텐데."

"그래, 다음에 꼭 같이 가자. 이환이 가을에 오니까 그때 우리 넷이 다시 한 번 같이 가는 것도 괜찮겠다."

"네."

"참, 저녁에 뭐 해 먹을까? 너 좋아하는 꽃게탕 거리 사다놓긴 했는데, 괜찮지?"

쏴아. 하얗게 쏟아지는 물줄기를 멍하니 보다 고운은 식탁에 올려 둔 휴대전화를 챙겨들었다.

"죄송해요. 전 오후에 약속이 있어서 그만 가봐야 할 것 같아요. 꽃게탕은 두 분이서 맛있게 드세요."

고운의 말에 혜영이 손을 털며 뒤를 돌아보았다.

"벌써 간다고? 오랜만에 왔는데."

"죄송해요."

아쉬워하는 혜영을 보며 고운도 순한 얼굴로 서운한 미소를 지어 보였다.

〈누나, 어디야?〉

북촌으로 건너왔을 때, 남훈에게서 전화가 걸려왔다.

"가게 거의 다 왔어. 왜?"

〈그냥 저녁까지 먹고 오지 그랬어. 생신이시라며. 이환이 형도 없는데 아주머니 서운하시겠다.〉

남훈은 고운에 대해, 그리고 고운의 새로운 가족들에 대해 모든 걸 안다고 자부하겠지만 사실 남훈이 모르는 것도 있었다. 그리고 고운은 그 사실을 동생에게 말해 주고 싶은 생각이 결코 없었다. 진숙이 있었으면 모를까, 그녀가 없는 지금 굳이 지나간 옛일을 들쑤셔 상처를 후비는 건 아무 의미가 없는 일이었다. 아마 통영에 있는 수미도 고운과 똑같은 마음이었기에 남훈에게는 이야기해 주지 않았던 것이리라.

"그냥 두 분이서 시간 보내는 게 낫지. 나까지 뭘. 넌 뭐 해?"

애써 밝은 목소리로 화제를 돌렸다.

〈저녁에 영화사 사람들이랑 약속 있어서 나가는 길이야. 누나 기분 별로 안 좋을 것 같아서 같이 있어주고 싶었는데 빠질 수가 없는 자리네. 미안.〉

"괜찮아. 아무렇지 않으니까 쓸데없는 걱정 말고 사람들 잘 만나."

〈국이 형이랑 같이 영화라도 보던가. 같이 저녁도 먹고.〉

"알아서 할 테니까 걱정 마. 그럼 오늘은 방송국 안 가겠네?"

〈응. 오늘은 녹방! 완전 신 나.〉

아이처럼 즐거워하는 남훈의 대답 소리에 고운도 작게 웃었다. 고개를 돌리는데 문득 돌담에 붙은 포스터가 눈에 들어왔다.

—봄, 북촌 청춘 영화제

포스터를 보고 있는데 전화 너머에서 남훈의 급한 목소리가 들려왔다.

〈어! 누나. 나 전화 들어온다. 이따가 다시 통화하자.〉

"그래. 참, 술 많이 먹지 말고."

〈오케이!〉

고운은 전화를 끊고서도 포스터를 계속 들여다보았다.

—이 봄, 4색 청춘의 낭만이 살아 숨 쉬는 한국 영화 명작들을 다시 볼 수 있는 기회.

상영 영화

토 저녁 O6:OO—O7:4O 봄날의 곰을 좋아하세요?

토 저녁 O8:OO—O9:5O 편지

일 저녁 O5:OO—O6:4O 호우시절

일 저녁 O7:OO—O9:15 클래식

장소 정독도서관 야외마당 (우천 시 시청각실에서 상영됩니다)

"호우시절도 있네?"

마치 짜기라도 한 듯 하나같이 고운이 좋아하는 영화들이었다. 물끄러미 포스터를 보다 고운은 시간을 확인했다. 아쉽게 토요일 영화는 지나갔지만 오늘 영화는 충분히 볼 수 있었다.

포스터에 새겨진 글자를 한참 동안 들여다보다 고운은 휴대전화를 꺼냈다. 생각나는 사람이 있었다.

재희 선배.

통화목록에서 그의 이름을 찾아 평소처럼 자연스레 전화를 하려던 때였다.

"꼭 연애편지 보는 것처럼."

갑자기 혜영이 했던 말이 떠올랐다. 고운은 잠시 멍하니 휴대전화를 바라보다 전화를 거는 대신에 문자창을 열어 보았다. 그냥 별거 아닌 내용이었다. 다시금 스크롤바를 위로 올려 보았다.

―방송국에서 막 나왔어. 아직 밤에는 쌀쌀하네. 감기 조심해라.
―조심해서 들어가. 이상하거나 수상한 놈 보이면 바로 연락하고.

찌르릉!

뒤에서 울린 경적 소리에 고운이 깜짝 놀라 뒤를 돌아보니 바로 뒤에 자전거가 멈춰 서 있었다. 고운이 얼른 길을 비켜 주자 자전거는 다시 쌩하니 지나쳐 갔다. 후, 가슴을 쓸어내리고서 천천히 다시 걷기 시작했다. 걸으면서도 생각은 온통 다른 곳으로 향해 있었다.

전화를 할까 말까. 전화를 해서 뭐라고 할까. 선배, 저녁에 약속 있어요? 약속 없으면 저랑 영화나 볼래요? 한데 이상하게 생각하면 어쩌나. 그리고 만약 약속이 있다 하면 어쩌지? 이미 다 본 영화라 그럼 또 어쩌나.

꼬리에 꼬리를 물고 자꾸만 생겨나는 이런저런 질문들로 머리가 잔뜩 복잡했다. 모퉁이를 돌자 저만치에 가게가 보였다. 고운이 멈춰 섰다. 카페 벽에 기댄 채 누군가 책을 보고 있었다.

재희였다.

잠시 멍하니 그를 바라보다 고운은 이내 고개를 숙인 채 땅바닥을 보았다. 발치에 있는 작은 돌멩이를 툭 걷어찼다. 문득 웃음이 났다. 마치 깃털로 간질이는 것처럼 가슴 언저리가 간질거렸다. 그리고 왠지 뭉클해졌다. 꼭 누군가에게 다정한 위로를 받는 느낌이랄까.

고운은 코끝을 훔치며 고개를 들었다. 하늘은 맑고 햇살이 따뜻했다. 고운의 입가에 따뜻한 미소가 흘렀다. 후, 짧게 심호흡을 하고서 가게로 향했다.

한 걸음, 두 걸음, 세 걸음, 네 걸음, 다섯 걸음. 그리고 여섯 걸음째.

재희가 고개를 들었다. 손에 들고 있던 책을 덮으며 고운을 보며 씩 웃었다. 고운도 따라 작은 미소를 지었다.

일곱 걸음, 여덟 걸음, 아홉 걸음, 열 걸음, 열한 걸음.

드디어 재희와 마주보고 섰다. 4월의 봄날, 한낮의 햇살에 공기는 여름처럼 한껏 달구어져 있었다. 얼굴도 따라 뜨거워진다. 고맙게도 부드러운 바람이 불었다. 가볍게 흩날리는 머리카락을 귀 뒤로 넘기고 재희와 눈을 맞췄다.

"어디 다녀오는 길이야?"

"언제 왔어요?"

약속이나 한 듯 똑같이 말하고 또 똑같이 웃었다. 재희가 먼저 말하라는 듯 길고 까만 눈을 한 번 깜빡였다. 햇살을 등지고 있어서인지 재희의 눈동자가 유난히 까맣게 윤이 났다.

"서초동 집에 다녀왔어요. 선밴 언제 왔어요?"

"좀 전에. 근처 볼일 있어 왔다가 차 한잔 하고 가려고."

조금 전이라고는 했지만 책을 보고 있었던 걸로 보아 기다림이 그리 짧지만은 않았을 것이다.

"전화하지 그랬어요. 내가 오늘 아예 안 왔으면 어쩌려고."

"혹시 다른 일 있을까 봐. 괜히 전화하면 마음만 바쁘잖아. 올 때 되면 어련히 올 텐데. 참, 나중에 시간 나면 한번 봐. 괜찮더라."

재희가 건네준 책을 물끄러미 보다 고운이 미소 지으며 시선을 들었다.

"선배, 시간 괜찮으면…… 혹시 저랑 영화 보러 안 갈래요?"

"뻔하지, 뭐. 원래 방송국이랑 집밖에 모르는 방송국 집돌이 아냐. 자고 있을 거야."

전화 통화를 하며 계단을 올라온 재영이 재희의 방문을 두드렸다. 그리고 역시 생각했던 대로 아무 소리도 들려오지 않았다.

"거 봐. 자고 있을 거랬잖아."

재영이 문을 벌컥 열고 안으로 들어갔다.

"형! 누나 지금 집에 온다는데…… 어?"

하던 말을 멈추고 재영이 대신 입을 떡 벌렸다.

"뭐야, 집에 도둑 들었나?"

〈무슨 소리야?〉

"방 꼴이 왜 이래?"

재영이 황당한 얼굴로 재희의 방을 둘러보았다. 옷장은 활짝 열려 있었고, 그 안에 들어 있어야 할 옷들이 침대 위는 물론이고 방 바닥에 정신없이 널려 있었다.

〈방 꼴이 어떤데? 오빠 뭐 해?〉

"몰라. 이게……."

말을 하다 말고 재영이 자신의 방을 휙 돌아보았다. 불길한 느낌이 스쳐 지나갔다. 재영은 후다닥 건너편 자신의 방으로 달려갔다. 아니나 다를까. 재영의 방도 엉망진창이었다. 옷장은 열려 있고 마찬가지로 옷들은 침대 위에 여기저기 흩뿌려져 있었다. 그리고 책상 위에 올려 둔 쇼핑백이 활짝 열려 있었다. 병원에서 올 때 백화점에 들러 사 온 옷들이었다.

"······진짜 도둑 들었나 봐. 신고해야겠다."

〈도둑?〉

"누나! 일단 끊어 봐."

재영은 전화를 끊고서 후다닥 아래층으로 뛰어 내려갔다. 만약 도둑이 들었다면 안방부터 뒤졌을 터였다. 재영이 서둘러 안방으로 들어갔다.

"어?"

한데 안방은 너무도 깨끗했다. 도둑이 든 흔적이 전혀 없었다.

"뭐야?"

어리둥절한 얼굴로 안방을 나오는데 현관 쪽에서 소리가 들렸다. 나가 보니 고 감독과 해원이 장을 보고 들어오고 있었다. 입에는 둘 다 아이스크림을 하나씩 물고 있었다.

"어, 작은오빠 들어왔네. 오빠도 하나 먹어."

해원이 장바구니에서 아이스크림을 하나 꺼내 재영에게 주고는 주방으로 들어갔다.

"외삼촌, 은형 언니 언제 올 건지 전화 한번 해볼까요?"

"그래라."

안방으로 향하던 고 감독이 방문 앞을 막고 있는 막내아들을 빤히 보았다.

"왜?"

"예?"

"거기 왜 그러고 서 있냐고."

"제가요? 아, 그러게."

재영이 얼떨떨한 표정으로 문 앞을 비켜섰다.

"녀석, 싱겁긴. 인마, 너 병원에서 뺑뺑이 돌다 잠 못 자서 정상이 아닌가 보다. 얼른 들어가서 너희 누나랑 매형 오기 전에 눈 좀 붙여."

고 감독이 재영의 어깨를 툭 치고는 안방으로 들어갔다. 주방으로 들어가니 해원이 장 봐온 것들을 정리하고 있었다.

"야, 해원아."

"왜?"

"집에 도둑 안 들었지?"

"뭔 소리야?"

해원이 별 쓸데없는 소릴 다 듣는다는 듯 쳐다보자 재영이 뒷머리를 긁적거렸다.

"하긴 내가 생각해도 좀 그렇긴 하네. 아니, 근데 왜 형 방이랑 내 방만 그 꼴이지? 너, 내 방이랑 형 방 들어가 봤어? 방이 완전 미쳤다니까."

횡설수설하는 재영을 보며 픽 웃다 해원이 참, 하며 지갑을 꺼냈다.

"이거. 아까 큰오빠가 나가면서 작은오빠 나중에 오면 전해주랬는데."

오만 원짜리 네 장이었다.

"형이? 왜?"

"오빠가 사온 옷, 큰오빠가 아주 급한 일 때문에 입고 나간다고 작은오빠더러 새로 하나 사라던데?"

"뭐?"

주방을 나가는 해원의 뒤를 따라 재영도 쪼르르 나왔다.

"형이 내 옷은 왜? 어디 갔는데?"

"난 모르지."

해원이 방으로 들어간 뒤, 재영은 미간을 찌푸린 채 오만 원짜리 네 장을 심각하게 내려다보았다.

"뭐야."

원래 옷이란 몸을 가리라고 입는 것이지 미학적 존재로는 요만큼의 가치도 두지 않는다는 인간이 바로 고재희였다. 한데 있는 옷이란 옷은 죄다 꺼내 온 방에 늘어놓은 걸로도 모자라 재영의 옷, 그것도 새로 산 옷을 입고 갔다?

"도대체 어디 간 거……."

말을 하다 말고 재영이 미간을 찡그렸다. 아니, 재희가 어디에, 누굴 보러 갔는지보다 더욱 중요한 일이 있었다. 도대체 이 인간한테 무슨 일이 벌어지고 있는 걸까?

하지만 아무리 생각을 해봐도 도무지 답이 나오질 않았다. 재영은 휴대전화를 꺼내 현석의 번호를 찾았다.

"형, 전데요."

〈어, 왜.〉

자다 깼는지 목소리가 잔뜩 잠겨 있었다.

"혹시 저희 형한테 무슨 일 있어요? 아니, 생전 안하던 짓을 하기에."

〈뭔 짓?〉

"세상에, 내 옷을 훔쳐 입고 갔어요."

잠시 침묵이 흐르다 다시 현석의 목소리가 들려왔다.

〈누가?〉

"누구긴 누구야. 고재희! 고재희가 내 옷 훔쳐 입고 갔다고요. 자기 방이랑 내 방 완전 거지꼴 만들어 놓고, 내가 집에 오면서 사온 내 새 옷을 말도 없이 입고 나갔다고요. 와, 세상에! 형, 진짜 이거 말도 안 되는 거 아니에요? 내가 직접 겪었으니까 믿는 거지, 아니면 진짜 못 믿었을 거라고."

한참을 떠들어댔는데 상대는 묵묵부답이었다.

"아, 형 내 말 듣고 있어요?"

그때였다.

큭큭큭큭, 칵칵칵칵.

이상하고도 괴기스런 웃음소리가 전화 너머에서 흘러나왔다.

"형. 여보세요? 형, 지금 설마 웃어요?"

〈야, 인마. 끊어. 한창 신 나게 자는데…… 별것도 아닌 걸로 사내 녀석이 호들갑은.〉

"형, 이게 별게 아니라고요? 이게?"

〈시끄럿! 인마, 니네 형 인간 되려고 용쓰는 중인데 응원은 못 해 줄망정! 끊어!〉

버럭 성을 내는 것 같더니 이내 전화가 뚝 끊기고 말았다. 황당한 얼굴로 휴대전화를 보다 마치 현석이 앞에 있기라도 한 것처럼 재영도 꽥 소리를 질렀다.

"아, 진짜 이 형, 이상한 형이야!"

✻

[마지막 곡은 영화 클래식의 주제곡이었죠? 요즘처럼 햇살 좋은 봄날과 너무 잘 어울리는 노래입니다. 자전거 탄 풍경의 '너에게 난, 나에게 넌' 들려드리며 전 이만 물러가겠습니다. 좋은 꿈꾸시고 우리, 내일 또 만나요.]

남훈의 마지막 인사와 함께 카운터에 놓인 작은 스피커에서 익숙한 노래가 흘러나왔다. '너에게 난, 나에게 넌'. 저녁나절 도서관에서 본 영화 클래식의 OST였다.

"어! 이거!"

냉장고에서 맥주를 꺼내 오던 고운이 반갑게 소리치며 설거지를 하고 나오는 재희를 보았다. 영화를 보고 가게로 온 뒤, 간단하게 잔치국수를 끓여 먹은 터였다. 물론 문에는 'Close' 팻말을 걸어 두었다.

"이거 엄청난 우연인 거죠?"

"글쎄. 아마도?"

재희도 피식 미소 지으며 창가 자리에 앉았다.

"영화, 다시 봐도 정말 너무 좋은 거 있죠. 선배는요?"

영화를 보는 내내 설렌 얼굴로 스크린에서 눈을 떼지 못하던 고운이었다. 지금도 살짝 흥분한 듯한 그녀의 얼굴에 재희는 미소 지으며 고개를 끄덕였다.

"나도."

"다행이다. 선배, 건배해요."

맥주캔을 짠 하고 부딪치고서 똑같이 쭉 들이켰다.

"아, 이제 좀 살겠다."

캔을 내려놓으며 고운이 한숨 섞인 미소를 지었다.

"실은 오늘 기분이 좀 별로였거든요."

왜냐고 묻는 대신에 재희는 고운을 물끄러미 건너다보기만 했다. 손끝으로 맥주캔을 만지작거리던 고운이 이내 고백하듯 털어놓았다.

"오늘이 아줌마 생신이에요. 그래서 낮에 집에 다녀왔거든요."

그 말을 하고서 고운이 다시 맥주캔을 들었다.

"그동안 말 못 했었는데. 사실은 전학 가고 한 반년 지났을 때쯤 이환 오빠 엄마랑 저희 아빠, 두 분 재혼하셨어요."

입꼬리가 빙긋 올라가 있긴 했지만 괜스레 밝은 척하는 목소리에서 고운의 마음이 고스란히 읽혔다. 그러고 보니 고운의 입에서 이환의 이야기를 들은 건 처음이었다. 재희 역시 한 번도 묻진 않았다. 물론 물어보고 싶을 때야 꽤 많았지만 입 밖으로 꺼낸 적은 없었다.

"그러지 말자 하면서도 이상하게 예전과 다르게 괜히 좀 불편하기도 하고……. 나이는 이렇게나 먹었는데 아직 철이 들려면 멀었나 봐요."

고운이 말을 하다 말고 혼자 핏 웃었다. 어딘가 모르게 씁쓸해 보였다.

"정말 온전히 축하만 해드려야 하는 날인데 이런 날조차 난 엄마가 생각이 나니까. 아니다. 어쩌면 이런 날이라서 엄마 생각이 더 나는 건지도 모르겠어요."

왜 안 그럴까. 아주 오래 전, 통영 바닷가에서 울어 빨간 얼굴을 한 고운에게서 들었던 이야기가 마치 어제 들은 것인 양 떠올랐다.

"나라도 그랬을 거야."

"사실 난 열여덟이 되어서야 처음으로 엄마 생신을 축하드렸잖아요. 그리고 또 그것도 몇 년 못 챙겨 드렸고."

고운이 애써 입꼬리를 끌어올리며 담담한 미소를 지었다.

"……많이 힘들었겠다."

비록 한참 뒤늦은 위로이긴 했지만 재희의 그 말이 무척이나 고맙고 따뜻하게 다가왔다. 고운이 재희를 가만히 응시하다 한숨 섞인 미소를 지으며 턱을 괴었다.

"괜찮다가도, 잊고 있다가도, 오늘 같은 날이면 이렇게 엄마 생각이 문득문득 다시 떠올라요. 그럴 때면 또 아빠가 밉고…… 잘 모르겠어요. 사실, 아직도."

그동안 누구에게도 털어놓지 못했던 이야기가 재희의 앞에서는 거짓말처럼 술술 잘도 나왔다.

"아줌마가 좋은 분이란 건 알아요. 그 분이 어떤 악의가 있어 그런 것도 아니고, 그때 우리 엄마한텐 정말 선의로 한 행동이었으니까요. 무서운 홀시어머니에 무뚝뚝한 남편. 거기다 따뜻한 말 한마디 건네줄 친정도 없고. 아마, 자신보다 어린 나이에 혼자 동동거리고 있었을 우리 엄마가 안 돼 보여서 언니처럼 챙겨 주고 싶었을 거예요. 저번에 그러시더라고요. 엄마 생각하면 미안하기도 하고 좀 더 챙겨줬어야 하는데, 자꾸 그게 마음에 남아 후회가 된다고. 엄마는 또 아줌마가 너무 잘해 줘서 외려 그게 항상 빚지는 기분이었다고 하고…… 참 아이러니하죠. 정말 선한 마음으로 베푼 게 때로는 독이 될 수 있다는 거. 아마 베푸는 사람은 몰랐겠죠. 만약 자신의 행동이 상대방에게 상처가 된다는 걸 알았다면 안 그랬을 테니까. 아니, 못 그랬을 거예요."

고운이 다시 맥주를 마셨다.

"엄마한테 한번 물어본 적이 있거든요. 아빠를 사랑했으면 무슨 일이 있어도 옆에 있지, 그래도 아빠 아내는 엄마였는데 왜 도망갔냐고요. 그랬더니 엄마가…… 사랑하는 사람한테 정말 끝까지 보여주기 싫은 모습이, 그런 바닥이란 게 있는데 엄마한테는 그때가 그랬대요. 정말 들키면 다시는 얼굴 볼 수 없을 정도로 부끄럽고 창피할 것 같은 기분이었다고요. 가끔 엄마의 그 말이 생각나요. 나도 언젠가 사랑을 하게 되면 그땐 엄마가 말한 그 마음을 이해할 수 있게 될까……. 참 복잡해요. 사람이 누군가를 사랑하고, 또 결혼하고, 자식 낳고, 그렇게 함께 산다는 건."

이야기를 끝내고 창밖을 잠시 바라보던 고운이 이내 멋쩍은 듯 재희를 보며 웃었다.

"괜히 무거운 얘길 해서 분위기 다 망쳤다. 그쵸?"

장난처럼 웃으며 말하고서 고운이 맥주를 들어 재희에게 내밀었다. 재희가 미소 지으며 맥주를 들자 고운이 씩씩하게 '짠!' 하며 부딪쳤다. 그새 술기운이 올랐는지 고운의 얼굴은 제법 많이 빨개져 있었다.

"이고운, 참 많이 컸다."

뜬금없이 창밖을 바라보던 고운이 한 말에 맥주를 마시던 재희가 멈칫했다. 재희를 마주한 고운의 입꼬리가 장난스레 휘어져 있었다.

"왜, 우리 고등학교 때 생각하면 이렇게 선배랑 둘이 마주보고 앉아 술 마신다는 건 정말 말도 안 되는 일이었잖아요. 그런데 이렇게 선배랑 둘이서 술도 마셔 보고. 세월 참 빨라. 그쵸?"

"그러게."

"그땐 진짜, 어른이 되면 제일 먼저 맥주 한잔 꼭 마셔 봐야지, 했었는데."

"마셔 보니 어떤데?"

"뭐…… 좋죠. 거기다 이상하게 오늘은 더 맛있고."

고운이 소리 내 웃으며 맥주를 홀짝였다. 활짝 열린 창 너머로 바람이 밀려들어 왔다. 부드러운 봄바람이다.

"정말 봄이네요. 이맘때면 괜히 밤공기만 맡아도 가슴이 설레는 것 같지 않아요? 확실히 뭔가 좀 특별해. 그죠?"

고운의 말처럼 이맘때, 봄의 밤공기는 여느 때와는 다르게 설레는 뭔가가 있었다. 춥지도 덥지도 않고, 꽃 내음이 섞인 나무 냄새는 다른 계절보다도 훨씬 더 진하게 느껴졌다.

"왜, 봄바람 불면 연애하고 싶어진다 하잖아요."

고운의 말에 재희는 그저 미소만 지으며 맥주를 마셨다. 싱그러운 연둣빛의 청포도를 한 알 집어 입에 물던 고운이 문득 재희를 불렀다.

"그런데 선배."

재희가 고개를 들어 눈을 맞추자 고운이 턱을 괴면서 진지하게 물었다.

"선밴 결혼 왜 안 하는지 물어봐도 돼요?"

정말 궁금한 얼굴이다.

"아니다. 왜, 연애 안 하는지, 그것부터 물어봐야 되는 거죠?"

미소를 띤 채 고운의 이야기를 듣고 있던 재희가 들고 있던 술을 내려놓았다. 그러고는 한껏 진지한 얼굴로 고운에게 되물었다.

"연애, 안 하는 것 같아?"

고운은 눈만 깜빡거리며 멍하니 재희의 눈을 보았다. 재희의 눈썹이 살짝 올라갔다. 얼른 대답하란 말이겠지. 고운은 퍼뜩 정신을 차렸다. 헛기침을 하고서 무심한 체하며 뺨을 슬쩍 문질렀다.

"그럼 혹시 지금 연애 중이에요?"

무심히 고운을 뚫어져라 보던 재희의 눈매가 돌연 피식 휘어졌다.

"아니, 아직은."

재희가 웃으며 말했다. 잔뜩 긴장하고 있던 고운은 저도 모르게 가슴을 쓸어내렸다.

"뭐야, 놀랐잖아요."

"왜?"

"그게…… 아무튼요."

고운은 대충 둘러대며 서둘러 물을 마셨다. 재희는 여전히 팔짱을 낀 채 씩 웃고 있었다.

뭐야, 저 남자. 사람 간 떨어지게 해놓고 웃음이 나오나. 칫, 밉지 않게 눈을 흘기는 고운의 입술에도 싱긋이 미소가 깃들었다.

"근데 왜 정말 연애 안 해요? 선배 정도면 대시도 많이 받을 것 같은데."

"그래 보여?"

고운이 고개를 끄덕이자 재희가 실토했다.

"가끔. 잘 모르는 사람들이 그러긴 해."

"그럼 잘 아는 사람들은요?"

"누가 감히."

"뭘 감히 씩이나? 그럴 수도 있죠."

"일단 성질이 못됐잖아. 괜히 안 해도 될 짓 한 것도 부끄러울 텐데 나한테 욕까지 먹으면 억울하지 않겠어? 더러운 꼴 안 보려면 피하는 게 상책이야."

재희가 농담처럼 하는 말에 고운도 웃고 말았다. 비록 말은 저렇게 하지만 사실은 고운도 남훈에게 들어 익히 알고 있었다. 방송국 내에서도 재희를 좋아하는 여자들이 꽤 많다는 것을.

"그러는 넌?"

남훈이 해준 이야기를 생각하다 고운은 퍼뜩 현실로 돌아왔다.

"연애 안 해?"

재희가 물었다.

"솔직히 예전엔 딱히 별생각 없었는데 요즘은."

그 말을 하는데 재희와 그만 시선이 부딪쳤다. 잠시 말을 멈추고 고운이 이내 작게 웃으며 이마를 한 번 쓸어 올렸다. 평소라면 하지 않았을 말일 테지만 술기운을 빌려서인지, 제법 호기롭게 말이 나왔다.

"해 보고 싶기도 해요."

만약 우리가 옛날에 소식이 끊기지 않고 계속 연락이 되었더라면 지금 우리 사이는 어떠했을까. 고운은 문득 궁금해졌다.

"선배. 혹시 그날 기억해요?"

맥주를 만지작거리던 재희가 고운을 바라보았다.

"왜, 저 전학가기 전날. 그날 밤에 선배, 저 집까지 데려다주셨잖아요. 그리고 밤에 저한테 뻐삐도 쳤었고. 꼭 할 말이 있어서 그러니 잠깐 보자고."

재희의 눈길이 가만히 고운에게로 가 닿았다.

"실은 가끔 생각났었거든요. 그때, 선배가 나한테 하려고 했던 말이 뭐였을까 하고."

십여 년이나 지났음에도 고운은 그 밤, 재희가 하고자 했던 말이 무척이나 궁금한 얼굴이었다.

"······그렇게 궁금했으면 그때 물어보지 그랬어."

"그랬었죠."

고운이 치 하고 웃으며 노곤한 얼굴로 턱을 괴었다.

"처음엔 몇 번이나 물어볼까 했는데 이상하게 전화로 물어보기가 좀 그렇더라고요. 그래서 나중에 방학 때 서울 오면 물어야지 했는데······ 근데 그러다 연락이 끊겨 버렸으니까."

고운이 그때 그에게 물어보았더라면, 만약 그랬다면 그는 고운에게 얘기해 줄 수 있었을까. 아니, 그러지 못했을 것이다. 그때, 고운의 마음이 누구에게 향하고 있는지, 다른 사람은 몰라도 재희는 알았으니까. 가뜩이나 복잡한 녀석에게 또 하나의 고민거리를, 다른 사람도 아닌 자신의 손으로 직접 얹게 하지는 않았을 테니까.

"하긴, 하도 오래전 일이라 선배도 기억 못하겠다."

재희가 미처 대답을 하기도 전에 고운이 혼잣말을 중얼거리며 맥주를 홀짝였다.

"······아니."

"······."

"기억하고 있어. 그때 너한테 무슨 말 하려고 했는지."

재희를 향한 고운의 눈이 동그래진다. 그리고 그 위로 오래전 골목길에서 그를 쳐다보던 단발머리 여고생의 얼굴이 겹쳐졌다.

"정말요?"

고운이 감탄사를 뱉으며 배시시 웃었다.

"진짜 궁금해지네. 무슨 얘기였기에 선배가 아직 기억하고 있는지?"

　말을 할까. ……아니면 말까. 재희는 들고 있던 맥주를 한 모금 마셨다. 고운은 턱을 괸 채 맥주캔을 내려다보고 있었다.

　재희의 손가락이 딱, 딱, 딱, 맥주캔을 천천히 두드렸다.

　만약 지금, 이 순간도 그냥 넘어간다면 십여 년 전 그때처럼 말을 할 기회를 다시 또 잃어버리게 될 것이다. 그리고 바보처럼 또다시 오랜 시간을 후회하겠지. 멍청하기 짝이 없었다면서.

　"그때, 내가 너한테 하고 싶었던 말은……."

　캔을 두드리던 재희의 손가락이 멎었다.

　"……아무래도 내가."

　재희는 말을 잠시 멈추고 숨을 들이켰다.

　"널 좋아하는 것 같다고…… 그 말을 하려고 했었어."

　재희는 그제야 고개를 들어 고운을 바라보았다. 그리고 마지막 말을 이었다.

　"그리고 지금도 마찬가지야."

　재희는 떨리는 마음으로 고운의 대답을 기다렸다. 한데 대답은 커녕, 고운은 아무 미동도 없이 맥주캔만 내려다보고 있었다.

　"……고운."

　재희가 조심스레 고운의 이름을 부르던 그때였다. 거짓말처럼 고운의 고개가 테이블 위로 툭 떨어졌다. 그리고 이어 새근새근한 숨소리가 새어 나왔다.

　"……고운아."

　"……."

"이고운."

"……."

답이 있을 리가 없다. 심각한 얼굴로 고운을 바라보다 재희는 턱을 괴었다. 이미 한잠이 든 듯한 고운의 얼굴은 그저 편안해 보였다.

……아, 무정한 당신이어라.

고요한 가운데 재희의 웃음소리가 나직이 퍼져 나갔다.

일곱.
내마음이 보이니

지이잉. 지이잉.

끊임없이 들려오는 소리에 고운은 겨우 눈을 떴다. 목이 말랐
다. 바깥에서 새소리가 들리는 것도 같았다.

지이잉. 지이잉.

고운은 대충 손을 뻗어 소리가 나는 곳을 더듬거렸다. 휴대전화
가 잡혔다.

"여보세요?"

〈뭐야, 깼나?〉

남훈이었다.

"······응. 근데 나 술 먹은 거 어떻게 알았어? 내가 전화 했어?"

고운의 말이 끝나기가 무섭게 전화 건너편에서 혀 차는 소리가

들려왔다.

〈아주 그냥 필름이 딱 끊기셨구만. 그러게, 술도 못 마시면서 작작 좀 먹지. 도대체 무슨 깡으로 맥주를 두 캔이나 먹는데? 누나, 니 그만큼 먹으면 치사량이다, 치사량!〉

가뜩이나 머리가 아픈데 남훈의 잔소리에 골이 징징 울리는 것만 같았다. 고운은 인상을 찡그리며 중얼거렸다.

"어젠 술이 좀 받는 것 같아서."

〈받는 거 좋아하시네. 누나, 니 어제 기억은 나나?〉

"어제?"

고운은 어젯밤 기억을 가만히 되짚어 보았다. 재희와 영화를 본 뒤, 가게로 와서 맥주를 마셨다. 이런저런 이야기를 했고…… 그 다음에는…….

〈잘 한다. 기억 날 리가 없재. 누나, 니 어제 재희 형한테 업혀 가 집에 들어갔다. 아나?〉

잠시 눈을 깜빡거리다 고운은 자리에서 벌떡 일어나 앉았다.

"뭐?"

〈재희 형이, 누나 니 업고, 집에 델다 놨다고!〉

"여길?"

〈그래! 집 앞이라고, 비밀번호 가르쳐 달라고 전화왔더라.〉

"그래서?"

〈그래서는 뭐가 그래선데. 거기 앞에 놔두고 가라 할 수도 없고, 비밀번호 갈쳐줘가 형이 누나 안에 델다 놓고 간 거 아이가. 놀래가 부랴부랴 들어갔더니 아주 그냥, 세상모르게 잠이 들어서

누가 온지도 모르대.〉

재희가 여기에 왔다고? 고운은 혼란스런 얼굴로 이마를 짚었다. 그런데 전혀 기억이 나질 않는다.

〈누나, 니 진짜, 어제 무슨 일 있었나? 생전 안 먹던 술을 왜 그렇게 먹었는데?〉

"……일단 끊어 봐."

고운은 전화를 끊고서 주변을 급히 둘러보았다. 일단 시간은 오전 열한 시가 다 되어 있었고, 고운은 어제 입은 옷 그대로 잠이 들어 있었다. 그리고 방 안의 다른 것들은 어제 고운이 집을 나설 때와 똑같았다.

고운은 서둘러 거실로 나가보았다. 거실 역시 이상 무. 한데 주방 식탁 위에 뭔가가 있었다. 바로 얌전하게 포장된 해장국이었다.

─일어나면 꼭 챙겨 먹어라.

고운은 남훈에게 곧바로 다시 전화를 걸었다.

"해장국, 네가 사다놨어?"

〈해장국? 뭔 해장국?〉

남훈은 전혀 모르는 모양이었다. 그렇다면…… 딱 한 사람밖에 없었다. 그러고 보니 지난번, 재희가 남겨 놓은 메모와 똑같은 글씨체였다.

고운은 한숨을 흘리며 이마를 쓸어 올렸다.

"혹시, 나 어제 무슨 실수한 거 없지?"

〈나야 모르지. 재희 형한테 물어봐라.〉

태평하기 그지없는 남훈의 대답에 고운은 눈을 질끈 감았다. 다른 사람이라면 얼마든지 물어보겠건만 재희에게는 차마 입이 떨어지지가 않았다.

〈아, 근데 어제 재희 형이 내한테 전화 왔을 때, 목소리가 상당히 힘들어 보이긴 하더라. 근데 누나, 평소에 주사 없지 않나? 아, 하긴 평소엔 술을 안 먹으니 주사가 있는지 없는지 모르겠네. 설마 토하고 그런 건 아니재?〉

……맙소사.

〈암튼 간에 재희 형한테 전화해서 고맙다고 해라. 가게에서 집까지 업고 간다고 얼마나 고생 많았겠나. 혹시 뭐 실수한 거 있으면 미안하다고 사과도 꼭 하고! 알았재?〉

고운은 전화를 끊고 바닥에 쭈그리고 앉아 무릎에 머리를 쿵쿵 박았다.

미쳐, 못 살아. 이고운, 진짜……. 남훈이 했던 말들이 도돌이표처럼 머릿속에서 맴맴 돌고 있었다.

가만, 재희 목소리가 상당히 힘이 들어 보였다고? 혹시, 정말 무슨 실수라도 한 건가?

원래 술을 잘 먹지 않는 터라 딱히 주사라 할 만한 것도 없었다. 한데 어제는 평소보다 훨씬 더 많은 양을 먹은 터라 무슨 짓을 했는지 도무지 짐작할 수가 없었다. 문득 드라마와 영화에서 여자들이 주사를 부리던 모습이 눈앞에 휙휙 지나갔다. 소리를 지르고,

울고, 웃고, 간혹 먹은 걸 모두 게워내기도 하고……

"설마 토하고 그런 건 아니재?"

맙소사. 설마, 그렇게까지 했으려고?

고운은 저도 모르게 자신의 옷을 내려다보았다. 한데 누런 얼룩이 묻어 있는 것 같기도 했다.

"……뭐야, 이거? 설마."

고운은 발을 동동 구르며 머리를 마구 헝클였다. 어쩐지 평소와 다르게 술이 술술 잘 들어간다 싶을 때 조심했었어야 했는데. 다른 사람도 아닌, 하필이면 재희 앞에서…… 진짜, 가능만 하다면 시간을 어제 밤으로 되돌리고 싶었건만 그건 불가능한 일이었다. 이미 쏟아져 버린 물을 쓸어 담는 방법은 절대 없었다.

커피를 마시다 말고 재희는 피식 웃고 말았다.

지금쯤이면 일어났으려나. 해장국은 먹었을까. 어디 아픈 곳은 없겠지? 술을 그렇게 못 마실 줄은 미처 몰랐다. 맥주 두 캔에 곯아떨어지다니. 진작 알았더라면 적당히 마시게 하고 못 마시게 말렸을 텐데 말이다. 문자라도 보내 볼까 싶어서 휴대전화를 집어 드는데 건너편에서 현석의 핀잔 소리가 날아왔다.

"아쭈. 연애하더니 아주 그냥 좋아 죽나 보지? 막 웃음이 피식 피식 새는 걸 보니."

오랜만에 오프라 점심이나 함께 하자면서 현석이 방송국 앞으로 찾아온 터였다.

"연애는 무슨."

"뭐야, 너. 설마, 아직 고백 안 했어?"

현석이 묻는 말에 재희는 커피를 한 모금 홀짝였다.

"했지."

"진짜? 뭐래? 웃는 걸 보니 '예스' 인 모양인데?"

재희는 고개를 저었다.

"뭐야, 그럼 거절당했어? 너 근데 웃음이 나와? 이 자식 이거,
충격 받아 완전 미쳐 버렸나 보네."

심각하기 그지없는 친구의 얼굴을 보며 조금 더 곯려 줄까 하다
재희는 피식 웃으며 사실대로 말했다.

"아무 대답도 못 들었어."

"왜?"

"얘길 했는데, 잠이 들었더라고."

"무슨 소리야, 그게."

재희는 어젯밤 있었던 일을 간략하게 이야기해 주었다.

"처음에는 좀 황당하긴 했는데 생각해 보니 오히려 잘된 것 같
아. 술 먹다가 이야기하는 건 좀 아니잖아. 제대로 정식으로 갖춰
서 프러포즈 하는 게 맞는 것 같아."

"……."

"조만간 기회 보고, 다시 얘기해야지. 이벤트 같은 건 받는 사람
입장에서도 부담스러울 것 같아서 좀 그렇고……."

재희를 멀뚱멀뚱 쳐다보던 현석은 갑자기 아무 말도 않고 찬 물

만 벌컥벌컥 들이켰다. 그러고는 빈 컵을 탁 내려놓았다.

"……왜?"

"너, 혹시 거절당한 거 아냐?"

커피를 마시려다 말고 재희는 현석을 바라보았다.

"뭐?"

"우리 병원 후배 중에 너랑 똑같은 케이스가 하나 있었거든. 그 자식이 제 딴에는 큰맘 먹고 여자 동기한테 고백했는데 여자애가 술 잘 마시다 갑자기 푹 쓰러지더란다. 그래서 당연히 못 들었구나 싶어서 다시 고백을 해야지 하고 자리를 마련하려고 했는데, 이상하게 그 여자애가 이런저런 핑계를 대면서 그런 분위기를 만들 타이밍을 안 주더래. 원래 둘이 엄청 친하게 지내서 오프마다 같이 영화 보고 밥 먹고 술 먹고, 아주 잘 어울려 다녔거든. 근데 갑자기 그러질 않으니까 그때부터 왠지 느낌이 쎄하더래. 그래서 여기저기 쑤셔서 물어봤더니, 그 여자애가 실은 그 고백을 다 들었던 거지."

"다 들었다고? 근데 왜?"

"왜긴 왜야. 그 여자애가 그 자식 마음 받아 줄 생각이 없어서 그런 거 아냐. 너도 생각해 봐라. 그 여자애가 그 자식 마음을 대놓고 거절하면 영영 인연 끊기는 거 아냐. 불편해서 어떻게 보냐. 근데 그러자니 자기한테 너무 좋은 친구이자 동료고. 그래서 그런 거지. 그냥 친구로라도 잘 지내고 싶어서."

"……"

"혹시 이고운도 그런 거 아냐?"

현석이 묻는 말에 재희는 아무 말도 할 수가 없었다.

"공개방송 게스트들한테 일정 확인 차 다시 한 번 연락 다 돌리고."

"네."

"오케이. 그럼 이제 '화양영화' 사연들 좀 추려 내자고."

세미가 사연을 정리한 원고를 꺼내 재희와 남 작가, 연주의 앞에 하나씩 나눠 주었다.

"보자, 오늘은 무슨 사연이 들어왔는지…… 어, 이거 어때? 우정이냐, 사랑이냐."

"어, 저도 그거 괜찮다 생각했어요."

연주의 말에 남 작가가 재희를 불렀다.

"고PD 생각은 어때?"

모두의 시선이 재희에게로 향했다. 한데 대답은 않고 턱을 괸 채 재희는 휴대전화를 뚫어져라 보고 있었다. 남 작가가 손을 뻗어 재희의 눈앞에다 이리저리 흔들었다.

"고PD."

"……."

"고재희? 헤이?"

남 작가가 손가락을 소리 나게 딱 튕겼다. 재희의 시선이 그제야 남 작가에게로 움직였다.

"고PD. 무슨 일 있어?"

"……아뇨."

"근데 무슨 생각을 그렇게 골똘히 해. 난 또 표정이 하도 심각해서 돈 떼먹고 도망간 놈이라도 본 줄 알았잖아."

남 작가가 농담을 하며 깔깔대자 연주와 세미도 함께 웃음을 터뜨렸다.

"남 선배."

재희의 심각한 목소리에 모두의 웃음소리가 뚝 그쳤다.

"아까 제가 엽서를 하나 받았는데요."

"엽서? 요즘도 엽서 보내는 사람이 있어?"

"……그게 중요한 게 아니라, 그 사연이 좀."

"왜, 뭔데?"

남 작가는 물론이고 연주와 세미도 궁금한 얼굴로 재희를 보고 있었다.

"너희 작가들, 전부 다 여자잖아. 여자는 여자가 잘 알지. 한번 슬쩍 물어봐. 아마 답 바로 나올 걸?"

현석의 말처럼 작가들이라면 조금 더 잘 알지도 몰랐다. 재희는 마른 침을 삼키고서 어렵게 말문을 열었다.

"술을 마시다가 남자가 여자한테 좋아한다고 고백을 했다는데."

"근데? 여자가 거절했대?"

"아뇨. 그건 아니고…… 여자가 술에 취해서 잠이 들었대요. 그 남자는 그 여자가 당연히 고백을 못 들었다고 생각해서 다시 고백

해야지 했다는데……."

재희가 거기까지 말을 했을 때였다.

"아, 혹시나 그 여자가 듣고 잠든 척 한 건 아닌가, 그게 불안한 거구나!"

세미가 손가락을 딱 튕기며 하는 소리에 재희의 어깨가 움찔했다. 남 작가도 고개를 끄덕이며 세미의 의견에 동의했다.

"그렇네. 그거 맞지?"

"……네, 뭐."

"둘이 무슨 관곈데? 직장 동료? 아님 친구? 아님 그냥 아는 사이?"

"……친구에 가까운."

"뭐야, 친구면 친구지, 친구에 가까운 건 뭐야."

남 작가 투덜거리는데 연주가 끼어들었다.

"친구든 아니든, 제가 보기엔 두 사람, 아주 가까운 사이인데요."

"저도 황 작가님 말에 한 표."

세미도 연주의 말에 자신만만하게 동의했다.

"왜?"

"만약에 여자가 고백을 듣고도 굳이 일부러 모르는 척 했다는 건, 그 남자와의 관계가 어그러지는 걸 원치 않는다는 뜻이잖아요. 그럼 엄청 좋은 사이인 거죠. 만약, 뭐 봐도 그만 안 봐도 그만인 사이면 귀찮게 뭐하러 그래요. 그냥 단칼에 싹둑 잘라 버리지."

"오, 그렇지."

남 작가도 고개를 끄덕였다. 이미 결론 나왔다는 듯한 세 여자를 물끄러미 바라보다 재희가 다른 의견을 꺼냈다.

"근데, 그게 아닐 수도 있잖아요. 진짜 술에 취했다거나."

"뭐…… 하필이면 딱 그 고백하는 타이밍에 술에 취해서 엎어 졌다는 게 참 공교롭긴 하다만, 아예 그럴 확률이 또 없다고 보긴 힘들긴 하지. 일이 프로라도 있긴 있는 거니까."

남 작가의 말에 재희는 안도의 한숨을 지었다.

"에이, 근데 그런 거 다 필요 없고 그냥 딱 보면 알지 않아요?"

재희의 눈길이 세미에게로 향했다.

"어떻게?"

"만약 여자가 정말 술에 취해서 아무 이야기도 못 들었다면 평소처럼 아무렇지 않게 지내겠죠. 예를 들어 둘이서 밥 먹자거나, 둘이서 얘기 좀 하자거나 할 때 '그래' 하고 스스럼없이 말이죠. 근데 만약 여자가 들었는데 못 들은 척 일부러 그럴 때는…… 남 자가 다시 고백할 타이밍을 아예 안 주죠. 만나자고 하면 급한 다른 일이 생겼다거나, 얘기할 때 조금 어색하고 불편해한다거나. 애를 써서 아무렇지 않은 척 한다거나……. 뭐, 그런 것까지 안 가도 사실 전화 한 통만 해도 바로 알 것 같은데요?"

세미가 어깨를 으쓱이며 하는 말에 재희는 자연스레 휴대전화를 바라보았다.

전화 한 통만 해보면 알 일이라…… 재희는 곧바로 자리에서 일어났다.

"잠깐 십 분만 쉬죠."

뚜르르르르. 뚜르르르르.

신호음이 한참이나 이어졌다. 혹시 아직 자고 있는 걸까. 아무래도 그런 것 같았다. 나중에 다시 해야겠다 싶어 전화를 끊으려던 찰나, 지루하게 이어지던 신호음이 뚝 그쳤다.

〈여보세요?〉

"어. 일어났어?"

〈네, 선배.〉

"몸은? 괜찮아?"

〈네. 〉

어색한 침묵이 끼어들었다. 평소에는 이런저런 이야기를 먼저 잘도 하던 고운이었다.

"얘기할 때 조금 어색하고 불편해한다거나."

세미가 분명 그런 말을 했던 것 같았다. 재희는 새어 나오는 한숨을 꾹꾹 삼켰다.

"그냥 했어. 좀 괜찮아졌나 싶어서."

〈아, 네⋯⋯. 어제, 저 때문에, 죄송해요. 제가⋯⋯ 너무 큰 실수를⋯⋯.〉

"아냐, 실수는 무슨."

〈⋯⋯.〉

전화 너머가 조용했다. 고운의 숨소리만 들려오는 것 같았다.

"그래, 그럼…… 회의하다 나와서 들어가 봐야겠다. 나중에 연락하자."

⟨아, 네. 선배. 들어가세요.⟩

전화를 끊으려다 재희는 급히 고운을 불렀다.

"이번에 우리, 공개방송 하는 거 알지?"

⟨네.⟩

"올래? 끝나고 꼭 할 얘기도 있고."

⟨아…… 예, 그럴게요.⟩

"그래, 그럼. 끊자."

전화를 끊고서 재희는 벽에 기대어 섰다.

많이 불편해했나? 평소보다 조금…… 어색해하는 것 같긴 했는데.

재희는 눈을 가늘게 뜨고서 휴대전화를 매섭게 내려다보았다.

설마…… 아니겠지. 어쨌거나 공개방송도 오겠다고 했고, 얘기하자는데 흔쾌히 응하지 않았던가.

그래, 고운은 아무 말도 못 들은 게 분명했다.

❋

미쳤어……. 미쳤어, 이고운.

어쩌자고. 세상에, 어쩌자고 그런 꿈을 꿨을까.

고운은 땅이 꺼져라 깊은 한숨을 내쉬며 두 손으로 얼굴을 감쌌다.

부드러웠고 달짝지근했다. 너무나도 뜨겁고 격렬했다.

뭐가? 키스가. 누구와? 재희와. ……맙소사.

마치 오늘 아침 꿈에서 깼을 때처럼 또다시 뺨이 화르르 달아올랐다. 서로의 혀가 얽히던 그 순간이, 정말 그야말로 현실인 것처럼 너무도 생생했다. 그리고 그것뿐만이 아니었다. 듣기에도 민망한 온갖 신음을 뱉으며 그에게 매달렸었다. 그것도 알몸으로 말이다.

……미쳤어.

두 손으로 얼굴을 감싼 채 고운은 카운터 책상에 고개를 콩 박았다.

아니, 도대체 어떻게 그런 이상하고 낯부끄러운 꿈이 다 있단 말인가. 도대체 무슨 꿈이기에?

한참을 그리 웅크려 앉아 있던 고운은 고개를 들고 노트북을 앞으로 당겼다. 검색창을 켜고 조심조심 궁금한 것을 쳤다.

불과 일 초 만에 좌르륵 수없이 많은 검색 결과가 떴다. 제일 위의 글을 클릭하자 새로운 화면이 떴다.

— 욕구불만입니다. 오늘 밤에라도 당장 욕구를 푸세요.

"저기요."

깜짝이야. 고운은 화들짝 놀라 노트북을 확 닫았다. 손님 두 명이 눈을 휘둥그레 뜨고 카드를 든 채 고운을 빤히 보고 있었다.

"저희는 테이크 아웃 좀 하려고…… 아이스유자 두 잔이요."

"죄송합니다. 제가 잠깐 다른 생각을 하느라 몰랐어요. 죄송해요."

고운은 고개를 꾸벅 숙이며 연거푸 사과를 하고서 얼른 주문을 받았다. 계산까지 하고 손님을 보낸 뒤, 고운은 한숨을 내쉬며 자리에 앉았다. 책상에 이마를 쿵 박고서 눈을 질끈 감았다.

이게 다 얼마 전 그날 일 때문이었다.

술 먹고 필름 끊겨서 재희에게 업혀 집에까지 갔던 그날, 그 밤에 있었던 일.

혼자 생각하고 또 생각을 해 봤지만 끊긴 필름은 결국 이어지지 않았고, 고운은 혼자 애를 태울 수밖에 없었다.

"공개방송 끝나고 꼭 할 말도 있고."

도대체 꼭 해야 할 말이라는 게 무슨 말일까? 혹시 그날 밤 저질렀던 정체불명의 실수에 대해서는 아니겠지. 아마 며칠 동안 너무 심란했던 탓에 그런 꿈까지 꾼 것 같았다.

고운은 한숨을 내쉬며 휴대전화를 꺼내 보았다. 차라리 그냥 확 터놓고 물어볼까 싶다가도 도무지 입이 떨어지질 않았다. 그래, 그냥 모르는 척 넘어가는 게 좋을지도 몰랐다.

고운은 두 손으로 휴대전화를 붙잡고 있다 문득 시계를 보았다. 여덟 시 십 분 전이었다. 그러고 보니 어느새 공개방송에 가야 할 시간이었다. 슬슬 가게 정리를 하고 가면 시간이 얼추 맞을 것 같았다.

"죄송하지만 오늘은 사정이 있어서 여덟 시에 가게 문을 닫아야 해서요. 정말 죄송합니다."

애초에 미리 문에 공지문을 붙여 놓은 덕인지 손님들 모두 고맙게도 별 기분 나쁜 내색 없이 알았다며 고개를 끄덕였다. 고운이 자리에서 일어나 막 주방으로 들어가려 할 때였다.

땡그랑!

요란스럽도록 큰 풍경 소리에 놀라 고운은 고개를 돌렸다. 비틀거리며 남자 손님 하나가 가게로 들어왔다. 고운도 아는 단골이었다. 분명 단정하게 맸을 넥타이는 이미 반쯤 풀어져 목에서 덜렁거리고 있었고, 깨끗했을 양복은 어디 바닥에 구르기라도 했는지 온통 흙투성이였다. 게다가 제법 멀찍이 떨어져 있었는데도 술 냄새가 진동을 했다. 한눈에 보기에도 정신을 못 차릴 정도로 잔뜩 취해 있었다. 평소와는 전혀 딴판인 모습에 고운은 얼른 밖으로 나왔다.

"손님, 괜찮으……."

한데 고운이 괜찮냐 물어보기도 전에 남자가 비틀비틀 걸음을 떼더니 그녀를 빤히 쳐다보았다.

"……네가…… 네가 어떻게…… 나한테 이럴 수가 있어?"

도대체 누구보고 하는 말일까.

"저기, 손님. 죄송하지만……."

"네가 어떻게 나한테 이럴 수가 있어!"

남자가 외마디 소리를 지르며 고운에게 다가오다 비틀거리며 바닥에 쓰러졌다.

와장창!

꺄악! 테이블이 쓰러지며 그릇이 깨지고 손님들의 비명 소리가 가게 안에 울려 퍼졌다.

"사랑해! 내가 널 사랑한다고오! 사랑한단 말이야!"

남자가 울부짖었고, 고운의 머릿속은 순식간에 새하얘졌다. 그리고 딱 한 사람만 떠올랐다.

⁎

"아쉽게도 벌써 작별 인사를 해야 할 시간이 다가왔네요."

남훈의 말이 끝나기가 무섭게 관객석에서 아쉬운 탄성이 터져 나왔다.

"한남훈의 스탠바이미, 오늘이 첫 번째 공개방송이었는데요. 여러분들과 함께해서 굉장히 설레고 또 행복했던 시간이었습니다. 앞으로 매년 봄을 떠올릴 때마다 오늘, 이 밤이 자동적으로 생각이 날 것 같아요. 김건모 씨의 '너에게, 마음으로 하는 말' 마지막 곡으로 들려드리며 인사를 하도록 하겠습니다. 오늘도 좋은 꿈 꾸시길 바랄게요! 지금까지 프로듀서 고재희, 작가 남진경, 황연주, 이세미. DJ 한남훈이었습니다."

남훈이 초대가수와 인사를 나누고서 무대 아래로 내려왔다. 남 작가가 물병을 건네주며 남훈을 맞았다.

"남훈 씨, 수고했어."

"수고는요. 저보다 작가님들이랑 스태프 분들이 고생이시죠."

재희는 끝까지 무대 위를 주시했다. 노래 1절이 끝났을 때 재희가 손짓을 하자 광고가 나갔다. 오늘 방송도 무사히 끝이 났다. 재희는 주변을 두리번거렸다. 저렇게 수많은 사람이 왔는데도 고운의 모습은 찾을 수가 없었다.

결국 고운은 오지 않았다.

"모두들 수고하셨습니다!"

남 작가가 박수를 쳤고 다른 스태프들도 공개방송이 무사히 끝났음을 자축하며 환호성을 질렀다. 재희는 무덤덤한 얼굴로 헤드폰을 벗으며 원고를 정리했다.

"고PD, 수고했어. 얼른 뒷정리하고 우리도 뒤풀이 가자. 남훈 씨도 갈 거지?"

"당연하죠. 어, 잠깐만요. ……에이, 뭐야."

"왜?"

"아, 누나요. 바빠서 못 왔다고, 미안하다고 문자 왔네요. 아무리 바빠도 그렇지, 동생 첫 공개방송인데."

"일 때문에 그런 걸 어떡해. 라디오로 들었음 됐지, 뭐. 자, 갑시다. 가!"

왁자지껄한 주변의 소음을 한 귀로 흘리며 재희는 휴대전화를 꺼냈다. 전원을 켜자 잠시 후 액정 화면이 환해지며 바탕화면이 나타났다. 문자가 몇 통 들어와 있었지만 그 가운데 고운의 것은 하나도 없었다.

하루에도 열두 번씩 고운에게 전화를 하고 싶은 마음이야 굴뚝같았다. 하지만 행여나 정신이 산만해져서 방송 사고라도 칠까 봐

공개방송 전까지는 안간힘을 써서 참고 또 참았었다. 그리고 드디어 공개방송이 끝이 났다. 원래 공개방송이 끝나면 정식으로 고백할 생각이었으니 그에게는 공개방송이 또다른 의미의 'D-Day'이기도 했다. 한데 고운은 오지도 않았고, 아무런 연락도 없었다.

"만약 여자가 들었는데 못 들은 척 일부러 그럴 때는…… 남자가 다시 고백할 타이밍을 아예 안 주죠. 만나자고 하면 급한 다른 일이 생겼다거나."

역시나 그 말이 맞았던 것 같다. 고운은 이미 재희의 감정을 알아차리고 부담스러워서 선을 긋는 것일지도 몰랐다. 더 이상 다가오지 말고 선후배로서의 선을 지켜 달라고.

새어 나오는 한숨을 삼키며 재희는 손가락으로 휴대전화를 톡톡 두드렸다. 한데 바로 그때였다.

지이잉. 지이잉.

거짓말처럼 휴대전화가 진동했다. 그리고 고운의 이름이 액정 화면에 떴다. 가슴이 뛰어대기 시작했다. 혹시나 전화가 끊어질까, 긴장된 마음을 억누르고 재희는 얼른 전화를 받았다.

"여보세요?"

〈선배?〉

재희는 나직이 심호흡을 했다. 우선 무슨 말부터 해야 할까. 어디인지, 그것부터 물어봐야겠지? 하지만 고운에게 채 묻기도 전에 별안간 전화 너머에서 큰 소리가 울렸다. 재희의 표정이 어두워졌다.

"……무슨 일 있어?"

〈……그게.〉

"말해. 무슨 일인데?"

〈선배, 죄송한데 지금 이리로 좀 와줄 수 있어요?〉

재희를 부르는 고운의 목소리가 불안하고 다급했다.

"민영아! 너도 나 사랑하고 있잖아! 난 다 알고 있다고오!"

술을 얼마나 많이 마셨는지 얼굴이 벌겋게 달아오른 남자가 파출소 바닥에 주저앉아 고래고래 소리를 지르고 있었다. 그리고 그 앞을 가로막은 경찰 뒤로 소파 한쪽에 웅크리고 앉은 고운이 있었다. 얼굴이 핼쑥한 걸 보니 많이 놀란 모양이다.

"아저씨! 조용히 좀 해요! 이 아가씬 아저씨가 말하는 민영이가 아니라고 하잖아요."

"아저씨나 비켜보라고오. 민영아아! 너 진짜 그놈이랑 결혼할 거야? 아니잖아! 민영아, 나 좀 봐! 네가 어떻게 날 버릴 수가 있어! 사랑이 어떻게 변하니이이!"

"아, 이 아저씨가 진짜…… 집에 다시 한 번 전화해 봐. 아직도 아무도 안 받아?"

"예. 아! 거기 아저씨 둘, 싸우지 좀 마세요. 네? 여기서 이러시면 안 됩니다! 거참, 조용히 좀 하라니까요!"

하필 오늘따라 취객이 많았는지 파출소 안은 여기저기서 욕설과 고성이 오가는, 그야말로 난리통이 따로 없었다. 재희는 눈앞의 풍경을 이해할 새도 없이 바쁘게 고운에게로 걸음을 뗐다.

"고운아."

"······선배!"

난감해서 어찌할 바를 모르고 있던 고운이 재희를 보자마자 벌떡 일어났다. 믿을 만한 사람의 등장 때문인지 고운의 얼굴에서 안도와 반가움이 빠르게 번졌다. 그리고 그런 고운의 모습에 재희는 울컥 화가 치솟았다. 이상한 사람 때문에 이런 곳에서 몇 시간 동안 마음 졸이고 있었을 고운이 그려졌기 때문이다.

"어떻게 된 거야? 괜찮아? 어디 다친 곳은 없어?"

한눈에 보기에도 술에 취해 제정신이 아닌 인간이었다. 혹시라도 어디 다친 곳은 없는지, 가슴이 덜컥 내려앉아 고운을 붙잡고 이리저리 살펴볼 때였다.

"넌 뭐야아!"

몸도 제대로 못 가누던 남자가 별안간 재희에게 달려들어 있는 힘껏 셔츠 자락을 거머쥐었다.

"민영아아! 이 새끼야아? 이 자식 때문에 네가 날 버리겠다는 거야아?"

그렇잖아도 불쾌하기 짝이 없는데 남자의 태도에 재희의 얼굴이 단번에 굳어졌다. 남자를 확 밀쳐 냈는데 그는 비틀거리면서도 용케 또 다시 재희를 붙들었다. 그사이에 경찰들이 황급히 달려왔다.

"아저씨, 왜 이러세요! 진짜, 이거 얼른 안 놔요!"

"에이씨! 놔, 내가 이 새끼 가만 안 두겠······!"

당장에라도 한 대 쳐올리기라도 할 듯이 재희를 험악하게 노려 보던 남자가 별안간 버럭 소리를 내질렀다.

"씨바알!"

얼마나 그 소리가 큰지, 순간적으로 파출소 안에 정적이 흘렀 다.

"⋯⋯더럽게 잘생겼어어!"

부들거리던 남자가 별안간 재희의 가슴팍에 고개를 쿡 박고는 어깨를 들썩거리며 엉엉 울기 시작했다. 여전히 재희의 셔츠 자락 을 꽉 부둥켜 잡은 채였다.

"⋯⋯뭐야."

옆에서 뜯어말리던 경찰 하나가 중얼거렸다. 그리고 그 뒤로 누 군가가 픕 하고 웃었고, 이어 여기저기에서 웃음소리가 동시다발 적으로 터져 나왔다. 뻣뻣하게 굳은 채 황당한 얼굴로 남자를 내 려다보던 재희는 고개를 돌려 옆을 보았다. 고운이 재희와 눈이 마주치자마자 얼른 손등으로 입을 가리며 고개를 푹 숙였다. 하지 만 재희는 보고야 말았다.

고운도 웃고 있었다는 걸.

고운이 걷다 말고 또다시 어깨를 부르르 떨었다. 겨우겨우 웃음 을 참느라 말이다. 재희가 나직이 한숨을 내쉬며 고운을 돌아보았 다.

"너, 진짜."

"미안해요, 선배. 그래도 웃긴 걸 어떡해."

못마땅한 듯 고운을 노려보듯 했지만 이내 재희도 픽 웃고 말았다. 생각하면 고운의 말처럼 웃긴 일이긴 했다.

"것 봐, 선배도 웃기잖아요."

맑은 웃음기가 밴 고운의 말소리가 듣기 좋았다.

그 남자는 고운의 찻집 단골손님이었다고 했다. 일주일에 한 번, 금요일마다 와서 차 두 잔을 시켜 놓고 혼자 있다 가곤 해서 기억에 남았던 손님이었단다.

"친했어?"

"아뇨. 그냥 단골이다 보니까 안부 인사 정도만."

주문할 때 말고는 별 다른 대화를 한 적은 없었지만 항상 조용한 말투에 흐트러짐 없는 정장 차림새를 하고 있기에 단정한 이겠구나 짐작만 할 뿐이었단다. 한데 오늘은 평소답지 않게 잔뜩 취한 채로 가게로 왔다 했다. 그러더니 다짜고짜 고운을 부둥켜안으며 '민영아!'를 부르짖었다 했다.

"당황스럽긴 했는데 그보다는 걱정부터 되더라고요. 그런 분이 절대 아니었는데."

문득 몇 시간 전의 일이 다시 떠오르는지 고운이 이야기를 하다 말고 이맛살을 살짝 찡그렸다. 네가 어떻게 날 버리고 다른 사람과 결혼을 할 수 있느냐, 사랑이 어떻게 변하냐, 나는 아직도 너밖에 없는데 앞으로 너 없이 난 어떻게 사느냐. 제발 날 버리지 마라.

고래고래 소리를 지르며 울어대는 통에 어떻게 진정을 시킬 수가 없어서 하는 수 없이 경찰을 불렀고, 함께 파출소로 간 거였단다.

"넌 그랬으면 진작 연락을 하지, 몇 시간을 그러고 있었어? 혹시라도 무슨 일 있었으면 어쩔 뻔했어."

"그땐…… 선배 라디오도 아직 안 끝났을 때였으니까."

주인에게 꾸중 들은 강아지처럼 고운의 얼굴이 시무룩해졌다. 그런 고운의 모습에 재희는 한숨짓다가도 이내 웃을 수밖에 없었다..

"아까 그 분, 집에서 결혼을 반대해서 결국 애인이랑 헤어졌나 봐요. 근데 그 여자분이 내일 결혼한다는 것 같더라고요."

"그런데 왜 하필 너한테 그랬대. 헤어진 애인이 그 동네 살아?"

"그건 모르겠고, 예전부터 그 여자분이랑 우리 가게에서 자주 만났었대요. 내가 가게 맡기 전부터. 아, 그리고 보니 그분, 딱 한 번 여자분이랑 온 적 있었는데."

고운이 걸음을 멈추고 재희를 보았다.

"지난주에요. 그럼 혹시 그분인가?"

"……그런가 보네."

고운이 돌연 짧게 한숨을 내쉬고는 다시 걸음을 옮겼다.

"나까지 마음 아프다. 두 사람 다 처음에 손잡고 사랑을 시작했을 땐 이렇게 끝날 줄 몰랐을 거 아냐. 불공평해요. 시작도 같이 했으니 끝도 그렇게 같이 하면 참 좋았을 텐데."

"그렇게 자로 잰 듯 쿨하게 끝낼 수 있으면 서로에게 더할 나위 없이 좋긴 하겠지. 근데 그게 말처럼 쉽겠어, 어디."

"그러게. 그건 정말 복 받은 이별 같아요. 그분 아까, '민영아,

행복해라, 세상에서 제일 행복하게 잘 살아라!' 하면서 우는데 나까지 눈물 날 뻔했잖아요. 경찰들이 휴대전화 찾아봤는데 민영이란 이름은 없더래요. 휴대전화에서는 지워 놓고 결국은 못 잊어서 혼자 저렇게 힘들어 하는 거겠죠."

이런저런 이야기를 하다 보니 어느새 가게에 다 와 있었다. 고운이 가게 문을 여는 동안, 그 뒤에 서 있던 재희의 입매는 단단하게 다물어졌다.

가게는 그야말로 엉망이었다.

오는 동안 고운과 이야기를 나누며 조금 가벼워졌던 마음이 한순간에 다시 불편해졌다. 얼마나 난동을 피웠는지 테이블이며 의자는 온통 다 쓰러져 바닥에 나뒹굴고 있었고, 깨어진 찻잔 조각들이 여기저기 흩어져 있었다. 고운이 그냥 조금 놀랐다고만 해서 설마 이렇게까지 난리를 피웠을 거라고는 생각을 못 했었다. 혼자 겁에 질려 있었을 고운을 생각하자 화가 치밀어 올라 견딜 수가 없었다.

고운이 얕은 한숨을 짓더니 안에 들어가서 빗자루와 쓰레받기를 가지고 나왔다.

"가만 있어. 내가 할게."

"괜찮아요."

"글쎄, 가만 있으래도."

재희는 고운의 손에서 빗자루를 뺏어 한쪽에 세워 두고 일단 의자와 테이블부터 바로 세우기 시작했다.

보글보글 끓는 찻물을 잔에 붓자 노란 국화꽃이 활짝 폈다. 진한 꽃향기가 금세 주방 안에 확 퍼졌다. 차를 가지고 나와 보니 재희는 바에 앉아 있었다. 피곤해서인지, 아니면 화가 나서인지 얼굴이 아직까지 굳어 있는 것 같았다. 아까는 너무 놀라고 정신이 없어 미처 생각도 못 하고 있다 조금 한가해지자 비로소 며칠 전의 일이 떠올랐다. 고운은 마른 침을 삼키며 아무 일 없다는 듯 애써 목소리를 밝게 했다.

"피곤하죠? 괜히 저 때문에 이 시간까지……."

재희의 앞에 차를 내려놓았다.

그래, 차라리 마주 보고 앉아 시선을 어디 둘지 모르는 것보다 이렇게 옆자리에 앉게 되는 게 나을지도 몰랐다. 조금 떨어진 곳에 자신의 찻잔을 내려놓고서 고운은 의자를 살짝 옆으로 밀어 앉았다.

"국화차예요. 잠 잘 온대서."

어색한 마음에 차를 한 모금 마시고 내려놓을 때였다. 별안간 재희가 고운의 손을 꽉 잡아 쥐었다.

"……선."

심장이 덜컹 내려앉는다. 당황한 고운의 시선이 재희에게로 향했다.

"다쳤어?"

재희의 말에 고운은 그제야 그가 잡고 있는 제 손가락을 보았다. 그러고 보니 검지 끝에 붉은 생채기가 나 있었다.

"……아. 아까 그분 부축하면서 땅 짚었었는데."

아마 그때 다친 모양이었다. 정신이 하도 없어서 아픈 줄도 몰랐다.

"약상자 어딨어?"

"저기, 주방 서랍장 두 번째 칸에요."

재희의 표정이 하도 험악해 '이 정도쯤은 괜찮아요' 라는 말은 쏙 들어가 버렸다. 재희가 안으로 들어가더니, 잠시 후 약상자를 가지고 나왔다. 솜을 꺼내 소독약을 뿌리더니 고운의 손을 다시 잡았다.

"좀 따가울 거야."

그의 말처럼 솜이 닿자마자 생채기가 난 부분이 차갑고도 따끔했다. 움찔했는지 재희의 눈썹도 비딱해진다.

"……많이 쓰라려?"

"아뇨. 하나도 안 아파요."

"……거짓말은."

안 아플 리가 있겠어.

소독을 끝낸 재희가 솜을 내려놓더니 이번에는 연고를 집었다. 그러고는 고운의 손가락 끝에 연고를 짜더니 이윽고 조심스럽게 문질렀다.

남들이 들으면 미쳤다고 하겠지만 고운은 사실 아픈지도 몰랐다. 그저 맞닿은 재희의 손에, 그의 손가락에 온 신경이 집중되어 있을 뿐이다. 붉은 상처를 가리고 있던 하얀색 크림이 투명해질 때까지 재희는 고운의 손끝을 문지르고 또 문질렀다. 다정하고도 부드러운 손길이었다.

이건 치료였다. 그저 상처에 연고를 발라 주는 것뿐이다. 한데 왜 이렇게 심장이 떨리고 발끝이 오므라드는 걸까. 고운은 입술을 꾹 깨물었다.

"다음부터 이런 일 있을 땐 바로 전화해. 이것저것 생각하지 말고."

선뜻 대답을 않자 재희가 고운을 쳐다보았다.

"그렇게 할게요."

그제야 안심이 되는지 재희가 엷은 한숨을 내쉬며 고운의 손가락에 밴드를 붙여 주었다.

째깍째깍.

벽에 걸린 시계 초침 소리만 가게 안을 까득 채웠다.

"혹시, 지난번에 같이 술 마셨을 때…… 그때 일 기억나?"

재희가 단도직입적으로 물었다. 고운의 눈이 동그래졌다. 드디어 올 게 온 거다. 고운의 어깨가 축 쳐졌다.

"죄송해요, 선배."

미안하단 고운의 짧은 사과에 재희의 가슴이 철렁 내려앉았다. 무거운 침묵이 흘렀다. 괜찮다고, 누굴 좋아하는 게 어디 뜻대로 되는 일이냐고, 사과할 필요 없다고. 그렇게 말을 해주고 싶었다. 하지만 그렇게 생각을 해도 마음은 머리와 다른지 차마 아무 말도 나오지가 않았다.

"혹시 그날, 제가 무슨 큰 실수 같은 거…… 했어요?"

재희의 시선이 고운에게로 향했다. 고운이 고개를 푹 숙인 채 손가락을 만지작거리고 있었다.

"실은 제가 주량이 얼마 안 되는데, 그날 너무 과음을 해서요. 선배한테는 정말 죄송한 말이긴 한데…… 진짜 아무리 생각을 해 보려고 해도 기억이 하나도 안 나더라구요. 남훈이 말로는 선배한 테 업혀서 집에 갔다는데 그것도 기억이 안 나구요. 아니, 제가 언 제 잠든 건지, 그것도 잘 모르겠고요. 정말 죄송해요. 저 무거우셨 을 텐데 집에까지 업고 가느라……. 그냥 여기에 놓아두고 가셔도 됐는데."

후우, 말을 하다 말고 고운이 고개를 꾸벅 숙였다.

"진작 사과드렸어야 했는데, 그날 일 하나도 기억 못 한다 그럼 선배가 저 되게 한심하게 볼 것 같아서 그러질 못했어요. 근데 변 명일 수도 있겠지만 이상하게 그날따라 술이 너무 잘 넘어가서 그 만 그런 거지 맹세코, 평소에 막 그런 실수를 자주 하는 건 절대 아니거든요……."

재희는 눈도 깜빡 않고 고운을 똑바로 쳐다보았다.

고운이 힘겹게 꺼내 놓은 고해성사를 한 마디로 요약하자면, 그 날 필름이 끊겼고, 자신이 기억하지 못하는 그 사이에 혹시라도 무슨 큰 실수를 저지른 건 아니냐는 것이었다.

"……그럼 그날, 내가 무슨 이야길 했는지 기억, 안 나겠네?"

"……그게 전부 다 안 나는 건 아니구요, 났다 안 났다…… 막 뒤죽박죽 섞여서."

재희는 마른 침을 삼켰다. 아무래도 다시 한 번 확인을 해 봐야 할 것 같았다.

"우리, 고등학교 때, 너 전학가기 전에 말이야. 그때 내가 너한테 하려고 했던 말 궁금하다고 했던 건…… 기억나?"

재희의 질문에 고운이 눈을 가늘게 뜨고 곰곰이 생각에 잠겼다.

"그게…… 내가 말을 꺼낸 기억은 나는데…… 혹시 선배 그때 무슨 말 했는지 기억난다고 했어요?"

고운이 조심스레 되물었다. 그런 그녀를 가만히 지켜보다 재희는 고개를 끄덕였다.

"진짜요? ……그럼 아마 그때 내가 필름이 딱 끊긴 것 같은데."

정적이 흘렀다. 그리고 재희의 입술이 피식, 부드럽게 허물어졌다. 고운의 말간 눈빛이 재희에게로 다가왔다.

"너 아무 실수도 안 했어."

"……"

"진짜. 그냥 잠들었던 게 다야."

재희를 빤히 보던 고운이 그제야 크게 안도의 한숨을 내쉬었다. 서로 이유는 달랐지만 두 사람 모두 지난 며칠, 마음고생을 톡톡히 한 건 똑같았다.

그러니까 하필 그때 잠이 들어서는…… 밉기도 하고, 고맙기도 하고, 예쁘기도 하고.

재희는 웃으면서 고운의 머리를 가볍게 헝클였다.

"하여간에 넌."

고운이 아이처럼 혀를 날름 내밀며 쑥스럽게 웃음 지었다.

"에이, 근데 되게 아깝다."

한결 가벼워진 얼굴로 고운이 장난스레 손가락을 튕기며 재희를 보았다.

"그 얘기요, 선배가 저 전학가기 전날 하려고 했던 말. 뭔지 진짜 궁금했거든요."

"……."

"선배, 혹시 그거 지금이라도 얘기해 줄 수 있어요?"

웃음기 어린 고운의 말 한마디에 다급하고 간절했던, 그리고 참 많이 아팠던, 그때 열아홉 소년의 마음이 십여 년이 지난 지금 고스란히 되살아났다. 그 뒤에 일어난 일들도 모두 다.

"……너, 좋아한다고."

"……네?"

"그때, 내가 너한테 하고 싶었던 말."

"……."

"너 많이 좋아한다고. 그 말 하려고 했었어, 그날."

이번엔 '네?' 하고 되묻지도 못하고 고운은 그저 눈만 크게 떴다. 어떤 반응을 바랐던 걸까. 지금처럼 놀란 얼굴로 그를 보는 것? 아니면 '그랬어요? 왜 진작 말하지 않았어요?' 라는 식의 적당히 예의 바르고 적당히 상투적인 그런 말?

재희는 한숨 섞인 미소를 지으며 이마를 긁적였다.

"사실…… 진작 얘기하고 싶었는데, 좀 늦은 거지?"

조금이 아니라 사실은 아주 많이 늦은 고백이었다. 십여 년. 그때보다 곱절에 가까운 세월이 흘러서야 이렇게, 겨우, 할 수 있었으니까.

침묵이 길어질수록 입안이 바짝바짝 마르는 기분이었다. 재희는 따뜻한 국화차를 한 모금 마시며 목을 축였다.

"이곳에서 널 또다시 만났을 때⋯⋯ 그래, 어쩌면 그때부터 예감했던 것 같기도 해. 예전처럼 널 또다시 좋아하게 될 거라고."

그냥, 담담하게 말을 할 수 있을 줄 알았다. 하지만 누군가에게 마음을 고백한다는 건 생각했던 것보다 훨씬 더 떨리고도 어려운 일이었다.

"근데 솔직히 말하면⋯⋯ 조금 복잡하더라. 좋으면서도⋯⋯ 이상하게 이유 없이 늘 불안했거든."

아마 좋아한단 말 한마디 못하고 널 또 그렇게 놓쳐 버리는 건 아닌가. 그래서 겁이 났던 거겠지. 예전 그때처럼.

"나는⋯⋯ 고운아."

재희는 손을 들어 조심스레 고운의 뺨을 만져 보았다. 매끄럽고 따뜻하다.

⋯⋯미친놈처럼 하루 종일 이렇게 널 만지고 싶고.

조심스런 손끝에 고운의 입술이 닿았다.

⋯⋯하루 종일 너에게 입 맞추고도 싶고.

그러니까 이런저런 구차한 감정들을 한마디로 말하자면,

"요즘 정말 하루하루가 전전긍긍이다. 이고운, 너 때문에."

째깍째깍.

세상이 잠에 든 시간.

"재희야, 잠이 오지 않을 때는 눈을 감고 양을 세는 거야. 양 한 마리, 양 두 마리, 양 세 마리, 이렇게."

어린 시절, 혼자서 잠을 이루지 못하자 어머니는 그에게 양을 세라고 하셨다. 하지만 언제부턴가 양을 헤아리지 않아도 잠을 잘 수 있게 되었고, 그날 이후부터는 까맣게 잊고 있었다. 한데 고운을 만나고 난 이후, 어머니가 했던 그 말이 다시금 기억났다.

양 한 마리, 양 두 마리, 양 세 마리……

재희를 가만히 올려다보던 고운이 문득 얕은 한숨을 내쉬며 고개를 옆으로 돌렸다. 눈꼬리에 수줍은 웃음이 예쁘게 잡힌다. 때론 말보다 눈빛 하나, 그리고 작은 행동 하나가 더 깊은 의미를 전달할 때가 있다. 그리고 지금이 바로 그런 순간이었다. 아무 말이 필요가 없었다.

양 네 마리, 양 다섯 마리, 양 여섯 마리, 양 일곱 마리, 양 여덟 마리, 양 아홉 마리……

도저히 더는 안 될 것 같았다.

그리고 마침내 양은 늑대가 된다.

재희는 고운의 손을 잡아 그대로 끌어당겼다. 부드럽고 따뜻한 입술은 잠시 멈칫했지만 이내 수줍게 열리어 그를 맞아 주었다. 가볍고 다정한 입맞춤이었다. 한데도 찌릿하니 머리끝부터 발끝까지 전기가 오르는 것만 같았다.

머릿속은 그저 새하얘지고, 다른 어떠한 생각도 존재하지 않았다.

고개를 들자 고운이 천천히 눈을 떴다. 온전히 그에게로 와 닿는 시선이 이토록 사랑스러울 수가 없다. 재희는 조심스레 손을 들어 고운의 이마를, 뺨을 다정하게 어루만졌다. 손끝에 닿은 뜨거운 입술은 잔뜩 붉은 물이 들어 부풀어 있었다. 눈이 마주치자 약속이나 한 듯 동시에 또다시 작은 웃음이 새어 나왔다.

지금 그에겐 온 세상에 딱 하나, 오롯이 고운만 보였다.

누가 먼저랄 것도 없었다. 다시 한 번 보드라운 서로의 입술이 닿고, 말캉한 혀가 자연스레 얽히었다. 느리고 조심스럽던, 깃털 같던 첫 번째 입맞춤과 달리 성마르고 깊었으며 뜨거웠다. 뺨에 와 닿은 고운의 손가락이 불에 덴 듯 뜨거웠다. 키스만으로 세상이 이렇게나 아득해질 수 있을까. 발가락까지 짜릿하니 온몸이 녹아내리는 기분이었다.

빠아앙.

멀찍이서 차 경적 소리가 들려왔다. 열린 창문 너머로 바람이 간간히 불어 들어오곤 했다. 그때마다 짙고 푸르른 나무 냄새와 꽃향기도 함께 들어왔다.

괴테가 그랬던가. 사랑하는 것이 바로 인생이라고.

우리의 인생도 그 밤, 그렇게 새로이 시작되고 있었다.

봄이 끝나가던 그 밤에.

몇 달 동안 붙잡고 있던 번역 원고를 고운은 비로소 어제야 모두 넘겼다. 간만에 찾아온 한가한 시간이라 그런지, 커피숍에서 몇 시간을 있어도 지루한 줄도 몰랐다. 송골송골 땀이 맺힌 시원한 아이스티를 마시고 거리에 다니는 사람들을 구경하고, 휴대전화를 꺼내 오늘 하루 포털을 장식한 뉴스들을 보기도 했다. 요즘 재밌는 영화가 뭐가 있나 보던 참에 재희가 왔고, 둘은 의기투합해 극장으로 향했다.

그리고 두 시간짜리 영화를 보고 난 뒤, 지하에 있는 마트에서 장을 보고 곧장 고운의 집으로 온 참이었다. 한데 막상 그들을 반긴 건 싸이렌 소리였다. 골목 어귀에 경찰차며 보안 업체 차 몇 대가 세워져 있었다. 무슨 일이라도 생긴 걸까. 동네 주민들이 모두

나와 웅성거리는 골목길을 걸어 올라가자, 놀랍게도 고운의 집 앞에 경찰이 몇 명 서 있었다. 조금 더 정확하게 말하자면 고운의 바로 옆집 앞이었다.

"아유! 마침 왔네!"

몇 번 인사한 적 있는 옆집 주인이 고운에게 아는 체를 해왔다.

"안녕하세요."

고개를 꾸벅 숙이고 인사를 건네는데 옆집 주인이 덥석 고운의 손부터 잡고 하소연을 늘어놓았다.

"어유, 안녕이고 뭐고 난리가 났어. 얼른 들어가서 집 한번 확인해 봐. 괜찮나. 글쎄, 도둑놈이 오늘 이 동네 죄다 털고 다녔다니까? 오늘 동네 자치위원회에서 하는 행사 때문에 전부 다 거기 간걸 알았나 봐, 이놈이."

"네?"

"한두 집이 아냐. 얼른 들어가 봐."

옆에 있던 경찰도 한번 확인해 보라며 거들고 나섰다. 급한 마음에 얼른 대문을 열고 안으로 들어가려는데 재희가 그런 고운의 손을 잡았다.

"잠깐 있어. 내가 들어가서 보고 나올게."

같이 들어가도 괜찮다는 고운을 완강하게 말리고서 재희가 대문 안으로 들어갔다. 경찰도 따라 들어갔다. 마당을 지나 신을 벗고 마루로 올라간 뒤, 방문을 여는 소리가 들려왔다. 안방, 작은방, 욕실까지. 한 십 분쯤 지났을까. 경찰과 함께 재희가 밖으로 나왔다.

"여긴 괜찮은 것 같은데?"

다행이었다. 그리고 공교롭게도 재희가 경찰과 함께 대문 밖으로 나오던 순간, 골목 아래쪽에서 비명과도 같은 고함 소리가 터져 나왔다.

"도둑이야! 도둑이야!"

경찰들이 우르르 뛰어 내려갔고, 골목 여기저기에서 '엄마야!', '저 놈 잡아라!' 하는 소리들이 울려 퍼졌다. 그리고 얼마 지나지 않아 '잡았어요! 여기! 여기에요!' 하는 남자의 고함 소리도 들려왔다.

"이따가 확인해 보고 혹시 없어진 거 있으면 바로 신고할게요. 신경 써 주셔서 감사합니다. 네."

집에 들어와 전화를 끊는데 순간적으로 다리에 힘이 풀려 버렸다. 괜찮은 줄 알았는데 생각했던 것보다 훨씬 많이 놀란 모양이었다.

"괜찮아?"

"그냥 좀 놀랬나 봐요."

"청심환 같은 거, 집에 없지? 잠깐만 있어 봐. 바로 사올게."

고운은 재희의 손을 얼른 붙잡았다. 지금은 한시도 떨어져 있고 싶지가 않았다.

"선배, 그냥 물 한 잔이면 돼요."

말이 끝나기가 무섭게 재희가 얼른 주방으로 들어가 물을 가지고 왔다. 고운은 물 잔을 받아 들다 재희의 얼굴을 보았다. 미간을 찡그린 채 심각한 얼굴로 고운을 보던 재희가 허리를 굽혀 앞에 앉았다.

"왜? 어디 많이 안 좋아? 병원 갈까?"

이 사람이 날 정말 좋아하긴 하는구나.

그의 사랑을 이런 식으로 알게 되어 유감이긴 하지만, 그래도 덕분에 위로가 되고 또 거짓말처럼 행복해졌다.

고운은 재희의 손을 잡고 고개를 저었다. 괜찮다며 손을 토닥여 준 뒤, 재희가 가져다 준 물 한 잔을 꿀꺽 비워냈다. 휴, 긴 한숨이 흘러나오며 마음이 한결 안정되었다. 눈썹을 비딱하게 치켜 올리고 지켜보던 재희가 허리를 펴고 일어나더니 뒤를 돌아보았다.

"안 되겠다."

한참을 대문 위의 기와를 노려보듯 하다 재희가 고운에게 물었다.

"기와 위에다 뾰족한 거라도 붙여놔야 하는 거 아냐?"

"뭘 또 그렇게까지 해."

"도둑 들었다잖아."

"어쨌든 여긴 안 들었잖아요. 우리 집은 무사했는데, 뭘."

고운이 안심시켜 주는데도 재희는 영 미덥지가 않은 듯했다. 까치발을 든 채 기와 쪽으로 팔을 쭉 뻗어 보더니 이내 자리에서 몇 차례 제자리높이뛰기도 해 보았다. 그러고는 단호하게 결론을 내렸다.

"당장 보안 업체 전화해서 장비 설치해야겠다. 안 그래도 혼자 지내는 거, 영 불안했어."

곧바로 휴대전화를 꺼내 인터넷 창을 켜고 재희는 검색부터 했다.

"여기가 제일 괜찮나 본데."

통화버튼을 누르려고 하기에 고운은 서둘러 그의 손을 잡았다.

"선배, 월요일에. 오늘은 주말이잖아요."

"참."

정신이 없다며 재희가 휴대폰을 다시 집어넣었다.

"내일까지 괜찮겠지? 경찰들도 왔다 갔는데 설마하니 어떤 미친놈이 또 오진 않을 거 아냐. 아니다. 그런 빈틈을 노리고 오는 놈들이 있으려나? 아, 불안한데."

마당을 돌아다니며 끝도 없이 혼자 구시렁구시렁 난리도 아니었다. 한데 그런 재희의 모습이 고운은 더할 나위 없이 예쁘고 사랑스러웠다. 고운은 그에게 다가가 두 팔을 벌려 그의 등을 와락 껴안았다.

"우리 고재희 씨, 내 걱정 엄청 많이 하는구나?"

피식, 재희가 웃는 게 느껴졌다.

"……그럼. 말이라고."

깍지 낀 고운의 손을 재희가 두 손으로 꼭 덮어 주었다.

"아침에 눈떠서 밤에 잘 때까지 내내 생각하지. 잠은 잘 잤나, 좋은 꿈은 꿨을까, 악몽 꿨으면 안 되는데. 밥은 먹었나, 뭐 잘못 먹고 배탈은 안 났나. 저번처럼 정신 나간 놈이 또 쫓아다니지는 않나, 일은 잘 하고 있나. 어디 간다고 했는데 잘 다녀왔나, 집에는 잘 도착했나. 진짜 가끔은 내가 무슨 편집증 환자 같다는 생각도 들어."

푸념처럼 담담히 늘어놓는 그의 이야기에 가슴이 봄날 햇살처럼 따뜻해졌다. 고운은 그를 안은 팔에 더욱 힘을 꽉 주었다. 고운이 그의 등에 이마를 장난스럽게는 부비고는 팔을 풀었다.

"월요일 아침에 곧바로 보안 업체 전화할게요. 그리고 늘 밥도 잘 먹고 어디 다닐 때는 조심해서 잘 다니고. 이상한 사람 보면 지난번처럼 선배한테 바로 전화도 하고. 또, 밤에 잠도 잘 잘게요. 악몽 같은 거 안 꾸게 무리도 안 할게. 문단속은 물론 잘 하고. 약속."

약속의 의미로 고운은 새끼손가락을 내밀었다. 재희도 싱긋 웃으며 손가락을 내밀었다. 새끼손가락을 걸고 엄지손가락을 찍고 손바닥까지 쓸었다.

"내일까지는 보안 업체 대신에 내가 있어야겠다."

고운은 미소 지으며 재희와 잡은 손을 내려다보았다. 그가 함께 있어 참 다행이었다.

따가운 햇볕에 재희는 눈을 떴다. 새근거리는 숨소리가 제일 먼저 다가왔다. 옆을 돌아보았다.

고운이 양손을 모으고 웅크린 채 그의 옆에 찰싹 달라붙어서 잠이 들어 있었다. 꼭 아이 같다. 동그스름한 하얀 이마 아래 가지런한 눈썹, 발그레한 뺨과 붉은 입술.

저 예쁜 입술에 굿모닝 키스라도 하면 좋겠지만 그랬다가는 분명 깨우고 말 테다. 머리카락을 살짝 조심스레 넘겨주고 삼베 이

불을 덮어 주는 걸로 만족했다. 새벽녘, 아침에 조조영화를 보러 가자기에 '지금 자서 언제' 했더니 고운은 무조건 일어날 수 있다고 했었다. 하지만 결과는 역시나였다. 재희는 피식 웃으며 고운의 휴대전화 알람을 끄고는 방을 나왔다.

씻고 곧바로 아침을 준비하기 시작했다. 냉장고를 열자 두부, 호박, 감자가 보였다. 재희가 좋아하는 비엔나소시지도 있었다. 제일 먼저 고운이 좋아하는 달걀말이를 하려고 달걀 세 알을 꺼냈다. 가스 불을 켜고 뚝배기부터 올렸다. 야채를 씻고 썬 다음 두부도 썰어 놓았다. 달걀말이에 넣을 파도 다졌다. 보글보글 끓는 된장찌개 맛을 보았다. 딱이다. 이따 한소끔 더 끓이면 되겠지. 뚝배기를 내려놓고 프라이팬을 올렸을 때였다.

딩동.

재희는 마당 쪽을 보았다. 일요일 아침 아홉 시. 대체 이 시간에 누굴까?

딩동.

두 번째. 재희의 눈썹이 못마땅하게 기울어졌다. 행여 고운이 깰까 봐 재희는 가스 불을 끄고 서둘러 마당으로 달려 나갔다.

딩동.

맙소사. 재희는 누구냐 물어보기도 전에 조금 짜증스런 마음에 일단 대문부터 열었다. 도대체 누굴까. 주말 아침에 이렇게 함부로 남의 집 초인종을 마구 눌러대는 사람이…….

"아이고, 마침 집에 있었네. 내가 도둑 들었단 소리를 어제 밤 늦게야 들었지 뭐예요. 근데 연락하기 너무 늦은 시간이라 이제야 이렇게 왔……?"

어디서 많이 들어 본 목소리라 생각했다. 아니나 다를까, 포도 상자를 양손에 든 채 어디서 많이 본 사람이 재희를 빤히 건너다 보고 있었다.

잠시 정적이 흘렀다.

"……너."

"……아버지."

귀신이라도 본 것처럼 두 부자는 남의 집 대문 앞에서 서로 마주 보고 서 있었다.

아들에게 만나는 여자가 있었다. 그리고 그 여자가 바로 자신의 집에 세 들어 사는 예쁜 처자였다.

이름이…… 이고…… 뭐였는데. 나이는 또 얼마였더라. 재희 녀석과 두 살 차이였나?

그래, 두 살이면 딱 좋지. 참 좋을 나이지.

고 감독의 눈길이 아들에게로 향했다. 보통 이런 장면을 부모에게 들켰으면 당황해서 식은땀을 뻘뻘 흘리며 어쩔 줄 몰라 해야 정상이건만, 어떻게 된 게 녀석은 뻔뻔하게 고개를 쳐들고 있고 얼굴이 화끈거리고 땀이 나는 쪽은 오히려 자신이었다. 고 감독은 손수건을 꺼내 주르륵 흘러내리는 이마의 땀을 훔쳤다.

"아침부터 아주 그냥 푹푹 찌는구먼."

괜히 당황한 걸 들킬 새라 고 감독은 퉁명스레 말문을 열었다.

"처자 이름이."

"이고운입니다."

맞다. 이고운. 이름이 참 곱다 했었다. 거기다 이름만큼 얼굴도 참 고운 처자였다. 집 계약할 때 잠깐 본 게 다였지만 첫인상이 그리 좋을 수가 없었다. 그래서 재희를 부득불 말도 안 되는 고집을 부려가며 그곳에 보냈던 것이다. 워낙에 여자에 관심이 없는 녀석이라, 그 또래 미혼의 예쁜 아가씨만 보면 자연스레 아들 생각이 날 수 밖에 없었으니까. 더 늦기 전에 어떻게든 짝은 지어야 세상 떠난 아이들 엄마에게 '그래도 내 할 도리는 다 하고 왔다' 고 인사라도 할 수 있을 것 같아서 말이다. 한데 거짓말처럼 정말 그가 바라던 대로 된 것이다. 허, 거 참. 고 감독은 다시 손수건으로 이마를 닦았다.

"언제부터였냐."

"석 달 조금 넘었습니다."

"석 달이면…… 가게 한다고 했을 때가……."

시간을 가늠해 보고 있는데 녀석이 재빨리 말을 이었다.

"그때 다시 만나긴 했지만 이전부터 알고 지낸 사이입니다."

"뭐? 어떻게?"

"고등학교 때 후배였습니다."

단순히 그때 처음 만난 게 아니었단다. 꽤 오래전부터 이어져 온 인연이니 어쨌거나 보통은 아닌 인연이다. 고 감독은 조금 더 흐뭇해졌다. 그래도 녀석의 앞에서 채신머리없이 실룩거릴 수는 없는 노릇이라 허벅지를 슬쩍 꼬집으며 입술을 꾹 다물었다.

자아, 이제 본격적인 이야기를 해야 할 시간이었다. 설마하니 이래놓고 결혼 안 하겠다 발뺌하는 건 아니겠지. 요즘 아이들은 '엔조이' 니 어쨌니 하며 자유롭게 관계를 가진다고는 하지만, 그래도 설마하니 이 녀석이 그런 소리를 하진 않을 터. 만에 하나 그런 헛소릴 하면 어쩌나. ……뭘 어째, 어디 한 군데 부러뜨려서라도 그런 못된 소리는 못 하게 해야지.

뒷짐 진 두 주먹에 힘을 꾹 주며 아들 녀석을 보았다. 고 감독의 눈빛이 날카롭게 번뜩였다.

"그래, 결혼은 언제 할 거냐, 빨리 해야지."

"고운이하고 이야기해 보겠습니다."

오호라, 그래도 하지 않겠다 소리는 안 하는구먼.

고 감독은 또다시 실룩거리는 입술을 꾹 다물고서 고개를 끄덕였다. 원하는 대답을 들어 그런가, 그제야 안심이 되었다. 그러자 뒤늦게야 아들 녀석의 차림새가 눈에 들어왔다. 회색 티셔츠에 헐렁한 반바지, 거기다 남자 슬리퍼. 분명 여자 옷은 아니다. 아예 옷을 놔두고 수시로 이 집에서 자고 다니는 건가. 누가 보면 아주 저희 집인 줄 알겠네.

"잠은 집에 와서 자도록 해라. 안 그럴 거면 얼른 결혼을 하든가. 아무리 세월이 변했다 해도 어른들은 안 그렇다. 네 녀석이 아니라 저 아이 걱정해서 하는 말이니 귀담아 들어. 괜히 남의 집 귀한 딸, 남들 입에 오르내리게 하지 말고."

"네. 내일부터 그러겠습니다."

"왜 내일이야?"

"오늘이 주말이라 보안 업체를 부르질 못해요."

망할 녀석.

"……핑계는."

고 감독은 혀를 차며 헛웃음을 지었다.

"사돈 양반이 봤으면 넌 최소 어디 한 군데는 부러졌다, 인석아."

슬쩍 겁을 주자 녀석이 '큼' 하며 뒷머리를 긁적였다.

"아무튼 자세한 이야기는 나중에 집에서 하자."

고 감독은 그만 들어가 보라며 손을 내저었다. 그리고 조만간 밥 같이 먹게 집에 한번 데리고 오라는 말도 덧붙였다. 골목길을 몇 걸음 내려가다 기어이 입이 근질근질해 다시 아들 녀석을 휙 돌아보았다.

"너, 인마. 나한테 잘해. 평생, 죽을 때까지 효도해. 알았어?"

재희가 슬쩍 웃음 지으며 '예' 하고 대답했다.

저 녀석이 저리 웃기도 하네. 임자, 보고 있나? 당신 곧 며느리 보겠어.

체통을 지키느라 애써 꾹 다물고 있던 고 감독의 입술 사이로 결국 웃음이 피시식 새어 나오고 말았다. 아무래도 집에 가자마자 실컷 춤판이라도 벌여야 할 것 같았다.

고 감독을 배웅하고 집에 들어오는데 고운이 밖으로 나왔다.

"누가 왔었어요?"

둘러댈까. 아니면 솔직하게 말을 할까. 재희는 잠시 고민했다. 하지만 둘러댄다고 해도 어차피 나중에는 알게 될 일이었다. 여전히 잠이 깨지 않은 듯 눈을 비비는 고운을 보며 재희는 턱을 만지작거렸다.

"이건 뭐야?"

마루 위에 올려 둔 포도 상자가 그제야 생각났다. 말을 할까 말까, 재희가 결정하기도 전에 고운이 포도 상자 앞에 쪼그리고 앉았다.

"어? 여기 봉투도 있어."

고운이 상자 안에서 흰 편지 봉투를 꺼내 들었다. 그러고는 이내 낭랑한 목소리로 편지를 읽어 나가기 시작했다.

"내 친구 녀석이 약 하나도 안 치고 직접 농사지은 거니까 맛있게 먹어요. 집주인이……."

고운의 말소리가 뚝 끊겨졌다. 눈을 깜빡이며 메모를 뚫어져라 바라보다 고운이 재희를 휙 바라보았다.

"……집주인이면."

결론이 나왔다. 재희는 짧게 고개를 끄덕이며 사실대로 털어놓았다.

"응. 아버지 왔다 가셨어."

"……아버지?"

머리를 비스듬히 기울인 채 재희를 빤히 보던 고운이 별안간 비명을 질렀다. 당연히 놀랄 줄은 알았지만 생각보다 훨씬 더 격한 반응이다. 그리고 그 모습에 재희는 그만 미안하게도 웃음이 터지고 말았다.

"선배는 지금 웃음이 나?"

고운이 세상 무너진 것 같은 얼굴을 하고서 재희를 보았다.

"미안. 근데 어떡해. 울 수도 없고."

하지만 재희의 그런 농담도 아무 소용이 없는지 고운은 그저 비명을 지르다 무릎에 머리를 푹 박았다. 그것만으로도 모자라 발까지 동동 굴러가면서 말이다.

"어떡해, 어떡해! 진짜, 어떡해!"

……진짜 나도 어떡하냐. 네가 너무 예뻐서 죽겠는데.

재희의 나른한 웃음소리가 더욱 커졌다.

"난 지금 미칠 것 같은데 선배는 어떻게 웃음이 나와요?"

고운이 고개를 휙 쳐들고 따져 물었다. 마치 나라를 배신한 반역자를 보는 듯한 눈빛이었다.

"어차피 알게 될 일이잖아. 그냥 조금 앞당겨졌다 생각해."

"아니, 말이 쉽지 어떻게 그래. 이게 그렇게 태연하게 '그래' 할 일이 아니잖아!"

지금의 이 상황이 믿기지 않는다는 듯 고운의 얼굴은 새빨갛게 달아올라 있었다. 재희는 마루에 걸터앉아 다독이듯 그녀의 손을 잡았다.

"그럴 거 없다니까 그런다. 우리 아버지, 어차피 언젠가는 볼 사람이잖아."

"그래도."

"그래도 뭐."

"그래도…… 이런 식은 아냐! 나 이상한 애로 아실 거야, 아마."

"왜?"

"결혼도 안 한 처녀가……."

고운이 울 것 같은 표정으로 말을 차마 잇지 못했다.

"결혼하면 되지, 그럼."

"선배, 농담이 나와요, 지금?"

"괜찮다니까, 진짜. 아버지 입 찢어져서 가셨어. 너무너무 좋아서."

동동 구르던 고운의 발이 그제야 잠잠해졌다.

"진짜."

"……."

"'재희야, 아침 맛있게 먹고 이따 밤에 집에서 이야기하자' 서른 넘어 그렇게 다정한 아버지 목소린 처음 들었다니까?"

정확하게 대답은 안했지만 고운의 표정을 보건대 조금은 위로가 된 듯 했다. 정말 다행이었다. 재희는 미소 지으며 고운의 두 손을 꼭 잡아 쥐었다.

"조만간 너 맛있는 거 사준다고, 시간 한번 잡아 보라고 하셨어."

"……."

"자, 그럼 일단 밥부터 먹자. 찌개 식으면 맛없어. 너 좋아하는 계란말이도 이제 막 할 예정이거든."

재희가 씩 웃으며 고운의 입술에 가볍게 입을 맞추고는 그녀를 일으켜 세웠다. 혼이 나간 사람처럼 멍한 얼굴을 하고 있던 고운은 또다시 금세 울상이 되었다. 한데 그것마저도 너무 귀엽고 이보다 더 사랑스러울 수가 없다.

"어떡해, 진짜."

발을 동동 구르며 욕실로 들어가는 고운의 뒷모습에 재희는 간신히 참고 있던 웃음을 터뜨리고 말았다.

아침 식사를 끝내고 재희는 설거지를 했다. 고운은 그 옆에서 커피를 내렸다. 고운이 어제 사온 수박을 자르고 고 감독이 가져온 포도를 그릇에 담을 동안 재희는 마당 한편에 심어 둔 나무와 화분에 물을 주었다. 과일을 옆에 두고 시원하게 얼음을 탄 아이스커피를 한 잔씩 들고서 툇마루에 걸터앉았다.

8월의 아침 햇살은 따갑도록 강렬했다. 등 뒤에서는 선풍기가 탈탈거리며 돌아가고, 매미는 어젯밤처럼 여전히 열심히 울어대고 있었다. 재희가 선물해 준 행운목은 이슬 같은 물방울을 머금고서 초록빛으로 반짝였다.

"좋다, 이런 아침."

"응."

재희의 말에 고운은 커피를 한 모금 마시고는 선선히 맞장구를 쳤다. 그의 말처럼 편안하고 한가로운 일요일 아침이 정말 좋았다.

탱글탱글한 포도를 한 알 따서 재희의 입에 넣어 주고 또 다른 한 알을 따 자신의 입에 넣었다. 툭 깨물자 달콤하고 진한 포도 향이 말캉한 과육과 함께 입안에 가득 퍼진다.

"선배 아버지, 진짜 나 흉 많이 보시겠다. 암만 세상이 바뀌었대도 결혼도 안 한 처녀 총각이."

"우리가 뭐 어쨌다고. 정말 손만 잡고 잤는데."

고운이 얄밉다는 듯 눈을 흘기자 재희가 어깨를 으쓱이며 태연히 항변했다.

"진짜. 잘 땐 손만 잡고 잤어. 이고운 씬 잔다고 몰랐겠지만."

누가 말려. 고운이 쿡쿡 웃으며 무릎을 껴안았다. 정말 한가로운 아침 시간이었다. 작은 물방울이 튀기에 옆을 돌아보았다. 재희가 미처 말리지 못한 머리를 손으로 가볍게 털고 있었다. 문득 오래전 기억이 떠오르며 웃음이 비죽 새어 나왔다.

"선배."

고운이 부르는 소리에 재희가 돌아보았다.

"왜, 우리 처음 학생회실에서 만났을 때. 선배, 기억해요? 오늘처럼 머리 감고 이렇게 막 흔들었잖아. 물기 턴다고."

"그랬었지. 그날 네가 나한테 우유갑을 던졌잖아. 그것도 썩은 우유가 담긴."

장난스럽게 투덜거리는 재희의 말에 고운의 웃음이 터졌다.

"맞다. 그때, 만날 물어본다고 하고서 선배 무서워서 못 물어본 거 있는데."

"뭐?"

"도대체 그때 왜 1학년 체육복을 입고 있었어요?"

"1학년 체육복?"

잠시 눈을 깜빡이다 재희가 '아' 하며 별 거 아니란 투로 말했다.

"그냥 그게 거기 있었으니까."

"……어?"

"선배들이 졸업하면서 혹시 입을 사람 있으면 입으라고 체육복이나 교복 같은 거 사물함에 두고 가곤 했거든. 그래서 그냥 입었지. 마침 졸업한 선배 체육복 색깔이 1학년들이랑 똑같았던 거고."

"그럼 왜 하필 학생회실이었는데?"

"왜는? 학생회실 의자가 길쭉해서 잠자기 딱 좋았잖아. 그런 의자 있는 곳이 학생회실밖에 없었으니까."

"겨우 그거였어요?"

하도 어이가 없어 실소가 튀어나왔다.

"그럼 뭐가 더 있어?"

"그러니까 겨우 그 이유 때문에 내가 찍혔던 거네?"

"찍히기는 또 뭘 찍혀. 그냥 관심의 척도가 조금 남달랐던 거지."

자신도 지은 죄를 아는지 재희가 멋쩍은 듯 헛기침을 했다.

"봐. 역시 찔리는 게 있으니까."

"그게 다 우리 인연이고 운명이었던 거야."

인연이고 운명이었다고. 흔하디흔한 그 말이 재희의 입에서 나오는 순간, 무척이나 특별하고 소중하게 느껴졌다.

"되게 능글맞아진 거 고재희 씨 본인은 아시나?"

"이고운 씨도 만만치 않지."

시답잖은 농담에 둘 다 실컷 웃고서 커피를 마셨다.

"근데 아까 아버님한테 많이 혼났죠? 솔직하게."

"아니. 아까 말했잖아. 좋아하셨다고."

걱정할 거 하나 없다는 투로 재희의 큰 손이 고운의 뒷머리를 쓱쓱 쓰다듬어 주었다.

"그래도 아버님, 많이 놀라셨을 텐데."

'진작 왜 말 안했어요' 라는 말은 하지 않았다. 그건 고운도 마찬가지였으니까. 누군가를 진심으로 좋아하고 사랑한다고 할지라도 어렸을 때와 달리 결혼 적령기인 지금은 말하기가 쉽지 않은 법이었다. 다른 뜻이 있어 일부러 숨기고 그런 건 아니었을 테다.

"아버지께서 성격이 좀 급하셔. 다혈질이기도 하고. 아마 진작 말씀드렸으면 지금쯤 우린 결혼했을지도 모르지."

햇살이 쨍하니 비쳐 들어와 고운은 손부채로 이마를 가렸다.

"설마."

"진짜야. 우리 아버지, 어머니랑 만난 지 두 달 만에 결혼하셨거든."

고운의 눈이 동그래졌다.

"첫날 만나서 바로 사귀자고 하셨고, 그러고 딱 일주일 있다 결혼하자 청혼하셨다지, 아마."

황당한 얼굴로 재희의 이야기를 듣고 있던 고운이 결국 웃음을 터뜨렸다.

"진짜? 장난 아니고 정말?"

"그래, 진짜. 어머니가 선뜻 대답을 안 하니까 마음 급한 우리 아버지께서 그 길로 외갓집 가서 딸 달라고 아예 드러눕기까지 하셨다잖아."

오래전 그 시절, 결혼하자며 바닥에 드러누운 건장한 사내와 그 사내 때문에 어쩔 줄 몰라 발을 동동 굴렀을 여인의 모습이 흑백 영화처럼 그려졌다. 고운의 입가에 작은 미소가 스몄다.

"선배 외할머니, 외할아버지 너무 놀라셨겠다."

"누가 아니래. 더 웃긴 건 뭔 줄 알아? 외갓집에서는 너무 이르다고, 결혼은 그렇게 급하게 하는 게 아니라고 말렸다는데, 한 달 지났을 때 우리 어머니도 아버지 옆에 같이 드러누웠다잖아."

재희의 이야기를 웃으며 듣다 고운이 '알겠어!' 하며 손가락을 들었다.

"어머님도 아버님 정말 좋아하셨나 보다, 그렇죠?"

고운의 추측에 재희가 고개를 설레설레 저었다.

"허구한 날 아버지가 저녁마다 찾아와 집 앞에 드러누워 있으니까 어차피 동네 소문 다 나서 이 사람 아니면 난 시집 다 갔다고, 평생 시집도 못 가보고 죽기는 싫으니까 그냥 힘 빼지 말고 보내 달라고 협박 아닌 협박을 하셨다나."

재희의 이야기 뒤로 고운의 말간 웃음소리가 이어졌다.

"말은 그렇게 하셔도 좋아하셨으니까 그랬겠지. 싫은데 어떻게 결혼을 해."

"아마 그렇긴 할 거야. 어머니 성격이 싫은 건 죽어도 못 하는 성격이셨거든."

"그러니까, 두 분 천생연분이시네."

"그럴지도 모르지. 아무튼 그래서 한 달 만에 식장 잡고 부랴부랴 결혼한 거야. 길일이고 뭐고, 그냥 식장 비어 있는 그날이 길일이다 하면서. 외할머니 말로는 처음에 덩치도 이만한 웬 산적 같은 미친놈이 우리 딸 달라 그러는구나, 저러다 우리 딸 잡아먹는 건 아닌가 싶어 간이 철렁 했었다잖아. 우리 어머니는 체구가 작으셨거든. 아무튼 여동생이 이 이야기를 라디오에 사연 보내서 상품 받은 적도 있어. 세탁기."

"진짜?"

"그래. 그것도 우리 프로에. 고재상 씨와 한영애 씨의 열정적인 사랑을 기억하고 싶어서 보낸다면서. 처음 보자마자 머리가 아찔하더라고. 그래서 바로 빼버렸지. 근데 남 작가가 보는 바람에. 왜 이런 걸 빼느냐고, 다시 집어넣지 뭐야. 이거 우리 부모님 이야기다 말할 수도 없고 참……."

웃으려고 한 건 아닌데 자꾸만 웃음이 났다. 재희가 '맘껏 웃어도 돼'라고 하는 덕분에 고운은 눈물이 찔끔 날 때까지 실컷 웃었다.

"그래도 되게 멋지다. 선배 부모님."

재희가 말도 안 된다는 표정으로 쳐다보기에 고운이 무릎에 두 팔을 올리며 어깨를 으쓱거렸다.

"불같이 사랑해서, 그것도 정말 열심히 노력해서 한 결혼이잖아요."

우리 부모님은 내가 생겨서 어쩔 수 없이 한 결혼인데. 차마 뒷말은 꺼내지 못하고 대신 햇빛을 가리듯이 양손을 이마에 가져다 댔다.

"고운아."

"……응."

"이고운 씨."

"왜요, 고재희 씨."

"우리, 결혼할까?"

장난스럽게 대꾸하려다 고운은 멈칫했다. 그제야 이마를 가리고 있던 두 손을 떼고 재희를 보았다. 그가 싱긋이 미소 지으며 손을 내밀고 있었다. 햇살이 쨍해서 눈이 부셨다. 고운을 향해 내민 재희의 손바닥이 내리쬐는 햇빛에 더욱 하얗게 보였다.

"결혼하자, 우리."

뭐 해, 얼른 안 잡고.

재희가 보채기라도 하듯이 내민 손을 톡톡 가볍게 튕겼다.

맴맴맴 찌르르르르, 풀벌레가 울었다. 선풍기는 탈탈거리며 돌아갔고, 호스에서는 똑똑똑 물이 떨어지고 있었다. 옆집에서 들려오는 TV 소리에 아줌마의 웃음소리가 섞여 들었다.

세상에 숨어 있던 소리가 하나씩 하나씩 어우러지며 귓가에 선명하게 들려온다.

어쩌면 충동적으로 하는 결정일지도 몰랐다. 그래도 상관없었다.

고재희, 이 사람이라면…… 그게 뭐든 상관없을 것 같았다. 용기 내어, 함께 가볼 수 있을 것도 같았다. 그게 어디든 간에.

눈꼬리가 살짝 접히며 고운이 소리 없이 웃었다. 손을 들어 재희가 내민 손을 잡았다. 재희가 미소 지으며 나직이 속삭였다.

"사랑해."

자연스럽게 손가락이 얽히고 눈빛이 얽혔다. 그리고 서로의 입술이 닿고 숨결이 하나인 양 섞인다. 쌉싸래한 커피 맛과 달콤한 포도 맛이 오래오래 감돌았다.

세상이 눈이 부실 정도로 하얗게 빛났다.

8월, 따가우리만치 뜨거웠던 어느 여름날이었다.

아홉.

사랑, 두려움 1

일 년 만에 돌아온 하늘은 떠날 때와 마찬가지로 높고도 맑았다.

"아들!"

혜영이 한걸음에 달려와 이환을 와락 껴안았다. 이환도 그런 혜영을 다정하게 안아 주었다.

"남들이 보면 무슨 이산가족 상봉하는 줄 알겠어요."

"이산가족 상봉 맞지, 그럼. 얼마 만에 다시 보는 건데."

포옹을 푸는 혜영의 눈가가 붉어져 있었다. 하지만 언제 그랬냐는 듯 그녀는 금세 밝은 얼굴로 아들의 얼굴을 살폈다.

"많이 힘들었지? 얼굴이 왜 이리 상했어? 밥 좀 잘 챙겨먹지. 어디 아픈 데는 없어? 여름에 많이 힘들었지? 거긴 엄청 더웠을 거 아냐."

걸음마도 채 떼기 전에 아버지가 돌아가셨으니 어찌 보면 유복자나 다름이 없었다. 그런 그를 혼자 길러 낸 어머니는 이환에게 있어 늘 세상의 첫 번째였다.

"괜찮아요. 어머닌 잘 지내셨죠?"

"엄마야 잘 지냈지. 배고프겠다. 얼른 집에 가자."

차에 짐을 싣고 나란히 차에 타자마자 이환이 물었다.

"병원은요?"

"오늘은 하루 쉬기로 했어. 네 방도 정리하고 너 좋아하는 음식도 좀 만들고 하느라고."

"그냥 있는 거 먹음 되는데 뭐하러 그러셨어요."

"하나밖에 없는 아들, 근 일 년 만에 집에 왔는데 그냥 있는 거 먹이면 되겠어? 얼마 전부터 아저씨가 너 좋아하는 거 주르륵 적어서 이거 해라 저것도 해라, 얼마나 난리였는데."

순간 안전벨트를 당기던 이환의 손이 멈칫했다. 허나 금세 다시 싱긋이 미소 지으며 벨트를 잡아당겨 맸다.

"그랬어요?"

"응. 아저씨도 너 들어온다고 며칠 전부터 얼마나 좋아했는지 몰라. 밤에 잠도 잘 못 자고. 나보다 더 좋아하더라."

"……고운인 잘 지내죠? 카페 맡아 한다는 것 같던데."

"카펜 이제 원래 주인 돌아와서 정리한 지 꽤 됐어. 그렇잖아도 오늘 저녁에 집에 온댔어."

혜영이 즐겁게 재잘대는 이야기를 들으며 이환은 휴대폰을 꺼냈다. 잠시 만지작거리다 이윽고 문자창을 켰다.

—건강하게 잘 다녀와.

작년 가을, 한국을 떠나기 전날 밤 고운에게서 온 문자였다. 피식, 혼자 웃음 짓던 이환은 천천히 문자를 썼다.

—고운아, 나 건강하게 잘 다녀왔어.

그리고 잠시 멈추었다 다시 글자를 썼다. 비행기에서 오는 내내 고르고 골랐던 그 말.

—보고 싶었다. 많이.

전송을 누르려는데 혜영의 목소리가 들려왔다.
"참. 고운이 오늘 누구랑 같이 오는지 아니?"
혜영이 벨트를 매고서 이환을 돌아보았다.
순간, 왠지 모르겠지만 직감적으로 이상한 느낌이 들었다. 그리고 안 좋은 예감은 어김없이 늘 들어맞는 법이었다.
"고운이 남자 친구."
혜영의 입에서 나온 그 짧은 한 문장이 머릿속에서 선뜻 받아들여지지 않았다.
"어머, 너 정말 모르고 있었구나? 고운이가 너한테도 아무 말

안 했어? 우리한테 얘기 샐까 봐 그랬나? 우리도 얼마 전에야 알 았거든. 처음에 얘기 듣고 얼마나 놀랐는지."

혜영이 고개를 설레설레 저으며 나직이 웃음을 터뜨렸다.

"아무튼 이환이 너도 얼른 분발해. 여동생은 좋은 사람 만나 결혼한다는데 오빠가 되어서 체면이 말이 아니지?"

마침 전화가 울렸다. 혜영이 반갑게 전화를 받았다.

"네. 이환이 방금 도착했어요."

간간이 웃음소리가 들려왔는데 무슨 이야기를 한 지는 정확하게 기억이 잘 나지 않았다. 옆에서 툭 치기에 이환은 반사적으로 고개를 돌렸다. 혜영이 빤히 보고 있었다.

"무슨 생각을 한다고 불러도 몰라. 혹시 몸이 어디 안 좋아?"

혜영이 묻는 말에는 대답은 않고 이환은 엉뚱한 질문을 했다.

"어떤…… 사람이에요? 고운이가 만나는 사람."

"어서 오게."

"어서 와요."

정식과 혜영이 반갑게 재희를 맞았다. 결혼 허락을 받으러 온 게 불과 열흘 전쯤이었고, 이번이 두 번째 방문인 셈이다. 하지만 이번에는 그때와 다른 게 하나 있었다. 혜영이 웃으며 이환과 재희를 번갈아 가며 보았다.

"두 사람, 이미 아는 사이일 테니까 소개는 필요 없겠지? 아님 오랜만에 보는 거라 소개해 줘야 하나?"

혜영의 농담에 정식이 하하, 너털웃음을 지었다.

"설마 그럴 리가 있겠어. 두 사람, 서로 잘 알지?"

재희가 먼저 미소 지으며 이환에게 손을 내밀었다.

"오랜만이다."

재희가 내민 손을 물끄러미 보다 이환도 그 손을 잡았다.

"그러게요. 여기서 이렇게 볼 거라곤 생각도 못했는데."

이환의 시선이 재희에게서, 그리고 고운에게로 향했다. 고운이 말간 미소를 지으며 인사를 건넸다.

"건강해 보인다. 다행이야."

"……그래."

이환의 짧은 대답 뒤로 침묵이 이어졌고 분위기는 금세 어색해졌다. 혜영이 얼른 웃으며 끼어들었다.

"아까 오면서 두 사람 이야기 듣고 이환이가 엄청 놀랐어. 아마 좀 얼떨떨한 모양이야. 이제 두 사람, 처남 매제 사이가 되는 거니까."

"그러게. 사람 인연이 참 묘하다니까. 어떻게든 이어질 사람들은 이어지게 되는 법이야."

정식이 다정하게 혜영의 어깨를 감싸며 말을 거들고 나섰다.

"자, 그럼 이야기는 밥 먹으면서 하기로 하고 모두들 얼른 들어가자. 재희는 저녁 먹고 금방 또 방송국에 들어가 봐야 하니까."

정식과 혜영이 먼저 주방으로 들어가고 난 뒤, 세 사람과 기묘한 정적만이 남았다.

"순태 결혼식 때 보고 처음이지?"

재희의 말에 이환은 고개를 끄덕였다.

"……네."

"그럼 이제 완전히 들어온 거야? 참, 현석이가 조만간 한번 보자고 하더라."

불편한 분위기 속에서 몇 마디 상투적인 인사말이 오가는데 주방에서 혜영의 목소리가 들려왔다.

"얼른 안 들어오고 뭐해? 음식 식으면 맛없어!"

"들어가요, 선배."

고운이 자연스레 재희의 손을 잡고 주방으로 먼저 향했다. 이환의 시선이 그런 두 사람의 등을, 그리고 마주 잡은 두 손을 따라갔다.

웃음소리가 끊이지 않긴 했지만 딱히 편한 식사 자리는 아니었다. 혜영과 정식이 계속해서 이야기를 이끌었고, 고운과 재희는 간간이 맞장구를 쳐주곤 했다. 이환은 자신에게 돌아오는 질문에만 답할 뿐, 먼저 이야기를 꺼내는 법은 없었다. 저녁을 먹고 차한잔 마실 여유도 없이 재희가 곧바로 자리에서 일어섰다. 물론 고운도 함께였다.

"죄송합니다."

문 앞까지 배웅하기 위해 따라 나온 정식과 혜영이 재희를 보며 손사래를 쳤다.

"무슨 그런 말이 다 있어. 바쁜데 이렇게 와 준 것만 해도 고마운 걸. 그럼 조심히 가고 상견례 때 보도록 하지."

"예. 그럼 그때 뵙겠습니다."

"저도 그럼 가 볼게요. 나오지 마세요."

서초동 식구들과 인사를 나누고 재희와 고운은 함께 엘리베이터를 탔다. 엘리베이터 문이 닫히자 고운에게서 나직한 한숨이 새어 나왔다.

원래가 서초동 집에 오는 걸 편치 않아 하던 고운이었다. 재희는 고운의 마음을 알 것 같았다. 지난번, 결혼 허락을 받기 위해 찾아왔던 날도 마찬가지였다. 정식과 혜영의 앞에서 내색은 않았지만 물과 기름이 겉돌듯 그 집과 가족에 완벽하게 흡수되지 못한 모습이었다. 그리고 그것이 고운의 어머니 때문이란 것도 알고 있었다. 오늘도 고운은 그 집에 어울릴 수 있도록 애써 노력했을 것이다. 물끄러미 고운의 얼굴을 보던 재희는 아무 말 않고 고운의 손을 잡아 깍지를 끼었다. 고운이 재희를 올려다보더니 핏 웃었다.

"티 났어요?"

"조금."

"노력했는데."

"알아."

재희는 수고했다는 의미로 칭찬하는 마음을 가득 담아 고운의 머리를 쓱쓱 장난스럽게 헝클였다. 고운이 그제야 배시시 웃었다.

"오랜만에 이렇게 차려입고 왔는데 그냥 집에 들어가려니 아쉽네?"

"그럼 방송국 같이 갈래?"

"방송국에?"

고운이 휘둥그레진 눈으로 그를 보았다. 그러고 보니 고운이 방송국 구경을 온 적은 한 번도 없었던 것 같다.

"남훈이도 보고."

"생방송이잖아요."

"얌전히 앉아 있으면 되지. 어린애처럼 뛰어다닐 것도 아닌데."

음. 입술을 모은 채 잠시 고민하던 고운이 이윽고 고개를 끄덕였다.

"그럼 그럴까? 남훈이 요즘 바빠서 얼굴도 잘 못 봤는데."

때마침 엘리베이터가 도착했고 문이 열렸다.

"뭐 좀 사 가지고 갈까요? 도너츠? 밤에 야식으로 먹기에는 좀 부담스러우려나?"

"부담은 무슨. 없어서 못 먹지."

재희가 장난스럽게 대구하며 씩 웃었다.

"그럼 그거랑 커피 사 가면 되겠다. 아, 아이스크림도 좀 살까?"

"그것도 좋고."

이런저런 이야기를 하며 차를 주차해 놓은 곳으로 갈 때였다.

"고운아!"

이환이었다. 두 사람에게 다가온 이환이 재희에게 잠시 눈길을 두었다 이내 고운에게 고개를 돌렸다.

"얘기 좀 하자."

오늘 하루 내내 감돌았던 이상하고 불편한 느낌의 정체는 아마도 이것 때문이었을까.

재희는 서초동에 온 후 처음으로 인상을 찌푸린 채 이환을 보았다.

"아예 들어온 거야? 다시 몽고에 가야 하는 건 아니지? 좋은 일하는 건 알지만 이왕이면 한국에 있으면 좋겠어. 아줌마가 오빠 걱정 너무 많이 하시던데."

고운이 걱정 어린 말부터 늘어놓았다. 하지만 이환이 알고 싶어 하는 건 정작 따로 있었다.

"넌? 어떻게 된 거야. 아무 말 없었잖아."

이환의 말에 고운이 응, 하며 옅은 미소를 지었다.

"아까, 우리 보고 많이 놀랐지?"

우리. '너'라는 질문에 '우리'란 대답이 돌아왔다. 그리고 그 짧은 한마디 안에는 이환이 감히 넘을 수 없는 벽이 둘러져 있었다.

"어떻게 만났어?"

뜨거운 커피를 후후 불어 마시던 고운이 이환의 질문에 웃으며 말했다.

"봄에 우연히 다시 만났다고 메일 보냈었잖아. 나 지금 사는 집이 알고 보니 선배네 할머니 집이었어. 그러니까 선배 아버님이 집주인이고 난 세입자."

"그래서."

따져 묻는 듯한 어조에 커피를 마시다 말고 고운이 이환을 보았다. 조금 놀란 것 같아 보였다.

"왜 그래. 오빠답지 않게."

무표정한 얼굴로 찻잔을 들어 한 모금 마시고서 이환은 다시 찻잔을 내려놓았다. 그리고 다시 고개를 든 그의 얼굴은 언제 그랬냐는 듯 무던한 미소가 스며 있었다.

"미안. 좀 피곤했나 봐. ……사실 좀 많이 놀랐어. 재희 형과 네가…… 그렇게 될 줄은 정말 꿈에도 생각 못 했거든. 게다가…… 결혼이라니."

정말 그랬다. 다른 사람도 아닌 고재희라니.

—재희 선배 기억하지? 얼마 전에 재희 선배 만났는데 하나도 안 변했더라. 참, 남훈이가 재희 선배 라디오 DJ가 되기로 했대.

그동안 고운에게 받았던 메일 속에서 재희에 대한 이야기는 그게 다였다. 두 사람이 사귀게 되었다던가, 결혼하게 되었다던가 하는 이야기는 결코 단 한 번도 들은 적이 없었다.

"그러게. 사람 인연이란 게 참 신기하더라. 나도 선배 처음 다시 봤을 때 이렇게 될 줄은 몰랐거든."

재희를 이야기하는 고운은 정말 행복해 보였다. 어색한 침묵이 맴돌았다.

"……고운아."

이환이 고운의 이름을 정말 용기 내어 불렀을 때, 공교롭게도 고운의 휴대전화도 동시에 울렸다. 휴대전화를 들어 발신인을 확인한 고운의 입가에 자연스레 미소가 번졌다.

"잠깐만."

이환에게 양해를 구한 뒤, 고운이 전화를 받았다.

"응. 잘 도착했어요? 커피숍. 오빠 좀 피곤해 보이고. 곧 들어가야지. 남훈인? 아직? 하여간에…… 알았어. 이따가 방송 끝나면 연락해요. 그때까진 안 자고 있을게. 그럼 수고해요."

전화를 끊는 고운의 입가엔 여전히 반가운 미소가 깃들어 있었다. 그렇게도 좋을까. 누군지 굳이 확인할 필요도 없었다. 한데도 어리석게 또 묻고야 말았다.

"재희 선배?"

"응. 이제 방송국 도착했다고. 근데 남훈이 밥 안 먹었대서 방송국 앞 식당에 다시 갔다지 뭐야."

고운이 재희와 다정하게 통화를 마치고 휴대전화를 가방에 집어넣었다. 싱긋 예쁘게도 웃으며 이야기하는 얼굴을 보는 순간, 저도 모르게 비틀어진 감정 하나가 말릴 새도 없이 불쑥 튀어나와 버렸다. 참, 치졸하게도.

"재희 형, 사랑해?"

어떤 대답이 듣고 싶어 이런 멍청한 질문을 한 걸까.

고운이 무슨 그런 싱거운 소릴 다 하냐며 피식 웃었다. 똑같이 웃고 있었지만 조금 전 재희의 전화를 받을 때와는 사뭇 다른 웃음이다.

"응."

뭐가 듣고 싶었는지 몰라도 확실히 이건 알았다. 조금 전, 고운이 한 대답은 절대 아니라는 걸.

"오빠도 얼른 좋은 사람 만나면 좋겠다."

그럼 고운에게 듣고 싶었던 말은 무엇이었을까.

"이 집 커피 맛있다. 그래도 시간 참 빨라. 처음에 오빠 갈 때 일 년이란 시간, 정말 길어 보였었는데."

한 사람에게는 짧았을 그 시간이 또 다른 이에게는 얼마나 긴 시간이었는지, 너는 알고 있을까. 이환은 차마 입 밖으로 꺼내지 못하는 말을 다 식어버린 커피와 함께 넘겨 버렸다. 고운의 말처럼 전혀 맛있지 않다. 일 년 만에 한국에서 먹어 본 커피는 이렇게 쓰고 독할 수가 없었다.

"이환이 형, 한국 왔어요?"

전화를 끊는데 남훈이 눈을 동그랗게 뜨고 물었다. 혼자 먹기 싫대서 따라왔을 뿐인데 남훈이 재희의 것까지 주문을 해버린 터 였다.

"난 저녁 먹었다니까."

"에이, 편하게 먹진 못했을 거잖아요. 어차피 새벽까지 있어야 하는데 그냥 미리 야식 먹는 셈 쳐요."

남훈이 고집스럽게 재희의 앞에다 수저를 놓아주었다. 보글보글 끓는 된장찌개를 한 숟갈 떠먹고서 남훈이 재희를 불렀다.

"형, 누나 상견례요. 난 그냥 가지 말까 싶은데."

재희의 시선이 남훈에게로 향했다. 생각지도 못한 소리였다.

"왜?"

"그날 스케줄 있을 것 같아서요."

빤히 보이는 거짓말을 하고서 남훈이 아무렇지 않은 체하며 밥을 한 숟가락 떠먹었다.

"한남훈."

"좀 그렇잖아요. 형 가족들 보기에. 의붓오빠에 이부동생에. 남들 보면 무슨 콩가루 집안이라 비웃겠다. 나까지 가는 게 괜히 누나한테 안 좋을 것 같아서 그래요."

남훈이 우물우물 밥을 씹어 먹으며 무심히 말했다. 얼굴을 보니 그냥 하는 소린 아닌 것 같았다. 재희는 그런 남훈을 빤히 보다 녀석의 이마를 손가락으로 가볍게 튕겼다.

"아야! 아, 형!"

남훈이 이마를 감싸며 황당한 얼굴로 재희를 쳐다보았다. 이럴 때면 고운을 꼭 닮았다. 영락없이 남매였다.

"그러게 밥 잘 먹다 쓸데없는 소리는 왜 해."

다른 사람은 몰라도 남훈이 고운에게 어떤 존재인지 재희는 잘 알고 있었다.

"다들 겉보기엔 멀쩡해 보여도 속으로 작든 크든 상처 하나쯤 없는 집 없어. 그러니까 그런 생각 하지도 마. 밥이나 먹어, 얼른."

"……형."

"그리고 형네 가족들 중에 그렇게 촌스러운 사람들 없어. 그러니까 아무 소리 말고 그냥 와. 알았어? 하나밖에 없는 동생이란 녀석이, 어디 누나 상견례에 빠지려고."

혼이 나고도 남훈의 표정은 오히려 밝았다. 재희의 말에 말 잘 듣는 아이처럼 '네!' 하고는 얼른 숟가락을 들어 열심히 밥을 먹기 시작했다. 아마도 '가도 된다'는 말을 듣고 싶었던 모양이다. 표현은 하지 않아도 내심 걱정이 되었을 것이다. 재희는 남훈의 앞에 찌개를 밀어주고는 밥을 한 숟갈 떴다.

"서초동 식구들, 편하진 않지?"

재희의 말에 남훈이 씩 웃으며 큰 비밀이라도 되는 양 소곤거렸다.

"아무래도 편하지는 않죠."

"······이환이랑은 어떤데?"

"뭐, 그 형이야 워낙에 좋은 사람이잖아요. 자주 만나고 그런 건 아니었지만. 볼 때마다 저한테 참 잘해 줬거든요."

보진 않았어도 그 모습이 충분히 그려졌다. 어렸을 적에 그랬듯 이환은 늘 누구에게나 좋은 사람이었을 것이다.

"그리고 난 우리 누나한테 잘하는 사람은 무조건 좋거든요. 그 형, 우리 누나한테 정말 끔찍하게 잘해 주잖아요. 어떨 때는 친동생인 나보다 더 잘해 주나 싶어서 조금 질투 날 때도 있고 그래요. 한의사 되고 난 이후에는 철 바뀔 때마다 누나 한약 지어 줬는데 누나 것 지으면서 제 것도 같이 지어 주고 그랬거든요? 근데 작년에 왜, 몽고 갔잖아요. 그래서 올해는 넘어가겠거니 했더니, 세상에, 웬걸. 자기가 직접 못 지어 준다고 자기 친구한테까지 부탁해서 기어이 보냈더라구요. 정말 대단하다니까요."

남훈이 혀를 내두르며 이환이 고운에게 얼마나 잘했는지 이야기를 전해줬다.

"보면 그 형은 누날 진짜 친동생으로 생각하는 것 같아요. 의붓남매가 아니라. 하긴, 워낙 어릴 때부터 함께 자랐으니까 어쩜 친형제보다 더 가까운 사이가 맞을 지도 모르죠. 그 세월이 다 얼마예요."

"……그러게."

남훈처럼 그렇게 좋게 받아들이면 그만이었다. 재희는 정체 모를 불편한 감정을 꾸역꾸역 삼키며 화제를 돌렸다.

"아무튼 편한 자린 아니겠지만 그래도 가족끼리 처음 만나는 자린데 형은 네가 꼭 있었으면 좋겠어. 고운이도 똑같은 마음일 거야."

"그럴게요. 참, 형. 이거 누나한텐 비밀! 괜히 말하면 누나 또 신경 쓸 거예요."

재희가 피식 웃으며 고개를 끄덕이자 그제야 안심이 되는 듯 남훈이 다시 숟가락을 들어 밥을 한 숟가락 떠먹었다.

"그나저나 누나 괜찮으려나 모르겠네."

뜬금없이 나온 고운의 이야기에 찌개를 뜨던 재희의 손이 허공에서 멈칫했다.

"왜?"

"몰라요. 대놓고 딱히 말한 적은 한 번도 없었는데 이상하게 서초동 다녀오는 날은 밤에 꼭 두통이 생기더라구요. 예전에 저랑 같이 살 때요, 심할 때는 밤에 잠도 잘 못자고 그랬어요."

전혀 몰랐던 이야기였다. 재희는 들고 있던 수저를 내려놓았다.

"병원엔?"

"가 봤죠. 이런저런 검사하고 다 했는데 뭐, 신경성인 것 같다고 그러더라구요."

그나마 다행이었다. 재희는 저도 모르게 안도의 한숨을 내쉬었다. 그런 재희를 보며 남훈이 못 말린다며 웃었다.

"이따 형 라디오 끝나면 전화 한번 해봐요. 괜찮나. 아까 별 내색 없었죠?"

"······음."

"그럼 이젠 괜찮나 보다. 다행이네."

헤어지기 전, 밝게 웃으며 방송국으로 함께 오자던 고운의 얼굴이 떠올랐다. 재희는 테이블에 둔 핸드폰을 집어 들었다. 통화목록을 열자 현석의 이름이 바로 보였다. 재희는 곧바로 통화버튼을 눌렀다. 신호음이 몇 차례 가더니 전화 너머에서 익숙한 목소리가 들려왔다.

❋

고운은 이마를 짚으며 한숨을 내쉬었다. 약을 먹었는데도 도무지 두통이 가라앉질 않았다. 게다가 몸이 축 늘어지는 게 어쩐지 감기 몸살 기운이 올 것 같았다. 오후부터 줄곧 신경을 곤두세우고 있었던 탓일 터. 이만하면 익숙해질 때도 되었건만 여전히 그게 뜻대로 되지 않았다.

몇 시쯤이나 되었을까. 고운은 핸드폰을 가져다 전원버튼을 눌러보았다. 캄캄한 어둠 속에서 작은 불빛이 확 켜졌다. 새벽 한 시가 다 되어 있었다. 습관처럼 재희에게 전화를 하려다 다시 핸드폰을 내려놓았다. 아무 연락이 없는 걸 보니 오늘 방송 모니터하

랴, 내일 방송 회의하랴 바쁜 모양이었다. 방송이야 열두 시에 끝이 나지만 재희의 일은 그 후에도 계속 이어졌다.

진하게 달인 쌍화차라도 한 잔 마시면 조금 나을까. 상견례를 며칠 앞두고 혹여나 감기라도 걸리면 큰일이었다. 자리에서 일어나려는데 핸드폰이 반짝였다.

—자?

재희였다.

고운은 얼른 통화버튼을 눌렀다.

〈응. 안 잤어?〉

보고 싶다는 말이 제일 먼저 목 끝까지 올라왔지만 그러기엔 지금은 너무 늦은 시각이었다.

"선밴 아직 방송국이에요?"

〈아니.〉

"그럼? 집에 가는 길이에요?"

〈응. 근데 다 왔어. 〉

집에 벌써 다 갔냐는 말을 물으려던 찰나, 바깥에서 끼익 하고 대문 소리가 들려왔다. 이어 자박자박, 마당을 지나는 발소리도 들려왔다. 그리고 그 발소리는 점차 가까워지다 방문 앞에서 멈췄다.

설마 하는 순간, 거짓말처럼 고운의 방문이 드르륵 열렸다.

"……선배."

정말 재희였다.

"왜 아직 안 잤어."

재희가 방으로 들어오더니 고운의 이마를 짚어 보았다. 그의 손길에 묻은 바람 냄새도 훅 다가왔다.

"머리 아직 아픈 거야?"

걱정할까 봐 말도 안 했는데 어떻게 알았을까. 고운의 눈이 더욱 커다래졌다. 그런 고운의 표정을 읽었는지 재희가 옅은 미소를 지으며 고운의 머리를 쓱쓱 쓰다듬어 주었다.

"다 아는 법이 있지. 내가 설마 이고운 씨에 대해 모르는 게 있을라구."

"뭐예요, 진짜."

놀란 마음 반, 반가운 마음 반. 시간이 점차 지나자 이젠 온전히 설레고 좋은 마음뿐이었다.

"배는 안 고파? 죽 좀 사왔는데."

"난 괜찮은데. 선밴?"

"난 아까 남훈이랑 저녁 또 먹었잖아. 그럼 죽은 나중에 배고프면 먹자."

죽이 담긴 종이 가방을 한쪽으로 밀어 놓고 재희가 고운의 머리를 쓰다듬어 주었다.

"그나저나 우리 이고운 씨 아파서 어쩌나. 아직 많이 아파?"

아이 어르듯 고운의 등을 토닥여 주고는 또 이내 걱정스레 또 이마를 만져 주는 그 손길이 너무 좋아 고운은 웃으면서 도리질을 쳤다.

"아깐 좀 그랬는데 이젠 괜찮아요."

"진짜?"

"응. 진짜. 선배 얼굴 보니까 거짓말처럼 괜찮아졌어."

정말 신기한 일이었다. 고운의 말에 재희의 입꼬리가 기분 좋게 씩 말려 올라갔다.

"그래도 혹시 나중에 아프면 참지 말고 말해. 현석이 녀석한테 말해서 약 지어 왔거든."

방송이 끝나자마자 약 받아오랴 죽 사오랴 많이 바빴겠구나. 고운은 재희의 손을 더욱 힘주어 꽉 잡았다.

"피곤하겠다. 선배. 시간 봐. 지금 바로 가도 두 시 넘을 텐데."

"그건 나중 일이고 일단 얼른 누워."

재희가 고운의 베개를 손바닥으로 탕탕 두드렸다.

"너 재워 주고, 그러고 가야지."

"재워 주고 간다구?"

"응."

재희가 이불을 걷고 고운의 베개 옆에 눕더니 한쪽 팔을 벌렸다.

"얼른. 손가락 하나 까딱 안 할 거야, 오늘은."

"……."

"진짜. 내가 이고운 씨한테 24시간 미쳐 있는 짐승인 건 사실인데, 아픈 사람한테까지 그런 짓 할 양심 없는 짐승은 또 아니란 말이지."

고운의 눈꼬리가 소리 없이 접히며 웃음이 담겼다.

"오늘은 우리 아버지 말씀대로 이 몸뚱이, 새하얀 두부가 한번 되어 보도록 하지. 약속."

풉.

고운은 도저히 못 참겠는 듯 웃으며 재희의 품으로 쏙 들어가 누웠다. 재희가 손을 뻗어 고운의 머리카락을 쓱쓱 부드럽게 쓰다듬어 넘겨 주었다.

"오늘 애 정말 많이 썼지. 고생 많았어."

재희의 가슴팍에 뺨을 대고 있으니, 규칙적인 심박 수에 고운의 마음도 따라 편안해졌다.

"좀 웃기죠. 자기 집에 다녀오는데 이러는 거 다른 사람들이 알면 욕할 거야, 아마."

"나도 우리 아버지 보면 그래. 알잖아."

재희의 말에 고운이 킥, 작게 웃었다. 말은 그렇게 해도 고운은 재희와 고 감독의 관계가 참 부러웠다.

"그동안 집에 다녀올 때마다 이렇게 아프곤 했어?"

"……응."

누구에게도 속 시원히 한 번도 털어놓은 적 없는 말이 재희의 앞에서 술술 나오고 만다.

"점점 괜찮아질 거야."

"……응."

"말 많이 하지 말고 얼른 자. 하루 종일 많이 피곤했을 텐데."

토닥토닥, 등을 두드려 주는 다정한 손길이 그 어느 때보다 위로가 되었다. 째깍째깍, 시계 초침 소리만 방안에 가득했다. 이대로 이 순간이 영원히 이어졌으면 좋겠다.

"무슨 생각해?"

자지 않는 걸 아는지 재희가 물었다.

"그냥, 선배가 너무 좋다는 생각."

피식, 소리 없는 재희의 웃음이 좋았다.

"자, 얼른."

나직하고 따뜻한 재희의 말소리가 자장가처럼 듣기 좋았다. 말 잘 듣는 아이처럼 고운은 눈을 감았다. 그리고 재희의 말이 요술 주문이라도 된 것처럼 그렇게 오지 않던 잠이 쏟아졌다.

오늘 밤, 이 사람이 함께 있어 참 다행이다.

어떤 일이 있더라도 이 사람이 옆에 있다면 잘 견딜 수 있을 것 같았다.

꿈결인지 '사랑해' 하는 그의 목소리가 들린 것도 같았다.

나도.

잠꼬대처럼 중얼거리며 고운은 깊은 잠에 소록소록 빠져들었다.

✳

"안녕하세요! 아우, 무슨 비가 하루 종일 오네."

남훈이 옷에 묻은 물방울을 털어 내며 안으로 들어왔다. 남 작가가 '왔어?' 하며 인사를 건네다 바깥을 힐끔 보았다.

"비 아직도 와?"

"네. 근데 좀 있음 그칠 것 같아요. 빗줄기가 많이 가늘어졌더라구요. 참, 저녁들 드셨죠?"

"우린 먹었지. 남훈 씨는?"

"저도 요 앞에서 간단하게 먹었죠."

남훈이 남 작가와 이런저런 이야기를 나누는데 재희가 스튜디오로 들어왔다.

"왔어? 오늘 원고."

남훈의 뒷머리를 장난스레 쓱 헝클이고는 재희가 자리로 향했다.

"옙! 땡큐요!"

남훈이 씩씩하게 웃으며 원고를 펼치다 재채기를 했다. 에이치! 연거푸 계속되는 재채기에 재희가 인상을 쓰며 남훈을 보았다.

"감기 기운 있어?"

"아뇨. 괜찮았는데. 갑자기 재채기가 막…… 에이치!"

말을 제대로 다 하지도 못하고 남훈이 또다시 크게 재채기를 했다.

"DJ 한다는 녀석이 감기 걸리면 어떡해. 알아서 몸 관리 잘 해야지."

"그러게. 그건 고PD 말이 맞다."

재희가 따끔하게 혼을 내는데 남 작가도 옆에서 말을 거들었다. 남훈이 겸연쩍은 미소를 지으며 이마를 긁적였다.

"옙! 앞으로 주의하겠습니다."

못마땅한 눈으로 남훈을 보던 재희가 자리에서 일어났다.

"왜, 어디 가게?"

"따뜻한 거 좀 먹여야죠."

재희가 남훈을 턱짓으로 가리키자 남 작가가 황당한 듯 웃음을 터뜨렸다.

"나, 참. 혼낼 땐 언제고, 무슨 김 첨지야? 응?"

"유자차 마실래? 아님 생강차?"

"얼씨구? 천하의 고재희가 친히 DJ 마시라고 차까지 타다주고. 예비처남이라고 너무 챙기는 거 아냐?"

"그럼 제가 챙기지 누가 챙깁니까?"

태연하기 그지없는 재희의 반응에 남 작가는 물론이고 남훈과 세미까지 웃어댔다.

"이야, 나 정말 고PD가 저런 사람인 줄 이번에 처음 알았다? 내가 새삼 우리 남동생한테 미안해진다. 저렇게 끔찍한 매형 사랑을 한 번도 못 받게 해줘서."

"다른 분들도 드시고 싶은 거 있으시면 말씀하세요. 우리 처남 챙기는 김에 한 잔씩 가져다줄게요."

"어머머, 우리 처남 소리가 절로 술술 나오네. 진짜 왜 그래, 안 어울리게. 으! 남자가 사랑하면 다 저렇게 되는 거야? 응? 막 세상 모든 게 아름답고 그래? 이야, 진짜…… 고PD 다시 봤다, 정말."

"얼마든지 보셔도 됩니다. 그럼 말씀 안 하시면 차는 다들 통일입니다."

남 작가의 타박에 재희는 넉살 좋게 어깨만 으쓱이고는 스튜디오를 나왔다. 그 뒤를 따라 즐거운 웃음소리가 와르르 흘러나왔다.

"술 너무 많이 먹지 말고. 하여간에 남자들은 왜 꼭 술을 먹어야 얘기가 된다는 건지 모르겠네."

스튜디오 밖에서 전화를 하고 있던 연주가 재희를 보고 눈인사를 했다.

"알았어. 이환이한테도 안부 전해주고. 응. 일찍 들어와!"

통화를 끊고서 연주가 재희를 보며 장난스레 투덜거렸다.

"불금이라서 이환이랑 술 한잔 하고 있다구요. 참, 선배. 이환이 한국 들어온 거 알아요?"

"……며칠 전에 봤어."

"그랬구나. 둘이 오랜만이라 또 부어라 마셔라 술 퍼부을 것 같아서 미리 단속 좀 했어요. 집이라도 제대로 찾아오면 좋겠다니까요."

연주가 웃으며 이야기하고는 이내 스튜디오로 다시 들어갔다.

흐음.

"……술이라."

학교 다닐 때부터 워낙에 사이좋은 녀석들이었다. 비 오는 밤, 오랜만에 만났으니 술 한잔 하고도 싶겠지. 재희는 주머니에 양손을 찔러 넣고 걸음을 뗐다.

✻

"우리 마나님께서 술 작작 마시란다."

전화를 끊으며 순태가 허허 웃었다. 그런 친구를 물끄러미 보다 이환도 피식 웃고 말았다.

"결혼하니 좋지?"

물으나 마나 한 질문. 얼굴에 이미 대답은 쓰여 있었다. 너, 무, 좋, 아.

"인마, 나한테 묻지 말고 네가 직접 겪어 봐. 야, 그러지 말고 너, 소개팅 안 할래?"

이왕 말이 나온 김에 이번에는 어떻게든 성사시키고 말겠다는 듯 순태가 집요하게 물고 늘어졌다. 이환은 미소 지으며 빈 잔에 술을 따랐다.

"야, 인마. 웃지만 말고. 이번에는 정말 최고라니까. 미모, 스펙, 학벌, 집안, 정말 뭐 하나 빠지는 곳이 없는, 그야말로 모든 게 퍼펙트한 신부감이라고. 어때?"

추적추적 가을비가 오는 금요일 밤, 술집 안 분위기가 얼마나 흥겹고 시끌시끌한지 순태의 큰 목소리가 묻히고 말았다. 못 들은 체 술잔을 비우고, 이환이 다시 술잔을 채우는데 순태가 술병을 채갔다.

"인마, 넌 사람 앞에 두고 왜 청승맞게 자작이냐, 자작이. 이리 내."

조르르, 맑은 술이 술잔을 가득 채웠다. 이번에는 이환이 순태의 손에서 병을 받아들었다.

"내일, 고운이 상견례라며."

순태의 잔에 술병을 기울이던 이환의 손이 허공에서 멈칫했다.

하지만 잠시였을 뿐, 다시 술병을 기울여 순태의 잔을 채워 주었다. 고개를 들자 웃음기라곤 하나 없는 순태의 얼굴이 보였다.

"······소문 참 빠르네."

"이제 그만 정리해."

순태도 알고 있었구나. 멍하니 친구를 보다 이환이 이내 허탈한 웃음을 지었다.

"그럼 모를 줄 알았어? 내가 너 알고 지낸 게 얼만데, 인마."

오래된 친구가 자신의 마음을 알고 있다는 게 당혹스럽기도 하면서 한편으로는 위로가 되기도 했다. 그래도 이 세상에 이 미련하고 어리석은 비밀을 다른 누군가 한 명쯤은 알고 있다는 사실이.

"이제 인정하고 받아들여. 어쩔 거야. 이미 되돌릴 수도 없는 일이잖아."

이환은 아무 대답도 않고 술잔을 비워 냈다. 비릿한 알코올 향에 절로 인상이 찡그려져야 정상인데 오늘은 아무 맛도 느껴지지 않았다.

"서이환."

"······."

"이환아. 제발 좀, 응? 이젠 그렇게 하자."

순태의 간절한 부탁에 이환의 입술이 피식 허물어졌다.

"양쪽 마음이 같아도 이건 어떻게 해보기 어려운 일인데, 넌 인마, 그것도 아니잖아. 아니, 애초에 안 되는 일이라는 거 누구보다 네가 잘 알 거 아냐. 근데 미련을 못 버리고 계속 이렇게 붙잡고 있으면 어떡해. 이 멍청하고 불쌍한 자식아."

순태의 말이 구구절절 옳았다.

"이럴 줄 알았으면 그 녀석, 방송반 한다 그럴 때 내가 말릴 걸."

"……."

"못하게 할 걸. ……그러지 말라 그럴 걸. 그랬으면."

"그랬으면 뭐. 고운이랑 재희 형이랑 안 만났을 거라고? 인마. 만날 사람들은 어떻게든 만나게 돼 있고, 결혼할 인연이면 그런 거 없어도 어떻게든 만나 결혼하는 거야."

평소답지 않게 매몰차게 말해 놓고서 순태가 금세 나직이 한숨을 내쉬었다.

"너, 그거 미련이고 집착이다. 그냥, 어떻게 제대로 피어보지도 못하고 꺾여 버린 꽃이 애달프고 애틋해서, 이미 시들어서 말라비틀어진 그거 어떻게든 살려 보려고 계속 붙잡고 있는 꼴밖에 안 되는 거라고. 근데, 그거 못 살려. 그거. 어떻게 해도 안 되는 건 안 되는 거라고."

순태가 빈 술잔을 채워 주고는 이환의 어깨를 툭 두드려 주었다.

"아무한테도 들키지 말고, 그냥…… 혼자 정리해라. 너한테도, 다른 사람들한테도, 그게 최선이야."

아무한테도 들키지 말고. ……정말 그게 최선일 걸까.

이환은 술잔을 들어 입에 털어 넣었다. 아무 맛도 없던 술이 비로소 지독하리만큼 쓰게 느껴졌다.

"이게 다 무슨 옷이야?"

"고운이 가져다주려고."

혜영의 책상 위에 한가득 놓인 쇼핑백을 들여다보던 정식이 고개를 들었다.

"고운이?"

"내일 상견례 때."

싱긋이 웃으며 혜영이 일러준 힌트에 정식이 그제야 '아' 하며 고개를 끄덕였다.

"뭐, 어련히 알아서 입겠지만 그래도 내 맘이 안 그렇더라구."

고운에게 신경 써 주는 혜영의 마음이 고마워 정식의 얼굴에도 금세 웃음꽃이 폈다.

"근데 뭐가 이렇게 많아. 하나, 둘, 셋……."

"처음엔 그냥 하나만 살 생각이었는데 막상 백화점 갔더니 예쁜 게 많잖아. 이것도 잘 어울릴 것 같고 저것도 잘 어울리겠고. 그리고 내 눈엔 예뻐도 고운이 눈엔 안 예쁠 수 있으니까 이것저것 골라 봤지."

"그럴 거면 차라리 그냥 데리고 가서 고르지 그랬어. 자기 취향에 맞는 걸로 직접 고르게."

"그렇잖아도 내일 상견례 때문에 신경 예민할 텐데 애 데리고 여기저기 다니면 피곤할 거 아냐. 그리고 뭐, 옷은 두고두고 입으면 되니까."

혜영이 가운을 벗곤 재킷으로 갈아입은 뒤, 가방을 챙겨 들었다.

"그래서 이건 언제 주려고?"

"저녁 먹고 들어가는 길에. 당신도 같이 가든가."

"그럴까, 그럼?"

정식이 흐뭇한 미소를 지으며 혜영의 책상 위에 놓인 쇼핑백을 손에 쥐었다.

"고운이한테 우리 간다고 미리 전화라도 해야 하나?"

정식의 말에 혜영이 손사래를 쳤다.

"됐어. 혹시 그랬다 집 치우고 이것저것 준비하고 그럼 오히려 애 피곤해."

"그렇겠지? 그럼 그냥 이따 집 앞에 가서 전화하는 편이 낫겠네."

"그래야지. 나가요."

혜영이 싱긋이 웃으며 문을 열었다.

익숙한 시그널 음악이 흘렀다. 고운은 손을 뻗어 라디오 볼륨을 높였다.

[오늘 하루 종일 가을비가 왔었죠. 창밖으로 내리는 비를 가만히 보고 있자니 어쩐지 옛 추억들이 하나둘 생각나면서 괜히 막 센티해지더라고요. 여러분들은 오늘 하루, 내리는 비를 보며 어떠셨나요?]

음악 소리와 함께 남훈의 목소리가 이어졌다.

[남훈 씨, 오늘은 제가 오랜 짝사랑에 이별을 고하기로 한 날입니다. 올해 첫 가을비가 오는 날 헤어져야지 하고 오래전부터 마음먹고 있었 거든요. 그런데 마침 오늘, 예고에도 없던 첫 가을비가 오고 말았네요. 사실 아침에 출근하려고 집을 나서다 머리 위로 떨어진 빗방울에 멍하니 하늘을 올려다보았어요. 뭐랄까, 내리는 비가 조금 야속하더라고요. '왜 하필 꼭 오늘인가. 하다못해 마음의 준비라도 하게 예고 좀 하고 내리지, 정말 너무하네' 하고 말이죠. 그냥 이별하기가 싫어서 하는 핑계였던 거죠. 근데 가만히 생각해 보니까요, 제가 처음 그 아이를 좋아하게 된 것도 아무 예고도 없이 그렇게 되어 버린 거더라고요. 그냥, 어느 날 어느 순간, 그렇게 갑자기요. 사실 언제부터였는지 이젠 정확하게 기억도 잘 안 나요. 그냥 좋아하는 마음이 차곡차곡 쌓이다, 지금처럼 이만큼 커져 버리게 된 거니까요. 그렇게 생각하니 어쩌면 내 짝사랑과 이별하기에는 이렇게 예고 없이 어느 날 갑자기 하게 되는 게 더 잘 어울리는 결말이다 싶기도 하고 그러네요.

남훈 씨, 제가 오래전부터 혼자 사랑해 온 그 애는 얼마 전에 새로운 사랑을 시작했어요. 그리고 참 행복해합니다. 늘 웃어요. 반짝반짝, 멀리서도 빛이 날 정도로요. 그 아이 말에 따르면 그 남자가 정말 많이 사랑해 준대요. 공주님 대하듯이요. 참 다행이다 싶었어요. 저도 그 사람을 만난 적이 있는데, 같은 남자 눈으로 봐도 아주 좋은 사람인 것 같았거든요. 저 혼자 괜히 얼마나 안도했는지 모릅니다. 혼자 이별하는 주제에, 참 한심하죠? 하하.

남훈 씨, 비록 혼자 하는 이별이지만, 제가 오늘 잘 헤어질 수 있도록 노래 한 곡 틀어 주실래요? 실은 이 노래는 그 아이가 참 좋아한 노래거든요. 그래서 덩달아 저도 좋아했었는데, 오늘을 끝으로 당분간 이 노래와도 이별해야 할 것 같아요. 그리고 시간이 흘러서 정말 괜찮아지면, 그땐 이 노래를 다시 들으려고 합니다. 언젠가 그런 날이 오겠죠?

바비킴의 '사랑 그 놈' 신청합니다.

1102님. 옆에 있으면 제가 정말 어깨 토닥토닥하며 소주 한잔 같이 하고 싶네요. 그래도 1102님은 정말 멋진 분인 것 같아요. 이게 위로가 될진 모르겠지만, 제가 아는 형이 그랬거든요. 이별을 잘하는 사람은 사랑도 되게 끝내주게 잘한다고. 근데 자긴 이별을 늘 찌질하게 하기 때문에 사랑도 찌질해지는 것 같다고요. 둘이 하는 이별도 힘이 들지만 사실 혼자 하는 이별이 어쩌면 더욱 힘들 수도 있잖아요. 제가 보기엔 1102님은 이별도 멋지게 잘 하셨으니까 나중에 새로운 사랑을 만나게 되면, 그때는 정말 더 멋지게 사랑할 수 있으실 것 같아요. 파이팅입니다!

오늘도 사랑 때문에 울고 웃고 속상해 하셨던 분들에게 이 노래가 위로가 되었으면 좋겠네요. 그럼 1102님께서 신청해주신 바비킴의 '사랑 그 놈' 들려 드릴게요.]

남훈의 이야기 뒤로 애틋한 노래가 흘러나오기 시작했다. 엎드려 책을 읽던 고운은 자리에 일어나 앉았다. 휴대전화를 집어 문자창을 켰다.

─좀 전 사연, 너무 마음 아프다. 눈물 날 뻔했어. 오늘 정말 왜 이래요? 정말 비가 와서 그런가? 마음 아픈 사연 투성이네. 세상에 사랑 때문에 힘들어하는 사람들이 이렇게나 많은 줄 몰랐어. 사랑은 그저 좋고 행복한 건 줄만 알았는데.

재희에게 보낼 문자를 막 쓰던 참이었다.

딩동.

초인종이 울렸다. 이 밤중에 누굴까.

딩동, 딩동, 딩동.

쾅쾅! 쾅쾅!

초인종을 연속으로 누르다 못해 대문을 두드려 댔다. 한데 그 요란스러운 소리 뒤로 익숙한 이름이 들려왔다.

"고운아! 이고운!"

이환이었다. 얼마나 술을 많이 마신 건지 고개도 제대로 못 든 채 간신히 문에 기대어 서 있었다.

"……오빠."

고운이 부르는 소리에 이환이 고개를 들었다. 얼굴이 하얗게 질린 것처럼 핼쑥했다.

"왜 이렇게 술을 많이 마셨어? 괜찮…… 오빠!"

괜찮냐고 채 묻기도 전에 이환이 비틀거렸다. 고운은 서둘러 손을 뻗어 이환을 붙잡았다.

"오빠! 괜찮아?"

"고운아."

이환의 목소리가 꽉 잠겨 있었다. 꼭 운 사람처럼. 무슨 일이라도 있었던 걸까. 평소에 이런 사람이 아니었기에 덜컥 겁이 났다.

"무슨 일 있었어?"

"……너, 정말 결혼할 거야?"

난데없는 소리에 고운의 눈이 커다래졌다.

"갑자기 그게 무슨 말이야."

"……재희 선배랑, 정말 결혼 할 거냐고."

이환이 떨리는 목소리로 한 마디, 한 마디, 힘겹게 말을 이었다. 그제야 고운은 지금 이 상황이 심상치가 않음을 깨달았다.

"난, 어쩌라고. ……정말 난, 이제 어쩌라고. ……고운아, 나 이제 어떻게 할까?"

이환이 고운의 어깨를 꽉 움켜잡았다.

"내 마음, 모르겠어?"

당혹스럽다. 갑작스런 이야기에 너무 놀라 오빠라는 말조차 나오지 않았다.

"고등학교, 아니, 중학교, 아니, 어쩌면 그보다 더 오래전부터. 나한텐 너밖에 없었는데…… 내가 바라본 사람은 정말 너 하나밖에 없었는데. 누구보다 네가 제일 잘 알잖아. 고운이 네가 제일 잘 알았잖아."

이환의 눈시울이 붉어졌다.

"그냥, 이대로도 상관없다 싶었어. 그래도 너, 볼 수 있었으니까. 이것만으로도 고맙다, 다행이다……. 정말 큰 욕심 없이 그냥 이렇게 옆에서 너 지켜보면서 그렇게 살면 되겠지 싶었어. 근데…… 네가 정말 다른 사람이랑 결혼하면 이젠 그것도 안 되는 거잖아."

정말 딱 일 년이었을 뿐이다. 그 오랜 시간을 함께하고, 딱 일 년을 떨어져 있었을 뿐이었다. 한데 그 짧은 시간 사이에 어떻게 이런 일이 생기게 된 걸까. 그렇게 오랜 시간 옆에 있었는데도 결코 얻을 수 없었던 너를, 다른 사람은 어떻게 그렇게 쉽게 얻을 수 있었던 걸까.

서글픈 한숨과 함께 이환의 눈에 뿌연 물기가 차올랐다.

그때였다.

"……혜영아!"

비명과도 같은 정식의 고함 소리에 고운도, 이환도, 비로소 그 자리에 다른 누군가가 있었음을 깨달았다. 이환이 고운의 어깨에서 무겁게 고개를 들었다.

"……아줌마."

혜영이 바닥에 주저앉아 있었다. 그녀를 부축하는 정식도 황망한 얼굴이었다.

"……그러니까, 내가 아까 백화점 갔다가 고운이 내일 입을 옷 좀 샀는데."

바닥에 떨어진 쇼핑백을 집으며 혜영이 정식의 부축을 받아 일어났다.

"이거 전해 주려고 온 건데……."

당황하며 더듬더듬 말을 잇던 혜영이 이내 다시 바닥에 풀썩 주저앉았다. 귀신이라도 본 것처럼 넋이 나간 눈빛으로 고운을, 그리고 흥건하게 젖은 얼굴의 이환을 보았다.

"……이환아."

혜영이 간신히 아들의 이름을 소리 내어 불렀다.

투투둑.

그쳤다고 생각했던 가을비가 다시 내리기 시작했다.

열.
사랑, 두려움 2

〈미안해요, 정말.〉

"아냐. 편찮으신 게 걱정이지. 날은 다음에 잡아도 되니까 너무 신경 쓰지 말고."

〈응. 고마워요.〉

고운의 목소리가 힘이 없었다.

"……그러지 말고 내가 지금 서초동으로 갈까? 혼자 안 힘들어?"

〈괜찮아요. 나중에 봐. 지금은 좀…….〉

"그래. 힘들면 바로 전화해."

〈미안해요, 선배.〉

"됐어. 무슨 그런 말을 해. 어머님 간호 잘 해드리고."

전화를 끊고 재희는 물끄러미 휴대전화를 내려다보았다.

혜영의 몸이 많이 안 좋아서 아무래도 오늘 상견례는 하지 못할 것 같다는 이야기였다. 큰 병은 아니고 요즘 무리해서 그런 거라며 며칠 쉬면 나아질 것이라 하였다. 한데 이상하게 불안한 기분이 들었다. 고운의 목소리가 너무 좋지 못했던 탓일까.

책상을 톡톡 두드리며 생각에 잠겨 있던 재희는 고개를 저었다. 하긴 이 상황에 목소리가 좋으면 오히려 그게 이상한 것일 터.

재희는 나직이 한숨을 내쉬고 방을 나섰다. 아무래도 오늘 상견례를 누구보다 가장 기다렸을 고 감독에게 먼저 이야기를 해줘야 할 것 같았다.

통화버튼을 누르려다 이번에도 역시 손을 다시 움츠리고 말았다. 고운은 나직이 한숨을 내쉬며 휴대전화를 가방에 다시 집어넣었다. 몇 번이나 재희에게 말을 하고 싶었지만 차마 입이 떨어지질 않았다.

간밤에 무슨 일이 있었는지, 혜영이 도대체 왜 아픈 건지, 딴 사람도 아닌 재희에게 그런 이야기를 어떻게 할 수 있을까. 모든 일이 다 잘 마무리되면 몰라도, 지금 이 상황에서는 도저히 말할 수가 없었다.

어제부터 집은 마치 절간 같았다. 어떤 소리도 없었고, 어떤 움직임도 없었다. 그 일이 있은 후, 혜영은 안방에, 정식은 한의원에 틀어박혀 있었으며, 이환은 어디로 간 건지 행적조차 알 수가 없었다.

고운은 미음이 담긴 쟁반을 들고 안방으로 향했다. 똑똑. 가볍게 노크를 하곤 방 안으로 들어갔다. 침대에 누워 있던 혜영이 인기척에 일어나 앉았다.

"좀 어떠세요?"

"고PD한텐……."

"좀 전에 전화했어요."

고운이 혜영의 앞에 쟁반을 놓아 주고는 옆에 앉았다. 미음을 한 숟갈 떠먹는 듯 하다 차마 못 먹겠는지 혜영이 이내 힘없이 숟가락을 내려놓았다.

"너도 알고 있었니?"

아마도 이환의 일을 묻는 거겠지. 고운은 고개를 저었다.

"……아뇨."

"그럼 이환이 저 혼자."

차마 말이 나오질 않는지 혜영이 두 눈을 질끈 감았다.

"……아줌마."

"……미안하다, 정말."

"……아줌마가 왜요."

"난 정말…… 꿈에도 몰랐어. 단 한 번도 생각 못했었어. 너희들 그렇게 사이좋게 잘 자란 게 마냥 예쁘고 기특했지, 그 녀석 마음이 그런 줄은…… 정말 단 한 번도…… 생각 못했었어."

간밤, 하도 울어 퉁퉁 부은 혜영의 눈이 다시 붉어졌다. 고운은 아무 말도 않고 가만히 고개만 숙이고 있다, 미음이 담긴 쟁반을 옆 테이블 위에 놔두었다.

"······죄송해요."

"아냐. 고운이 네가 왜."

정말 몰랐다.

"별 일 없을 거예요."

"······그래, 그래야지."

"식기 전에 꼭 드세요."

고운은 조용히 문을 닫고 나왔다. 잠시 후 문 너머로 억눌린 울음소리가 숨죽인 채 흘러나왔다.

어쩌다 일이 이렇게 되어 버린 걸까.

고운은 문에 기대어 눈을 감았다.

까맣게 잊고 있었던 오래전 기억이 슬며시 떠올랐다.

"왜 진작 말 안 했어."

평소와 다르게 이환이 무척이나 흥분한 듯 보였다. 그럴 만도 했을 것이다. 이환은 오늘에서야 고운이 전학을 간다는 이야기를 들었으니까. 고운은 이환을 밀어냈다.

"엄마한테 말했어. 난 두 분, 재혼 찬성 못 하겠다고."

고운은 이환을 부르려다 말고 입을 다물었다.

"너도 사실은 그래서잖아. 그래서 전학 가는 거잖아. 아냐?"

이환이 상처 받지 않았으면 했다. 해서 그저 통영에 살고 있는 친척집에 가서 살게 되었다는 말만 했다. 만약 엄마가 살아 있단 이야기를 알면 고운이 그랬듯 이환 또한 놀라고 상처 받을 테니까. 해서 늘 그랬듯 아무런 설명 없이 이환이 고운의 의견을 존중

해 주고 따라 주길 바랐다. 고운이 어릴 적부터 봐 온 이환은 그런 사람이었으니까. 고운에게 그런 오빠였으니까. 하지만 이번만은 고운의 생각이 틀렸던 모양이다. 이환은 지금의 상황을 전혀 받아들이지 못하고 있었다. 대충 얼버무리는 것만으로 절대 물러서지 않을 것 같았다.

"아냐, 그런 거."

"그런 게 아니면, 갑자기 아무 말도 없이 그곳에 간다는 게 말이 돼? 너도 나처럼 두 분 재혼하는 게 싫어서잖아. 그렇게 되면, 우리가……"

아무래도 말을 해줘야 할 것 같았다. 어쩌면 그게 이환의 상처를 조금이나마 덜어주는 길일 지도 몰랐다. 적어도 고운이 왜 그래야만 하는지는 수긍 할 수 있을 테니까.

"……엄마가."

그 짧은 단어를 말하고서 고운은 숨을 나직이 내쉬었다. 매일 통화를 하면서도 아직도 '엄마'라는 말을 입에서 꺼낼 때면 가슴이 욱신거렸다.

"……통영에 계셔."

미동도 없이 고운을 뚫어져라 바라보던 이환이 문득 인상을 찡그렸다.

"……그게 무슨."

그런 그를 보며 고운은 떨리는 목소리로 다시 한 번 말했다.

"살아 계셔, 엄마가."

그동안 꾹꾹 담아왔던 비밀을 터뜨리고 나자 거짓말처럼 눈물이 울컥 터지고 말았다.

"……우리 엄마, 살아 있대. 오빠."

스산한 바람이 웅웅 울며 두 아이의 머리 위를 지나갔다.

그게 마지막이었다. 고운에게는. 그래서 이환도 그런 줄로만 알았다.

혜영과 정식이 재혼을 한 후, 단 한 번도 마음을 내비친 적이 없었던 이환이었으니까. 어린 시절부터 늘 그랬듯 좋은 오빠, 좋은 친구로 고운의 곁을 지켜 주었을 뿐이다. 그렇게 시간이 흘렀고, 어린 시절의 일들은 그저 한낱 추억으로만 남게 되었다. 고운이 그러했듯, 이환도 그런 줄로만 알았다. 한데 그게 아니었단다.

……어쩌면 좋을까.

눈을 감고 있던 고운에게서 무거운 한숨이 흘러나왔다.

✳

가을 햇살이 완연한 바깥과 달리 햇볕이 들어오지 않는 카페 깊숙한 곳은 조금 쌀쌀한 감이 없잖아 있었다.

"부르셨으면 제가 갔을 텐데요. 몸은 좀 괜찮으세요?"

자리에 앉으며 재희는 혜영의 안부부터 물었다. 상견례를 미루고 일주일 만이었다.

"오늘 좀 봤으면 하는데 괜찮을까요? 내가 그쪽으로 갈게요."

갑작스럽게 걸려온 혜영의 전화에 놀란 게 사실이었다. 고운을 통하지 않고 재희에게 곧바로 전화를 건 이유가 있을 것 같아 고운에게는 아무 말도 하지 않고 나온 길이었다.

"회사에 매여 있는 사람, 시간이 온전히 제 것이 아닌데 어떻게 그래."

많이 아팠다더니, 정말 며칠 새 혜영은 핼쑥해져 있었다.

"상견례 자린 정말 미안해요. 내가 몸이 좀 많이 안 좋았어요."

"괜찮습니다. 이젠 좀 괜찮으세요?"

혜영이 미소 지으며 고개를 끄덕였다. 개운치 못하고 어딘가 모르게 그늘이 진 미소라 여긴 순간, 혜영이 어렵사리 운을 뗐다.

"고운이가…… 어디까지 얘길 했어요?"

혜영의 질문을 가늠하느라 재희의 눈이 가늘어졌다. 그리고 그런 재희의 표정에서 혜영은 자신이 어디까지 이야기를 해야 하는 것인지 알아챘다.

"미안해요."

"갑자기 무슨 말씀이신지……."

"사실은 고운이 아빠와 나, 우리…… 헤어지기로 했어요."

생각지도 못했던 폭탄선언이었다.

"고운이 결혼은 시키고 그러려고 했는데 아무래도 안 되겠어서. 정말…… 내가 면목이 없어요."

괜찮다는 말을 해야 하는데 너무 놀라 그 말도 나오지 않았다.

"이야기를 해야 하나 말아야 하나 고민했는데…… 그래도 고운이랑 결혼할 사람이니 꼭 알고는 있어야 할 것 같아서."

상견례를 불과 일주일 앞두고 고운의 집에 갔을 때, 정식과 혜영이 이혼 할 것 같은 분위기는 전혀 없었다. 오히려 여타의 다른 부부들보다 훨씬 더 사이가 좋다는 느낌만 받았다. 한데 며칠 새 갑자기 이혼을 한단다. 그것도 고운의 상견례까지 연기하면서.

대체 고운의 집에 무슨 일이 있었던 걸까.

"고PD 아버님이나 가족분들께도 미리 말씀드려야 하는 게 맞는 것 같고. 숨기려면 숨길 수도 있겠지만 아무리 생각해도 그건 아닌 것 같아서 말이에요."

"……고운인 알고 있습니까?"

"고운이한테도 이제 가서 말하려고 해요."

마땅히 할 말이 없었다. 요 며칠, 고운의 태도가 그제야 이해가 되었다. 자신도 이러한데 고운은 얼마나 놀라고 당혹스러울까.

"대신 고운이 결혼 준비는 차질 없도록 내가 준비 잘 하도록 할게요. 그러니까 고운이랑 다시 상의해서 상견례 날짜, 잡도록 해요."

지이잉. 지이잉.

테이블 위에 올려 둔 재희의 휴대전화가 울려댔다. 혜영에게 양해를 구하고 재희는 전화를 받았다.

"무슨 일이야?"

〈선배, 국장님 호출이요.〉

"알았어."

전화를 끊는데 혜영이 눈시울을 닦던 손수건을 치우며 애써 미소를 지어 보였다.

"바쁜 사람 붙잡고 얘기가 길어졌네. 우리, 그만 일어나도록 하죠."

괜찮다고 했지만 혜영이 먼저 가방을 들고 자리에서 일어섰다.

방송국으로 돌아와 엘리베이터를 기다리던 재희는 비상계단으로 향했다. 머릿속이 복잡해 혼자 생각할 시간이 필요해서였다.

"고 피디, 정말 미안해요. 내가 면목이 없어요."

헤어지기 전, 혜영은 금세라도 눈물을 쏟을 것 같은 얼굴을 하고서 재희에게 다시 한 번 사과를 했다. 몸이 아팠던 것도, 이혼을 하겠다는 것도, 재희에게 미안하다고 할 게 아님에도 말이다.

……어쩌면 혜영이 털어놓은 게 다가 아닌 걸까. 재희에게 차마 말할 수·없는 다른 뭔가가 있었던 걸까.

한 층 한 층 무심히 올라가는데 별안간 쾅 하는 문소리가 들렸다. 재희는 그제야 고개를 들어 층 수를 확인했다. 한 층만 더 올라가면 라디오국이었다. 발자국 소리가 더는 들리지 않는 걸 보니 누군가 전화 통화를 하러 나온 모양이었다.

"야, 서이환. 너 전화는 왜 안 받아?"

계단을 오르던 재희의 걸음이 멈췄다.

"너, 인마. 그리고 어떻게 된 거야?"

그러고 보니 귀에 익은 목소리다. 홍순태였다.

"야, 좀 전에 어머님 전화 오셨어. ……알고 계시더라. 네가 언제부터 고운이…… 아씨, 진짜. 야, 인마. 너 설마 다 터뜨린 거야? 아니지? 이 자식아. 너 진짜 어쩌려고 그래? 대체 뭔 짓을 한 거야! 어? 내가 정리하라고 했었잖아. 아무도 모르게, 네 선에서, 그냥 너 혼자만 마음 정리하면 모든 게 다 깨끗하게 끝난다고. 어머님까지 알게 되었으니 이제 어쩔 거야, 어? 설마 고운이도 아냐? 연주한테 들으니까 고운이 상견례도 못 했다며. 그거 설마 너 때문은 아니지? 서이환. 너, 정말 딴 생각하면 안 된다. 야, 너 이러다 재희 형한테까지 이 얘기 들어가면 어쩌려고 그래? 하여간에 이 미친놈아, 이거 듣는 대로 나한테 바로 전화해. 알았어?"

전화를 끊고 미치겠다는 말이 몇 번이나 계단에 울리더니 이윽고 다시 쾅 하는 문소리가 들려왔다. 그리고 계단은 다시 조용해졌다.

석상처럼 미동도 없이 가만히 서 있던 재희는 다시 걸음을 뗐다. 하지만 채 몇 걸음 올라가지도 못하고 다시 멈춰 서고 말았다.

그제야 모든 퍼즐이 맞춰졌다. 고운은 물론이고 혜영까지 왜 그리 그에게 미안해했는지, 모두 확실하게 알게 되었다.

차라리 듣지 말았어야 했다.

결코 들어서는 안될 말을 들어 버린 거였다.

고운은 대문을 열었다. 며칠 새 두 뺨이 쑥 들어갈 정도로 초췌해진 모습으로 정식이 서 있었다.

"……들어오세요."

고운이 비켜서자 정식이 비틀거리며 안으로 들어왔다. 옅은 술 냄새가 났다. 아마도 어젯밤, 과음을 한 모양이다. 고운은 주방으로 들어가 꿀물을 타 마루로 내왔다. 한데 정식은 올라오지도 않고 그저 툇마루에 덩그러니 앉아 있었다. 구부정한 등이, 앞으로 기울어진 어깨가 참으로 작고 외로워 보였다. 세상 천지에 부녀가 다인 가족이었기에 늘 서로에게 애틋했고 각별했었다. 하지만 둘만의 그 견고했던 울타리는 이미 오래전에 무너져 버렸다. 그저 예전처럼 착하고 말 잘 듣는 딸 흉내를 냈을 뿐이다. 때로는 아버지가 미워서 견딜 수가 없었다. 그럼에도 불구하고 저렇게 허깨비처럼 앉아 있는 정식의 그늘진 등을 보고 있자니 마음이 불편해 견딜 수가 없었다.

"한의원은요."

꿀차를 내려놓으며 고운은 정식의 옆자리에 앉았다. 고운의 말에 대답도 않고 멍하니 마당만 보고 있던 정식이 나직이 중얼거렸다.

"이혼하잔다. 그 사람이."

고운은 잠시 멍해졌다. 아무 말도 할 수 없었다. 혜영이 설마 그런 결정을 내릴 줄은 몰랐다.

"……그래서 말인데, 네가 좀 도와줄 순 없겠니?"

고운의 시선이 정식에게로 향했다. 정식이 간절한 눈빛으로 고운을 보고 있었다.

"……네가, 혜영이, 그 사람 설득 좀 해 줘. 이혼하지 말라고."

"……."

"내가 아무리 부탁을 해도, 사정해도 안 된다. 그 사람 마음이 바뀌지가 않아. 그러니 고운아, 네가 그 사람한테 그러지 말라고 말 좀 해주려무나."

고운은 주먹을 꼭 말아 쥐었다. 그러면 안 된다는 걸 알면서도 마음이 울컥 흔들렸다.

"난 그 사람 없인 안 된다. 그 사람 없으면, 못 살아. 난."

더는 참을 수가 없었다.

"……제가 왜요?"

골목길을 올라오자 숨이 찼다. 혜영은 문득 하늘을 올려다보았다. 하늘은 높고 푸르고 햇살은 좋으며 부드러운 미풍이 부는, 완연한 가을 날씨였다. 그 아래, 세월의 흔적이 고스란히 남아 있는 한옥 집이 보였다. 혜영은 마른 침을 삼켰다.

고운의 얼굴을 보는 게 예전처럼 쉽지가 않았다.

무슨 말을 어디서부터 어떻게 꺼내야 할지 막막하기만 했다. 하지만 꼭 해야만 하는 일이었다. 이환의 취중 고백에 까무러칠 정도로 놀랐으면서 시간이 흐를수록 마음은 차분해졌다.

만약 고운의 마음 또한 이환과 같다면 어떻게 해야 하는 걸까. 다른 누구에게도 아닌 스스로에게 솔직하게 물어보았다.

그래, 고운의 마음 또한 이환과 같다면…… 만약 정말 그렇다면 어떻게든 해주고 싶었던 마음이 들었던 것도 사실이었다. 그래서 고운에게도 혹시나 해서 물어본 것이었다. 이환의 마음을 혹시 너는 알고 있었느냐고. 너 또한 이환의 마음과 같으냐고.

"아뇨."

고운의 대답은 짧았다. 그리고 확고했다. 대답은 짧았지만 그것만으로도 충분했다.

자신은 결코 이환과 같은 마음이 아니라고. 고운의 눈빛을 읽고 나서야 아차 했다. 자신이 고운에게 지금 무슨 질문을 한 건지. 사랑해서 결혼할 사람이 있는 아이에게 너무도 무례한 질문이었다.

그러므로 이런 결정을 내린 건 두 아이가 어떻게 되길 바라는 마음에서 하는 일이 결코 아니었다. 그저 죄책감 때문이었다. 엄마로서 아들이 그렇게 힘들어하는 동안 까맣게 모르고 있었다는, 그저 혼자만 행복했다는 미안함, 아니 그 말로도 부족한 죄스러운 마음. 단지 지금이라도 아들을 오랜 시간 얽어매고 괴롭혔던 족쇄를 풀어주고 싶었을 뿐이었다.

혜영은 나직이 심호흡을 하고 고운의 집 대문 앞에 섰다. 초인종을 누르려는 순간, 안에서 감정 섞인 고함 소리가 터져 나왔다. 그러고 보니 대문이 열려 있었다.

"도대체 그게 무슨 말이냐? '왜요' 라니? 설마 너도 이환이와 같은 마음인 거냐? 그래서 그래?"

정식이었다.

"왜 대답을 안 해. 우리가 이혼하면, 너희들 어떻게 하기라도 하겠단 거야? 말도 안 돼! 너희들 남매야! 피는 안 섞였더라도 엄연히 남매란 말이다!"

정식이 단단히 화가 나 고운에게 소리를 지르고 있었다.

혜영은 눈을 질끈 감았다.

저 양반이 정말, 어떻게 아이 앞에서 저런 소리를 하는 걸까.

"이혼해요, 우리."

혜영의 말에 정식은 펄쩍 뛰었다. 절대 안 된다고, 그렇게는 못한다고, 사정도 하고 화도 냈었다. 그래도 혜영의 마음이 돌아서지 않으니 고운에게까지 와서 부탁을 하려고 했던 모양이다. 오죽하면 저럴까. 순간 마음이 울컥 흔들렸다. 하지만 그렇다고 해서이제 와 결정을 바꿀 수는 없었다. 이대로 두면 정식의 말에 가뜩이나 편치 않을 고운의 마음까지 더 상하게 되리라. 서둘러 들어가 정식을 말리는 편이 나았다. 이건 어디까지나 정식과 혜영이해결해야 할 문제였다.

"엄마 때도 이러셨어요?"

밖으로 흘러나오는 고운의 소리에 대문을 밀던 혜영의 손이 멈칫했다.

"이렇게 간절하셨냐고요."

고운의 목소리가 가늘게 떨리고 있었다.

"아줌마한테 사정도 해 보고 부탁도 해 봤다면서요. 근데 엄마한테는 어떻게 하셨어요?"

"……고운아."

"할머니한테 제발 그만 좀 하라고 사정도 해 보고, 엄마보고 돌아오라고 설득도 해 보고, 지금처럼, 아줌마한테 그랬던 것처럼, 엄마…… 우리 엄마, 간절하게 필사적으로 붙잡아 봤어요?"

"난 할 만큼 했다. 내 가정 지키려고, 어떻게든 지키려고 할 수 있는 건 다 했어. 그걸 깬 사람은 바로 네 엄마였고."

침묵이 흘렀다. 그리고 그걸 깬 건 고운의 실소였다.

"할 만큼 했다구요?"

"……고운아."

"아뇨, 천만에요. 아빤 어쩌면 엄마가 집 나갔을 때, 차라리 잘 됐다…… 그렇게 생각하셨을지도 모르니까."

"너…… 지금, 도대체 무슨 말을……."

"아줌마 없으면 못 산다고요? 안 된다고요? 근데 엄마 없인 어 떠셨어요? 잘 사셨잖아요. 심지어 멀쩡하게 살아 있는 엄마, 나한 테 죽었다고까지 하면서, 그렇게 잘 사셨잖아요!"

고운답지가 않았다. 삼십 년을 봐 왔지만 이렇게 흥분해 바락바 락 고함을 지르는 모습은 혜영도 처음 보았다.

"알아요. 아버지가 아줌마 얼마나 좋아하는지. 어쩔 수 없이, 내가 생겨서, 억지로 결혼했던 엄마와 달리 아줌만 진심으로 사랑 하는 거."

"……그만하자. 그렇잖아도 아줌마 때문에 힘든데."

"아뇨. 사실 늘 궁금했었어요. 엄마 집 나갔을 때, 아빠 마음은 어땠을까. 어차피 아빠가 좋아한 사람은 따로 있으니까, 엄마가 집을 나가든 말든, 그러니 죽었든 살았든 아무 상관없었던 거 아 니냐고요!"

"……그만해!"

"차라리 저 낳지 말지 그러셨어요. 어차피 사랑 따위 없었던 하룻밤 관계였을 뿐이잖아요. 애초에 엄마한테 나 지우라 그러시지, 왜 책임진다 그랬어요? 책임진다 했으면 끝까지 책임졌어야지! 날 핑계로 결혼해 놓고, 엄마 외롭게 방치하고, 사별하고 돌아온 첫사랑은 너무도 애달프고 애틋해서! 그래서 할머니한테 학대 받는 엄마는 나 몰라라 하다 엄마가 집 나가 버리니까, 그래, 차라리 잘 됐다. 엄마 버리고 아줌마랑 새로 시작해보고 싶은 거 아니셨냐고요!"

짝!

공기를 가르는 날카로운 소리에 혜영은 흠칫하며 눈을 질끈 감았다. 그녀의 어깨가 부들부들 떨렸다. 자신이 맞은 것처럼 얼굴이 화끈거려 견딜 수가 없었다.

"네가 어떻게…… 어떻게 나한테……."

"그럼 아빠 어떻게 나한테 이래요! 이런 부탁을 나한테 어떻게 해요!"

고운이 지지 않고 비명 같은 고함을 바락 내질렀다.

"엄마, 왜 집 나간 줄 아세요? 그 어린 날 두고, 엄마가 어떤 마음으로 집을 나간 줄은 아시냐고요!"

고운이 흐느끼고 있었다.

"아빠랑 아줌마, 그리고 할머니. 세 사람이 그렇게 만들었잖아요."

"……뭐?"

"오래전부터 아줌마 좋아했죠? 아빠 첫사랑, 아줌마라면서요."

"……."

"그거, 엄마가 몰랐을 거 같아요? 아빠 사랑 한 번도 못 받고, 할머니한테 늘 구박받으며 전전긍긍하던 엄마가, 아줌마를 보면서 무슨 생각을 했을 것 같아요? 세상에 어떤 여자가, 자기 남편 옆에 오매불망 못 잊는 첫사랑이 있는 걸 감당할 수 있어요? 그것도 남편 사랑 한번 받아 보지 못한 사람이! 아줌마가 옆에 있는한, 아빠한텐 엄마는 시간이 아무리 흘러도 그냥 단순히 하룻밤 실수로 내 발목 틀어잡은 사람, 그 이상, 그 이하도 아닌데, 무슨수로 그걸 버려요!"

혜영은 입을 틀어막았다.

"모르셨죠? 몰랐으니까 살아 있는 엄말 죽었다고 감쪽같이 속였겠죠. 그 때문에 난, 그 긴 세월동안 엄마 얼굴 한 번도 못 보고, 살아 있는 엄말 죽었다고 생각하고 자랐어요. 나한테 엄말 그렇게 뺏어간 사람이 다름 아닌 아빠였어요. 내가, 지금도, 정말, 엄마 얼굴 한 번도 못 보고, 그렇게 엄마를 보냈을지도 모른다는 생각을 하면, 지금도 자다가 벌떡벌떡 일어나요. 여기가 콱 막혀서!"

혜영은 천천히 자리에 주저앉았다.

"근데 나더러 아줌마를 붙잡아 달라고요. 아줌마한테 우리 아빠랑 헤어지지 말라고 사정이라도 해보라구요. 도대체 내가 왜요? 내가 왜 그래야 하는 건데요?"

그래서였구나.

그래서 고운이 달라졌던 거구나. 늘 순하고 착하던 그 아이가 예전과 달리 왜 그렇게 멀게만 느껴졌는지, 이제야 알게 되었다.

혜영은 간신히 문을 잡고 자리에서 일어났다. 더는 이 자리에 있어서는 안 될 것 같았다. 겨우겨우 걸음을 떼 뒤돌아서는데 등 뒤에서 '끼익' 하고 대문 열리는 소리가 들려왔다.

"……아줌마."

먹먹한 고운의 말소리도 들려왔다.

더는 견딜 수가 없었다. 어디서부터 뭐가 어떻게 잘못된 걸까. 눈물범벅이 된 얼굴로 혜영을 바라보던 고운이 그녀를 지나 골목 아래로 뛰어 내려갔다. 혜영은 자리에 주저앉아 아이처럼 울음을 터뜨렸다.

"무슨 깡술을 그렇게 먹어. 이건 서비스니까 국물이라도 좀 떠먹으면서 먹어. 속 다 버려."

주인 아주머니가 소주 한 병과 홍합이 가득 담긴 국물을 내려놓고 갔다. 재희는 선심 써서 챙겨 줬을 홍합탕에는 손도 대지 않고 새로운 소주를 따서 빈 잔에 따랐다.

조르르, 맑은 빛깔의 술이 이내 한가득 차올랐다. 재희는 술잔을 들어 한입에 깨끗하게 비워냈다.

그러고 보니, 그게 언제였더라.

고3 때였던가. 그래, 그때였을 것이다. 여름방학이었지, 아마.

방송반 MT를 가기 위해 기차역으로 갔다가 정말 우연히 그 아이 만났다. 단 한 번도 누구에게 말한 적 없었지만 그날, 좁은 기차 안에서 나란히 딱 붙어 앉아 가던 그때의 기분은 정말 날아갈 것만 같았다. 그러면서도 행여나 두근거리는 심장 소리가 나란히 앉은 그 아이에게까지 들릴까 싶어 얼마나 가슴 졸였었는지 모른다. 태어나 그런 기분은 난생 처음 느껴보는 것이기도 했다.

재희는 피식 웃으며 술병을 기울였다.

밤이 늦도록 캠프파이어를 했었다. 벌칙으로 청소를 하러 남았던 그 아이를 도와주러 해변으로 다시 갔을 때, 그래, 그때 처음 오늘과 똑같은 경험을 했었다. 이환이 단발머리 그 아이에게 짧게 입을 맞추던 그 광경. 저도 모르게 뒤돌아섰던 그때의 기분.

그리고 그때와 똑같은 경험을 또 한 번 겪었다.

충동적이었지만 오늘이 아니면 두 번 다시 말할 수 없을지도 모른다는 두려움에 휩싸였던 그 밤. 정신없이 그 아이를 보러 그 아이의 집으로 뛰어갔을 때였다. 한데 재희보다 먼저 그 아이를 기다리고 있던 이가 있었다.

"난 절대 안 된다고 할 거야. 너랑 내가 어떻게 남매가 돼!"

평소답지 않게 흥분해서 어쩔 줄을 몰라 하던 그 소년의 마음 또한 알 것 같아 그대로 비겁하게 뒤돌아서고 말았던 그 밤. 집에 돌아오던 길, 바람은 유난히 차가웠었다.

부디 끝이었으면 했다. 그리고 그렇게 끝난 줄로만 믿었다. 한데 불행히도 그게 끝이 아니었던 모양이다.

고운에게선 여전히 아무 연락이 없었다. 그 어떤 말도 하지 않았다. 그저 미안하다고만 했을 뿐.

재희는 허탈한 미소와 함께 술잔을 들었다.

깊은 밤 골목길은 조용했다. 시동을 끄고서 현석은 옆자리에 앉은 재희를 돌아보았다.

"우리 형, 상견례 못 했어요. 사돈어른이 편찮으시대요."

그렇잖아도 상견례 잘 끝났냐며 안부 전화를 해 보려던 차였다. 한데 재영에게서 뜻밖의 놀라운 이야기를 들었다. 어찌된 일인지 궁금해서 라디오 끝나는 시간에 맞춰 전화를 했더니 뜻밖에 전화를 받은 이는 방송국 앞에서 포장마차를 운영하고 있다는 아줌마였다.

〈마침 잘 됐네. 무슨 속상한 일이 있는지 오자마자 강술을 그렇게 마시더니만, 여기 완전히 뻗어 있어요. 좀 데려가요. 이러다나, 문도 못 닫겠네.〉

설마하니 그래도 다른 사람도 아닌 고재희인데 그랬을까. 누구보다 자제력이 강한 녀석이 아니던가. 다른 사람들에게 흐트러진 모습 보이는 걸 죽기보다 싫어하는 자식이었다. 한데 그런 녀석이 전화도 못 받을 만큼 인사불성으로 취해 있다고? 말도 안 되는 일이었다. 그래도 혹시나 해서 그길로 달려갔더니 놀랍게도 재희는 포장마차 주인 말대로 이미 정신을 못 차릴 만큼 잔뜩 취해 있었다.

"……여기가 어디야? 북촌. 북촌으로 가, 인마."

집으로 싣고 갔더니 그렇게 만취가 되어서 결국 찾는 곳은 북촌이었다. 이고운이 아마 이곳에 산다고 했었지?

시간이 늦긴 했지만 아무래도 고운에게 전화를 걸어봐야 할 것 같았다. 현석은 품을 더듬었다. 그런데 너무 급하게 달려오느라 휴대전화를 놓고 온 모양이었다.

"아, 진짜……."

후. 현석은 고개를 설레설레 젓다 재희의 품을 뒤져 휴대전화를 꺼냈다. 하지만 암호가 설정되어 있어 도무지 열어 볼 수가 없었다.

"진짜 가지가지 하네."

하는 수 없었다. 현석은 재희를 흔들어 깨웠다.

"야, 고재희. 야, 인마. 일어나 봐. 네가 말한 대로 고운이 동네 다 왔어."

몇 번을 있는 힘껏 흔들어 깨웠더니 녀석의 눈꺼풀이 깜빡이고 이내 어렴풋 눈을 뜬다.

"야, 여기 북촌이야. 고운이 집이 어딘데? 전화라도 한번 해볼까?"

현석의 말에 재희가 창밖을 물끄러미 내다보았다.

"근데 이 시간에 잘 텐데. 벌써 새벽 세 시다."

아무 말도 없이 창밖만 보던 재희가 나직이 물었다.

"……내가 여기로 오자고 했다고?"

목소리가 꽉 잠겨 까칠했다.

"그래, 인마. 아까 니네 집으로 갔더니 북촌으로 가라고, 어찌나 난리를 쳐대는지."

재희는 다시 입을 꾹 다물고 창밖, 어둠에 쌓인 골목길을 올려다보다 차문을 열었다. 현석이 따라 내려 재희에게로 다가가 부축했다.

"……됐어, 가."

"야, 너 혼자 갈 수 있겠어?"

괜찮다는 듯 피식 웃으며 현석의 손을 뿌리치고 재희는 힘겹게 걸음을 뗐다. 비틀거리며 한 발짝 한 발짝 그렇게 골목길을 올라갔다. 하지만 얼마 가지 못하고 금세 비틀거리다 벽에 기댔다.

"야! 괜찮아?"

현석이 달려와 재희를 붙잡았다.

"너, 무슨 일 있지? 도대체 뭐야?"

현석이 묻는 말에 대답은 않고 재희는 벽에 고개를 기댔다. 후우. 긴 한숨이 새어나왔다.

"……미치겠다. 진짜."

뭐가 이렇게 복잡하고 어렵냐. ……사랑이란 거.

"재희야. 정말 왜 그래? 말을 해야 알지. 어?"

그러게. 차라리 속 시원히 말이라도 꺼낼 수 있으면 좋으련만.

차마 입 밖으로 꺼내지 못하는 말을 한숨과 함께 삼켜 버리고 재희는 다시 힘겹게 걸음을 뗐다.

서로의 손을 잡고, 걸음을 맞추고, 때론 팔짱을 끼고, 어깨를 감싸 안곤 했던, 고운과의 수많은 추억이 담긴 길이었다. 그 길의 끝에서 고개를 들었다. 대문은 굳게 닫혀 있었다. 습관처럼 도어락을 누르려다 결국 다시 손을 거두고 말았다. 대문에 기대어 있던 재희는 휴대전화를 꺼냈다.

—AM 03:28

평소 같았으면 절대 전화를 하지 않았을 시간. 하지만 오늘은
그러고 싶지 않았다. 통화버튼을 누르자 몇 번의 신호 끝에 고운
의 목소리가 들려왔다.

〈여보세요.〉

여태 자지 않았던 걸까. 고운의 목소리는 차분했지만 잠이 묻어
있진 않았다.

"……응."

〈선배, 아직 안 잤어요?〉

"……응. 넌?"

〈책 좀 보느라. 시간이 이렇게 된 줄도 몰랐네.〉

재희의 입가에 미소가 어렸다. 조금 전, 머리 터지게 복잡하고
괴로웠던 일들도 거짓말처럼 고운의 목소리를 듣자마자 생각이
하나도 나지 않았다.

"얼른 자. 책은 내일 읽고."

〈그래야지. 선밴, 술 마셨어요?〉

"……응. 조금."

〈방송국 사람들이랑?〉

"……아니. 현석이."

〈왜, 무슨 일 있었어?〉

"……그냥."

〈피곤하겠다. 얼른 들어가서 자요. 지금 어딘데?〉

너희 집 앞. 재희는 씁쓸한 미소를 지으며 이마를 짚었다.

"집에 들어가는 중."

〈응. 그럼 조심해서 들어가요.〉

"……고운아."

〈응.〉

재희는 나직이 심호흡을 했다.

"……오늘, 어땠어?"

잠시 침묵이 흘렀다. 그리고 이내 평소와 똑같은 고운의 말소리가 들려온다.

〈……그냥. 똑같았어요. 선밴?〉

똑같았다. 재희는 두 눈을 꾹꾹 눌렀다. 피로가 한순간에 몰려오는 것 같았다.

〈선배?〉

고운이 다시 그를 불렀다.

"……나도 그랬어. 아무 일 없이…… 그냥 그랬어."

〈다행이네.〉

"……그러게."

고운의 말에 맞장구를 치며 재희는 이마를 쓸어 올렸다.

"……저녁은 뭐 먹었어?"

〈그냥, 밥. 선밴?〉

"난…… 글쎄, 뭐 먹었나. 기억이 잘 안 나네."

〈큰일이네. 술 많이 마셨구나.〉

"그러게. 얼른 가서 자야겠다."

〈응. 얼른 가서 자요. 피곤하겠다.〉

"고운아."

〈……응.〉

"이고운."

고요한 가운데 어디선가 개 짖는 소리가 들려왔다. 그리고 이윽고 다시 잠잠해졌다.

"……밥, 잘 챙겨 먹어. 귀찮다고 끼니 거르지 말고."

사랑해.

〈응. 선배도.〉

"……아프지 말고."

사랑해.

〈그럴게. 선배도 무리하지 말고.〉

"……그래. 그럼 끊는다."

〈응. 내일 또 통화해요.〉

전화가 끊어졌다. 재희는 눈을 감으며 대문에 고개를 툭 기댔다.

"……보고 싶다, 이고운."

"그럼 이걸로 계약할까요?"

직원이 싱긋이 웃으며 재희와 고운을 보았다. 재희의 눈길이 고운에게로 향했다. 무슨 딴 생각을 하는 건지, 요즘 고운은 불러도 모르기 일쑤였다.

"……고운아."

손을 잡자 고운이 움찔거리며 고개를 들었다. 무슨 이야기가 오갔는지 놓친 터라 당황한 낯빛이었다.

"이걸로 계약할까. TV랑 냉장고랑 세탁기랑 같이."

재희의 말에 고운이 미소 지으며 '응' 하고 대답했다.

"그래, 그럼 이걸로 하자."

계약서를 쓰고 계산을 하고 백화점을 나왔다. 방송국에 들어가기 전에 함께 근처 식당에서 점심을 먹었다. 모든 게 평소와 비슷했다.

"가구는 주말에 보러 갈까."

"응."

"우리, 신혼여행은 어디로 가지?"

"글쎄…… 유럽이 좋을까. 아니면 하와이? 난 아무 곳이나 괜찮아요."

"그래. 참, 청첩장 몇 장 찍을지 그것도 대충 계산해야지."

밥 먹는 동안 결혼에 대해 이런저런 이야기를 했다. 점심을 먹고 고운의 집으로 가는 동안에도 마찬가지였다. 요즘 어떤 영화가 인기라더라, 무슨 드라마가 그렇게 재밌다던데 봤냐. 그리고 결혼 준비로 정신이 없을 텐데 번역 일도 새로 하나 맡았다며, 급하지는 않은 거라 큰 무리는 없을 거라고 웃기도 했다.

오늘도 온통 시시콜콜한 이야기들뿐이었다. 정작 재희가 알고 싶은 이야기는 역시 하지 않았다.

"무슨 일 있었어?"

"아뇨."

상견례는 결국 하지 않기로 했다. 그리고 고운은 고집스레 아무일 없었던 것처럼 바쁘게 일도 하고 그 와중에 결혼 준비를 하나씩 해나가고 있었다.

불안했지만 기다렸다.

때가 되면 고운이 자연스럽게 말을 해 주리라, 재희는 그렇게 믿었다.

고운을 집에 데려다주고 가던 길에 재희는 문득 차를 세웠다.

―별이 빛나는 다방.

낯익은 그곳의 창문이 활짝 열려 있었다.

가게 테이블을 닦고 바닥 청소를 할 때였다. 땡그랑. 풍경 소리에 영철은 고개를 들었다.

"손님, 죄송한데 아직 영업시간이 아니라서……."

손님인 줄 알았던 영철의 얼굴이 이내 환해졌다. 지난번에 분명 본 적이 있는 이였다.

"어! 안녕하세요? 고운 씨 남자 친구 맞죠?"

이름이 고……재희였던가. 라디오PD라고 했던 기억도 났다.

"네."

재희도 미소 지으며 인사했다.

"아, 이럴 게 아니라 여기 앉으세요. 청소 중이라서 조금 지저분하긴 하지만. 하하, 잠시만요. 차 좀 내올게요."

재희를 창가 테이블로 안내하고서 영철이 금세 따뜻한 차를 내왔다.

"국화차예요. 이맘때면 국화차 향이 정말 좋거든요. 한번 드셔 보세요."

노란 국화가 동동 떠 있는 국화차는 영철의 말처럼 향이 정말 좋았다. 국화차를 한 모금 마시고 내려놓고서 재희는 본격적으로 그가 오늘 이곳에 온 이유를 밝혔다.

"사실은 부탁드릴 일이 있어서 찾아뵈었습니다."

✽

"감사합니다."

서점을 나오자 어느새 하늘이 제법 어둑해져 있었다.

빠앙빠앙. 여기저기서 울려대는 경적 소리에 고운의 시선이 도로로 향했다. 주말이라 그런지 도로는 차들로 꽉 막혀 있었다. 시계를 잠시 보다 고운은 지하철로 걸음을 돌렸다. 재희와의 약속 시간까진 시간이 꽤 넉넉하게 남아 있지만 그래도 지하철이 빠를 것 같았다.

평온하다면 평온한 날들이었다. 그날 이후, 혜영과 정식에게는 어떠한 소식도 들리지 않았다. 이환도 마찬가지였다.

고운은 그동안 있었던 일들을 애써 무시하기라도 하듯 평소와 다름없는 생활을 해 나갔다. 지난 일주일 동안, 남훈의 부탁으로 중국 측 영화사 사람들 통역을 해주었으며, 그 일이 끝나자마자 출판사에서 새로운 번역 일도 받아 왔다. 그 와중에 결혼 준비도 차곡차곡 해 나갔다. 차라리 그렇게 일에 파묻혀 정신없이 시간이 흘러가는 편이 나았다.

지이잉.

고운은 가방에서 휴대전화를 꺼냈다. 남훈이었다.

〈중국 영화사 측에서 연락왔었어. 누나한테 너무 고마웠다고, 다음번에 중국 오면 거하게 한턱 쏘겠대.〉

"그랬어?"

〈어디, 밖이야?〉

"책 좀 사러 서점 나왔다 들어가려고."

〈그래? 나 스케줄 다 끝났는데 저녁 같이 먹을까, 그럼?〉

"선배랑 저녁 같이 먹기로 했어."

〈그럼 나도 끼워 줘. 셋이 같이 먹어도 되잖아.〉

"다음에."

〈에이.〉

전화 속에서 남훈이 아이처럼 투덜거렸다. 카드를 꺼내 개찰구로 향하는데 남훈이 '누나' 하며 불렀다.

〈상견례는 다시 안 잡아? 재희 형네에선 아무 말 안 해?〉

대답하기 곤란한 질문을 던져 놓고 정작 남훈의 목소리는 해맑기 그지없었다.

〈설마 서초동 아줌마 아직 많이 편찮으신 거야?〉

"……응. 좀."

〈큰일이네. 연세가 있으셔서 그런가? 누나가 잘 좀 챙겨드려.〉

혹시나 또 다른 질문을 할까, 고운은 황급히 말을 돌렸다.

"남훈아, 지하철 왔나 봐. 나중에 통화해."

〈알았어. 재희 형이랑 저녁 맛있게 먹어.〉

남훈과의 통화를 서둘러 끊고서 고운은 나직이 한숨을 내쉬었다. 오지도 않는 지하철을 핑계 대고…… 참 한심했다. 하지만 재희에게 그렇듯 남훈에게도 이런저런 시시콜콜한 이야기를 할 수가 없었다. 남훈은 정식과 진숙이 남들처럼 평범하게 사랑해서 결혼하고, 또 그 사랑이 식어 이혼을 한 줄로만 알았다. 진숙이 어떤 이유로 고운을 두고 집을 나왔고, 왜 이혼을 했으며, 어떤 상처를 안고 살았는지는 몰랐다. 한데 이제 와 그런 이야기를 남훈에게 어찌 할까.

물끄러미 휴대전화를 내려다보는데 액정이 환해지며 문자가 들어왔다.

　―약속, 안 잊었지? 일곱 시, 별이 빛나는 다방.

재희였다. 고운의 입가에 자연스레 미소가 깃들었다.

　―응. 서점 왔다가 지금 가는 길. 이따가 봐요.

문자를 보내고 고운은 개찰구를 통과해 지하철역으로 내려갔다.

이야기를 할까 말까. 혼자 수없이 되물었던 질문이었다. 하지만 늘 망설이다 결국 아무 말도 못 하고 말았다.

자신이 없었다.

이환이 어떤 폭탄을 터뜨렸고, 그런 이환 때문에 혜영과 정식이 이혼할 것 같다는 걸, 다른 사람도 아닌 재희에게 어떻게 말할 수 있을까. 단순히 혜영과 정식이 이혼을 하게 되었다는 이야기만 전할 수가 없었다. 상견례 전날까지 그렇게 사이가 좋았던 부부였는데 하루아침에 갑자기 이혼을 하게 되었다니, 상식적으로 납득이 되지 않는 이야기였다.

어쩌면 재희도 서초동에 어떤 일이 생겼다는 걸 직감적으로 느꼈을지도 모른다. 하지만 그는 어떤 것도 묻지 않고 평소처럼 고운을 대해 주었다. 바빠서 잘 보지는 못하지만 밥은 먹었는지, 오늘 어떤 일이 있었는지, 다른 연인들과 똑같이 서로의 안부를 주고받고 사소한 이야기를 나누었다. 하지만 정작 중요한 이야기는 둘 중 누구도 꺼내지 않고 있었다.

사실 서초동의 복잡한 일들보다 정작 고운을 힘들게 하는 건 재희에게 비밀이 생겼다는 것이었다. 혹시나 재희가 서초동에 무슨 일이 있는지 묻지는 않을지, 늘 조마조마했다. 아침에 일어나면 오늘은 이야기해야지, 마음을 먹었다가도 막상 재희의 목소리를 들으면 차마 입이 떨어지지 않았다.

끼이익.

고운이 이런저런 생각을 하는 동안 지하철이 들어와서 멈춰 섰다. 스크린 도어가 열리고 고운은 사람들과 함께 지하철에 탔다. 문 앞에 자리를 잡고 서서 멍하니 바깥을 내다보다 이어폰을 꺼내 귀에 꽂았다. 휴대전화로 라디오 어플을 켰다. 노래가 끝나고 DJ의 목소리가 들려왔다.

[여러분. 하얀 거짓말이란 거 아시죠? 상대를 위해 하는 거짓말. 나

쁜 의미는 절대 아니죠. 혹자는 착한 거짓말, 좋은 거짓말이라고도 하더
라고요. 근데 사실 전 잘 모르겠어요. 아무리 좋은 의미에서 그랬다곤
해도 거짓말은 거짓말이잖아요. 더군다나 사랑하는 사람 사이에서 하
얀 거짓말이라…… 음, 전 정말 제가 사랑하는 사람이 저한테 그러면
너무너무 속이 상할 것 같아요. 좋은 일이든, 나쁜 일이든 솔직하게 말
해 줬으면 좋겠어요. 전 사랑하는 사람들 사이에서 가장 중요한 건 상
대에 대한 신뢰라고 생각하거든요. 그렇잖아요. 믿음이 깨져 버리면 사
랑이 어떻게 지속될 수 있겠어요.]

그래. ……아무래도 말을 해야 할 것 같다. 그런데 대체 무슨 말
을 어디서부터 해야 하는 걸까. 과연 고운의 이야기를 들었을 때 재
희가 이해를 해줄까. 차라리 그냥, 영원히 숨기는 편이 낫지 않을까.

지이잉. 지이잉.

생각에 잠겨 있던 고운은 움찔거리며 휴대전화를 내려다보았
다. 전화가 오고 있었다. 혜영이었다. 덜컥 겁부터 났다. 받지 말
까. 또 무슨 이야기를 하려는 걸까. 고민을 하는 사이에 끈질기게
이어지던 전화가 뚝 끊겼다. 차라리 다행이다 싶었다. 한데 안도
의 한숨을 채 거두기도 전에 다시 전화가 울렸다.

순간, 이유 없이 불안한 기분이 들었다. 고운은 망설이다 전화
를 귓가로 가져갔다. 고운이 '여보세요' 라는 말을 하기도 전에 울
먹이는 소리가 들려왔다.

〈고운아. 혹시 이환이랑 연락해 봤니?〉

"……아뇨."

〈고운아. 이를 어쩌면 좋아. 이환이가 도무지 연락이 되질 않아.〉

불안한 기분은 어김없이 들어맞곤 했다. 이번도 마찬가지였다. 심장이 쿵쿵 뛰기 시작했다.

"……그게 무슨 말이에요? 연락이 안 된다니. 언제부터요?"

〈벌써 일주일이 넘었어.〉

"……근데 왜 이제."

〈그냥, 저도 놀라서 마음 정리하러 갔겠거니, 하루이틀이면 돌아오겠거니 했는데…… 이렇게 오랫동안 연락이 안 될 줄 몰랐어. ……실은.〉

"……."

〈고운이 너희 엄마 이야기. 그 양반이랑 내가 얘기하는 걸, 내가 이혼하겠다고, 이렇게 더는 못 산다고, 너희 엄마 이야기를 하는 걸, 이환이가 들었어. 고운아.〉

이환이 알아버렸다.

그날, 그 불편한 기억이 조각조각 다시 떠올랐다. 이성을 잃고 십여 년을 혼자만 담아 놓았던 그 비밀을 온갖 악다구니를 써가며 정식에게 퍼부어댔었지. 한데 그 모든 이야길 이환도 알아버렸다고?

〈그럼 안 되는데 자꾸만 불안한 기분이 들어서, 고운아, 우리 이환이 어쩌면 좋아. 순태한테도 연락이 없다 그러고, 대학 동기들이랑도 연락한 적 없다 그러고…… 네가 연락 한 번만 해 봐 줄래? 혹시나 네 전화는 받지 않을까 싶어서. 고운아, 아줌마가 염치없지만 이렇게 부탁 좀 하자. 응?〉

횡설수설하면서 혜영은 계속 울고 있었다. 마침 문이 열렸다. 고운은 어디인지 살펴볼 생각도 않고 단번에 지하철에서 내렸다.

"제가 지금 그쪽으로 갈게요."

"죄송합니다. 오늘은 영업 안 합니다."

벌써 다섯 번째 손님이었다. 문밖에 'CLOSE' 팻말을 붙여 놓았음에도, 불이 훤하게 켜진 데다 사람이 안에 있으니 영업을 하는 줄 아는 모양이었다. 아예 문을 잠가 놓을까 하다가 재희는 고개를 설레설레 저었다. 나중에 고운이 들어올 때 문이 잠겨 있다면 당황할지도 몰랐다.

시계를 보았다.

여섯 시 오십 분. 고운이 올 때가 다 되었다.

테이블 위에는 이미 꽃과 샴페인, 식전 빵과 샐러드가 모두 세팅되어 있었다. 고운이 오면 직접 만든 파스타를 내올 계획이었다. 그리고 식사 후에는 은형에게 갖은 구박을 받으며 만들어 온 케이크에 초를 꽂고 반지를 줄 생각이었다. 남들처럼 번지르르한 이벤트는 못 하지만 그래도 하나하나, 모두 재희의 손이 직접 닿은 것들이었다.

처음에는 화려한 스카이라운지나 고급 레스토랑을 예약할 생각도 했지만 이왕이면 둘만의 추억이 가득한 이곳에서 프러포즈를 하고 싶었다.

봄이 시작되던 무렵, 이곳에서 고운을 다시 만났고, 봄이 끝나가던 무렵, 이곳에서 고백을 하고 첫 키스를 했었다. 이곳에서 고운과 함께 했던 그 수많은 추억들을 어찌 하나하나 다 말할 수 있을까.

이제 고운이 오기까지는 오 분.

재희는 짧게 숨을 내쉬며 테이블 위에 올려 둔 작은 상자를 집어 열어 보았다. 무드 등 아래, 찬란한 오색 빛이 눈이 부시도록 반짝였다.

그래, 오늘만 지나면 이 정체 모를 불안감도 없어지겠지. 분명, 그렇게 될 거였다.

지이잉. 지이잉.

재희의 눈길이 테이블 위, 휴대전화로 향했다. 환한 액정 속에서 고운의 이름이 뚜렷이 보였다. 재희의 눈언저리에 웃음부터 스몄다.

"여보세……."

〈선배. 미안한데 오늘 약속 못 지킬 것 같아요. 갑자기 급한 일이 생겨서.〉

고운의 목소리가 다급했다.

"무슨 일인데?"

〈……미안해요. 나중에 내가 설명할게요.〉

"……고운."

하지만 그가 고운의 이름을 부르기도 전에, 전화는 이미 끊어지고 말았다.

❋

겨우 잠이 든 혜영의 얼굴을 물끄러미 내려다보다 고운은 자리에서 일어나 밖으로 나왔다. 거실 소파에 석상처럼 앉아 있던 정식이 고운이 나오자 자리에서 일어났다.

"막 잠드셨어요."

고운의 말에 정식은 무거운 한숨을 지으며 이마를 감쌌다. 혜영은 물론이고 그의 얼굴 역시 말이 아니었다. 고운을 보자마자 울음을 터뜨리던 혜영은 물론이고 묵묵히 그 뒤에 서 있던 정식 또한 그동안 고운에게 연락하고 싶은 마음이야 굴뚝같았으리라. 하지만 차마 그럴 수 없어 참고 또 참았겠지. 막연히 짐작은 하고 있었지만 막상 얼굴을 보니 고운도 속이 편치 않았다.

"전 이만 가볼게요."

"……어딜."

고운이 말없이 물끄러미 쳐다보기만 하자 정식이 이내 실언을 했다는 듯 고개를 저었다.

"아니다. 내가 괜한 말을 했다. 늦기 전에 얼른 가려무나."

"죽 쒀 놨으니까 혹시 아줌마 깨면 일단 억지로라도 좀 먹이세요. ……아버지도요."

고운은 소파에서 가방을 집어 어깨에 메고 현관으로 향했다.

"……고운아."

고운의 걸음이 멎었다.

"……미안하다."

"……."

"그리고 고맙다."

고운은 현관으로 가 신을 신고 그제야 정식을 쳐다보았다. 수척해진 모습으로 정식이 고운을 바라보고 있었다. 어쩌다 이렇게 되어버린 걸까. 그래도 한때는 세상에서 누구보다 가까운 부녀사이였는데.

"내일 아침에 다시 올게요. 무슨 일 있으면 바로 연락하세요."

착잡한 마음을 감추며 고운은 애써 담담히 인사를 하고 집을 나섰다.

"갑자기 그게 무슨 말이야. 이환 선배를 찾아 달라니."

서초동을 나오자마자 미리 근처에서 기다리고 있던 국을 만났다. 국이 자리에 앉기가 무섭게 고운은 이환을 찾아 달란 부탁을 꺼냈다. 물을 마시다 말고 국이 눈이 동그래져 고운을 보았다.

"아니, 그냥 여행 간 걸 수도 있잖아."

경찰에서도 똑같은 말을 했었다. 단순 가출일 수 있으니 일단 기다려 보라는 말 뿐이었다. 경찰서에서 거의 까무러칠 뻔한 혜영을 정식과 함께 서초동에 데려다 놓고 고운은 곧장 국을 만나러 온 길이었다. 어쩌면 국이라면 이환을 찾을 방도가 있을지도 모르겠단 생각에서였다.

"도대체 무슨 일인데?"

"일이 좀 있었어. 이유는 묻지 말고, 제발 좀. 부탁할게."

이유를 묻지 말란 고운의 말에 국은 한숨을 내쉬며 휴대전화를 꺼냈다.

"하여간에 사연 하나 없는 집이 없네. 잠깐만 좀 기다려 봐."

국이 물을 마저 마시며 어딘가에 전화를 걸었다.

"김 비서님. 접니다. 노국. 네. 주무셨어요? 죄송해요. 쉬시는데 이런 전화까지 드려서. 다름이 아니라 제가 사람을 좀 찾아야 해서요. 아뇨. 제 사적인 일입니다. 아버지나 어머니한테는 말씀드리지 말아 주세요. 네. 이름은 서이환이고요, 한의삽니다. 나이는……."

국이 통화하는 걸 들으며 고운은 무슨 맛인지도 모를 차를 마셨다. 자꾸만 입안이 바짝바짝 말랐다.

"가능한 빨리 찾아 달라곤 했지만 언제가 될 지는 나도 모른다. 장담 못 해. 생각보다 빠를 수도 있고 느릴 수도 있고."

"알아, 고마워."

"하여간에 그 선배, 처음 봤을 때부터 영 마음에 안 들었어. 어딜 가면 간다고 말이라도 하던가. 나이가 얼만데 이런 일로 사람을 걱정시키냐."

투덜거리던 국이 이윽고 고운의 어깨를 툭툭 두드려주었다.

"별 일 없을 거니까 너무 걱정 말고."

"……응."

"근데 재희 선배는 아냐?"

국과 나란히 골목길을 걸어 올라가던 고운이 멈춰 섰다.

……재희.

그제야 재희 생각이 났다. 서둘러 가방에서 휴대전화를 꺼냈다. 재희에게서 문자가 들어와 있었다.

─늦더라도 꼭 와. 기다리고 있을게.

　두 시간 전에 보낸 문자였다. 지금은 열두 시가 다 된 시각이었
다. 설마, 아직 그곳에 있는 걸까. 고운은 통화버튼을 눌렀다. 몇
번의 신호음이 이어지다 재희의 목소리가 들려왔다.
　〈여보세요?〉
　"선배, 지금 어디……."
　갑자기 옆에서 국이 고운의 팔을 툭 쳤다.
　"저기."
　고개를 들었다. 그리고 그곳에 재희가 서 있었다. 재희의 시선
이 고운에게로 그리고 그 옆에 선 국에게로 옮겨갔다.
　휘우. 국이 난감한 투로 짧게 휘파람을 불더니 고운의 어깨를
툭 쳤다.
　"난 아무래도 가 봐야겠다."
　"……그래, 고마워."
　"됐어. 나중에 통화하자."
　국이 재희에게도 가볍게 목례를 하곤 이내 뒤돌아서 골목을 내
려갔다. 타박타박, 발자국 소리가 완전히 들리지 않게 되었을 즈
음. 주머니에 양손을 찔러 넣은 재희가 고운에게로 다가왔다.
　어디 다녀오기라도 한 걸까. 평소 방송국에 다닐 때도 편하게
입던 그가, 오늘은 근사한 수트 차림이었다.
　"어디 중요한 약속이라도 있었어요?"

분위기를 밝게 해 보고자 딴에는 농담 섞어 한 말인데 재희는 무표정한 얼굴로 고운을 보기만 했다.

"……어떻게 된 거야?"

재희가 나직이 물었다. 화가 많이 난 걸까. 하긴 화가 나는 게 당연할지도 몰랐다.

"미안해요. 실은 갑자기 일이 좀 생겨서."

"무슨 일."

재희가 고운의 말을 자르고 다시 되물었다. 재희와 만난 이후로 이런 그의 모습은 처음이었다. 고운은 살짝 당황해 재희를 올려다 보았다.

"그게……."

어디서부터 말을 해야 하는 걸까. 고운은 당혹스러웠다. 그런 고운을 보며 재희는 입술을 더 꾹 다물었다.

"국이한테 부탁할 일이 있어서."

"무슨 부탁."

평소의 재희답지않게 꼬치꼬치 캐물었다.

"그냥 좀……."

그냥 좀 일이 있었을 뿐이라고.

넌 지금 이 상황에서도 내게 끝까지 아무 말도 않고 거짓말을 할 셈인걸까. 재희는 주머니 속에 찔러 넣은 손을 꾹 말아 쥐었다.

"형, 전데요. 혹시 이환이랑 요 근래 통화한 적 있어요? 그 자식, 형 찾아오거나 한 적 없어요? 아, 아니에요. 알았어요. 형."

순태의 전화가 아니었더라면 오늘 이 일이 서이환 때문이란 걸 몰랐을 수도 있었겠지. 그래, 차라리 그렇게 모르는 편이 나았을지도 모른다. 아마, 그랬을 거였다.

"이환이 때문이야?"

고운이 어둠 속에서도 흠칫 놀라는 게 보였다. 뻔히 알면서도 결국 고약하게 묻고 말았다. 멍청한 자식. 재희는 자조 섞인 미소를 지으며 피가 날 정도로 입술을 꾹 깨물었다. 만약 고운의 옆에 노국이 없었더라면 이렇게까지 화가 나진 않았을 것이다. 녀석을 보는 순간, 간신히 참고 참았던 끈이 뚝 끊겨 버리고 말았다.

"부모님 이혼하신다는 것도 이환이 때문이겠지, 아마."

고운에게로 한 걸음 다가갔다. 센서등이 켜지며 주위가 환해졌다. 고운의 눈동자가 흔들리고 있었다.

"……설마."

알고 있었냐, 고운이 묻고 있었다. 차마 입 밖으로 꺼내지도 못하고.

"그래."

고운이 떨고 있었다. 당장에라도 손을 뻗어 안아 주고 싶었지만 그럴 수가 없었다.

"왜…… 말 안 했어요?"

"……네가 말을 안 했으니까."

"……."

"심지어 오늘까지도 넌 나한테는 별일 아니라고 숨겼으니까.

노국에게도 할 수 있는 말을…… 다른 사람도 아닌, 나한테는."

오늘은 정말, 너와 나에게, 우리에게 잊지 못할 날이 되었으면
했다.

"끝까지 숨겼으니까."

고운이 지금 많이 힘든 상황이란 걸 누구보다 잘 알고 있었다.
그럼에도 불구하고 꼭 오늘, 고운에게 프러포즈를 하리라 마음먹은
건…… 고운의 옆에 있는 사람이 자신이었으면 하는 바람에서였다.
그래서 스스로 비겁한 줄 알면서도 꼭 그렇게 했어야만 했다.

"도대체 너한테 난, 뭘까."

우리가 다시 만나고, 서로의 마음을 확인하고, 첫 키스를 했던
그곳에서, 고운에게 넌 내 여자라고 확인하고, 난 네 남자라고 확
인받고 싶었다.

"이고운, 대답해 봐."

그래서 꼭 오늘이어야만 했던 거다. 혹시나 이런 일이 생길까
봐 불안해서, 무서워서.

"너한테 난."

이렇게 너와 나 사이에 보이지 않는 틈이 생기고, 그 틈이 점점
더 벌어질까 너무 두려워서.

"대체 뭐야."

열둘.
나에게 넌

"고PD. 결혼 준비 잘 돼가?"

마치 미리 약속이나 한 듯 방송국에서 보는 사람마다 재희에게 묻는 말이었다. 그럴 때마다 재희는 미소 지으며 눈인사로 대답을 대신했다. 오늘도 마찬가지였다.

—안녕하세요, 해피허니문여행사입니다.

고재희 님, 이고운 님. 내일 방문 상담 예약되어 있습니다.

친구 녀석이 소개해 준 여행사였다. ……제기랄. 재희는 짙은 한숨을 지으며 전화를 걸어 상담을 미루었다.

〈그럼 방문 가능하신 날짜가 언제이신가요?〉

"······글쎄요. 나중에 다시 연락하겠습니다."

〈예. 신혼여행은 가능한 빨리 예약하셔야 비용을 절감할 수 있다는 거 아시죠?〉

직원과의 통화를 끝내고서 재희는 한숨을 내쉬었다. 고운에게도 똑같은 문자가 갔을까. 고운은 대체 무슨 대답을 했을까.

그렇게 할 수만 있다면 그날 밤, 그 시간으로 돌아가고 싶었다. 무작정 그렇게 화를 내는 게 아니었다. 그래도 지금 이 상황에서 가장 속상하고 힘든 사람은 다름 아닌 고운일 텐데.

하루에도 수십 번, 아니 수백 번씩 후회가 밀려왔다. 한데 이미 엎질러진 물이었다.

고운에게서는 그날 이후 아무런 연락이 없었다. 재희도 마찬가지였다. 전화를 해야 하나 말아야 하나 고민하면서도 쉬이 통화버튼을 누를 수가 없었다. 오늘도 똑같았다.

스튜디오로 들어갈 준비를 하는데 전화가 왔다. 국이었다. 재희는 전화기를 내려다보다 이윽고 통화버튼을 눌렀다.

〈안녕하세요, 선배. 저, 노국입니다. 지금 방송국 앞에 와 있는데 차 한잔 할 수 있겠습니까?〉

금연한 지 오 년이 지났는데 처음으로 지난 열흘 동안 담배 생각이 간절했다. 재희는 조용한 비상구 계단에 앉아 휴대전화만 뚫어져라 쳐다보고 있었다.

"고운이가 알면 저 죽이려 그럴 텐데, 그래도 알고는 계셔야 할 것 같아서요. 고운이 제 입으로 말하지는 않을 것 같고. 그날, 고운이가 이환 선배 좀 찾아 달라 부탁을 했어요. 무슨 일인지는 말 안 했구요. 고운이한테 들어서 아시는지 모르겠지만 아무래도 제 주변에 좀 유능한 분들이 많으신 터라.”

단축번호 0번을 꾹 눌렀다 재희는 손을 뗐다. 신호가 갔다. 심장이 오그라드는 것만 같다.

아직도 화가 많이 난 걸까.

〈여보세요?〉

고운이 전화를 받았다. 예전 같으면 ‘응, 선배’ 라고 했을 텐데. 재희는 새어 나오는 한숨을 꾹 삼켰다.

“……잘 지냈어?”

〈네.〉

잠시 어색한 침묵이 흘렀다.

“점심은?”

〈아직이요. ……선배는요?〉

“나도 아직.”

무슨 말부터 해야 할까. 정말 할 말이 수도 없이 많았는데 막상 전화를 하니 머릿속이 텅 비어 버린 것 같았다.

“내일, 혹시 시간 돼?”

아니면 이따 밤에도 괜찮은데. 차라리 난 그편이 훨씬 더 좋겠는데.

한데 고운이 쉬이 대답을 하지 않는다. 혹시나 시간이 없다 그러면 어쩌나. 미친 듯이 뛰어대는 심장 소리가 귓가에까지 들려왔다.

〈네.〉

후우. 바짝 마른 입술을 축이며 재희는 얼른 말을 이었다.

"그래, 그럼. 내일 점심 같이 하자."

전화를 끊고서 재희는 자리에서 일어났다. 하지만 계단을 채 내려가지도 못하고 중간에 멈춰 섰다. 아까부터 이상하게 계속 배가 아팠다. 요 며칠 넘어가지도 않는 밥을 억지로 집어넣었더니 그게 결국은 체한 모양이었다.

"헬로우!"

남 작가가 활기차게 인사를 하며 들어왔다.

"세미랑 황 작간?"

"……식사하고 온다고 나갔습니……."

말을 하다 말고 재희가 인상을 썼다. 낮부터 내내 머리가 지끈 거리더니 갑자기 세상이 핑 도는 느낌이었다.

"왜, 어디 안 좋아? 어머, 그러고 보니 식은땀도 많이 나고. 정말 어디 아픈 거 아냐?"

남 작가가 미간을 찡그리며 걱정스레 물었다.

"그러게, 적당히 좀 하지. 요새 무리할 때 알아봤다. 보니까 펑크 내는 다른 사람들 뒤치다꺼리 다 해주고 다닌다며……. 아니, 가뜩이나 바쁜 사람이 왜 그런 시답잖은 일까지 다 해줘? 원래 그런 거 싫어하잖아. 혹시 고PD, 요새 무슨 일 있어?"

"아뇨."

짧게 대답을 하는 것조차 힘이 들었다. 아까부터 이상하게 계속 배가 아팠다.

"정말 요즘 왜 그래? 좀 나아졌다 싶더니만 또 일 중독자처럼."

마치 그동안 벼르고 있었던 사람처럼 남 작가가 재희를 몰아붙이는데 세미와 남훈이 함께 들어왔다.

"하여간에 곧 새신랑 될 사람이 몸 관리를 그렇게 해서 어떡해. 그러다 신부한테 소박맞아."

"왜요?"

사무실 안 분위기가 이상한 걸 느꼈는지 남훈이 눈을 동그랗게 뜨고 물었다.

"아니. 고PD 말이야. 몸이 별로 안 좋은 것 같잖아."

남 작가의 말에 남훈이 재희에게로 다가왔다.

"형, 어디 아파요?"

"……아냐. 그냥 소화가 좀 안 되는 것 뿐이야."

"그럼 홍식이한테 소화제 좀 사오라고 할까요?"

"됐어. 그 정돈 아냐."

재희는 남훈의 호의를 거절하고는 다시 오늘 방송 원고에 집중했다.

"어이구. 아무튼 방송국 일 혼자 다 해요. 그렇게 바빠서 원, 결혼은 제대로 하겠어? 참, 지난번에 고PD, 상견례 하기로 하고 연기됐었지? 결혼 날짜는 잡았어?"

남 작가가 질문을 던지고 당연히 재희를 보았다. 한데 재희는 아무런 대답도 없이 원고만 볼 뿐이었다. 남 작가의 시선이 남훈에게로 향했다.

"왜, 아직 안 잡았어?"

"아, 다들 바빠서요. 좀 한가해지면 다시 보기로 했어요."

"하여간 그놈의 일이 문제야. 이놈의 일 때문에 결혼 포기한 사람도 부지기수잖아. 일단 나부터."

"하하, 그러니까요. 그놈의 일이 문제이긴 하네요."

웃으며 대충 둘러대고는 남훈은 슬쩍 재희의 눈치를 살폈다.

이상했다. 지난번, 상견례가 미뤄진 후부터 고운은 물론이고 재희도 평소 같지가 않았다.

여느 때 같았으면 무슨 일이냐 꼬치꼬치 캐물었겠지만 이번에는 그럴 수가 없었다. 고운의 표정을 보건대 남훈이 물어볼 일이 아니란 걸 직감적으로 알 수 있었다. 그래서 재희에게 물어볼까도 싶었다. 남훈에게는 말할 수 없었더라도 재희에게는 분명 말했을 테니까. 하지만 재희에게도 물어볼 수가 없었다. 요즈음의 재희를 보면 남훈이 처음 라디오를 시작할 때와 너무도 다른 모습이었다. 사람들 말로는 원래 재희의 모습이 저랬다고는 하지만 남훈은 그런 재희가 너무도 생소했다. 남 작가의 말처럼 정말 일에 미친 사람 같다고나 할까. 아까 세미에게 듣기로는 오늘 새벽, 음악다방 방송도 담당 PD 대신 맡아 해주었다고 했다.

두 사람 모두 아무 말은 안 했지만 무슨 일이 생긴 게 분명했다. 그게 대체 뭘까. 혹시나 헤어진 건 아닐까. 남훈은 또다시 든 불안한 생각에 혼자 고개를 획획 저었다. 말도 안 되는 소리다. 절대, 그런 일은 없을 것이다.

남훈은 헛기침을 하며 조심스레 재희를 힐끔힐끔 살폈다. 한데 정말 얼굴이 안 좋아 보였다.

"형, 정말 어디 많이 아픈 거 아니에요? 식은땀이 많이 나는 것 같은데."

"어제 무리하셔서 그런 거 아니에요?"

세미의 말에 남 작가가 혀를 찼다.

"하여간에 인간들이 양심도 없어. 고PD도 작작해. 방송국에 아예 뼈 묻을 거야? 정말 왜 그래?"

사람들의 걱정에도 불구하고 재희는 아무 말도 없이 원고에서 시선 한 번 떼지 않고 있었다.

"회의하죠. 원고 확인해 봤는데 오프닝 멘트에서 이 부분이 조금……."

재희가 벌겋게 달아오른 얼굴로 입을 열었다 이내 말을 멈췄다. 어지러운지 이마를 괴는 그의 모습에 남 작가가 먼저 원고를 내려 놓았다.

"안 되겠다. 고PD, 일단 삼십 분이라도 좀 쉬어. 그 후에 하자."

남 작가의 말에 모두들 동의하며 고개를 끄덕였다. 걱정 어린 침묵 끝에 끼익, 의자 소리가 났다. 재희가 몸을 일으켰다.

"그럼 오 분만 쉬고 다시 하……."

쾅당!

재희의 말이 채 끝나기도 전에 요란스런 소리가 사무실을 울렸다.

"고PD!"

"형!"

❋

"같은 동네에 있는데 왜 이렇게 얼굴 보기가 힘이 들어요."

색이 유난히 고운 유자차를 고운의 앞에 내려놓으며 영철이 맞은편 자리에 앉았다.

반년 전쯤 이곳을 고운에게 맡기고 가기 전에 수염이 텁수룩하던 그의 얼굴은 미국에서 돌아온 후에는 완전히 딴 사람처럼 말끔하게 면도되어 있었다.

"참, 여자 친구분 건강은 이제 괜찮으신 거죠?"

"네. 다행히."

미국에서 공부하던 여자 친구가 교통사고를 당해서 한달음에 가게를 정리하고 미국으로 날아갔던 그였다. 여자 친구의 건강은 꽤 오래전에 회복이 되었지만 그녀가 정신적으로 안정을 찾을 때까지 옆을 지켜 주다 돌아왔다는 그의 이야기는 남훈의 입을 빌어 방송 사연으로 소개가 되었고, 한때 인터넷 상에서 꽤 이슈가 되기도 했다. 아름다운 러브 스토리란 소감이 대부분이었지만 혹자는 상품과 청취율을 노린 자작이라는 말로 상처를 입히기도 했다. 하지만 늘 그랬듯 얼마 지나지 않아 그 소동은 사그라졌고 사람들에게 잊혔으며, 세상은 또다른 이슈로 매일매일이 바쁘게 흘러갔다.

"그래도 그만하길 정말 다행이시네요."

"그러니까요."

"그럼 여자 친구분은 언제 귀국하시는 거예요?"

"이번 학기 끝나고요. 모교에서 연구직으로 일하기로 했거든요."

"정말 잘 됐네요."

고운의 진심이 듬뿍 담긴 말에 영철이 함박웃음을 지었다. 고운도 미소 지으며 영철이 내어다 준 유자차를 한 모금 마셨다. 따뜻하고 달콤한 차는 제법 쌀쌀해진 날씨에 서늘해진 몸을 금세 덥혀 주었다.

"시간 괜찮으면 오늘 가게 한번 들르세요. 꼭이요."

저녁나절, 영철에게서 전화를 한 통 받았고, 집으로 들어가던 길에 마침 생각이 나 들른 참이었다. 도대체 무슨 일일까. 꼭 용건이 있는 목소리였다.

"아까 제가 전화해서 조금 놀랐었죠?"

고운의 얼굴에 티가 났던 모양인지 영철이 먼저 말을 꺼냈다.

"조금요. 무슨 일 있으세요?"

"잠시만요."

영철이 안으로 들어간 뒤, 가게 안에는 라디오 소리만 가득했다. 고운은 차를 마시다 가게 안을 둘러보았다. 평일이라 그런지 고운 말고 다른 손님은 없었다. 깨끗하게 정리된 테이블 위에는 익숙한 메뉴판들이 놓여 있었다.

안에서 영철의 말소리가 들려왔다. 누군가와 통화를 하는 모양이었다.

고운의 시선이 창가로 향했다. 고운이 해피트리를 집으로 가져가며 대신 선물했던 고무나무가 푸릇푸릇하니 씩씩하게 잘 자라고 있었다. 불과 몇 달 전의 기억이 새록새록 떠올랐다.

"혹시…… 재희 선배?"

햇살이 좋던 봄날 오후, 이곳에서 재희를 처음 보았었다.

"……정말 하루하루가 전전긍긍이다. 이고운, 너 때문에."

그에게 가슴 떨리는 고백을 받았던 곳도, 잊지 못할 첫 키스를 했던 곳도 바로 이곳이었다.

옅은 미소가 스몄던 것도 잠시, 고운의 얼굴은 금세 어두워졌다. 이 작은 공간의 곳곳에 재희와의 추억이 너무도 많이 남아 있었다.

그에게 당장에라도 연락하고 싶을 때가 하루에 수십 번, 아니 수백 번도 더 되었다. 한데 이곳에 오자 억지로 참고 참고 참았던 그 노력이 모두 한순간에 허사로 돌아가고 말았다.

지금, 재희가 너무도 보고 싶었다. 눈물이 날 만큼. 눈앞이 뿌옇게 흐려지며 코끝이 새큰해질 즈음, 영철의 목소리가 들려왔다.

"오래 기다렸죠? 가지고 나오려는데 막 전화가 와서요."

고운은 얼른 붉어진 눈시울을 훔치고 애써 미소를 지어 보였다.

"여기요."

영철이 다시 자리에 앉더니 고운에게 예쁘게 포장된 네모난 상자 하나를 내밀었다.

"두 분을 위한 제 작은 선물입니다."

"……네?"

"왜, 고운 씨, 얼마 전에 프러포즈 받으셨잖아요. 두 분 결혼 선물 꼭 드리고 싶었는데 뭘 드려야 할지 몰라서 정말 한참 고민했다니까요."

"……프러포즈요? 그게 무슨."

영철이 무슨 말을 하는지 알아들을 수가 없었다. 받은 적도 없는 프러포즈를 받았다니, 그게 무슨 말일까? 고운의 반응에 오히려 영철이 당황스러운 듯 눈을 크게 떴다.

"어…… 왜, 얼마 전에 남자 친구분께서 가게 하루 빌려 달라 하셨잖아요. 그날, 고운 씨 프러포즈 받으신 거 아니에요? 분명히 남자 친구분이 고운 씨한테 프러포즈 하려 그러신다고 하셨는데."

얼마 전, 남자 친구, 가게, 프러포즈.

영철의 말이 뒤죽박죽 머릿속에서 제멋대로 엉켜 버렸다.

"할 말 있어. 꼭 해야 할 말이니까 카페에서 보자."

"늦어도 상관없어. 기다릴 테니까 꼭 와."

집 앞에 놓여 있던 꽃다발과 상처 입은 그의 눈동자가 다시금 선연히 되살아났다. 어떤 마음이었을까.

저녁 내내, 이곳에서, 혼자, 오지도 않는 고운을 기다리며 그는
대체 무슨 생각을 했을까.

"너한테 난, 대체 뭘까."

그 말을 하고, 고운에게서 등을 돌리며 걸어가던 그의 마음
이…… 어땠을까.

시야가 뿌옇게 뭉개지며 영철의 모습이 흐려지더니 이내 걷잡
을 새 없이 눈물이 울컥 터져 나왔다.

"어! 고운 씨, 왜 그래요?"

영철이 당황해서 물었지만 무어라 대답할 수도 없었다. 고운은
정신없이 흐느끼며 가방에서 허겁지겁 휴대전화를 꺼냈다. 지금
당장 그에게 전화를 해야만 했다.

휴대전화 버튼을 눌렀다. 한데도 불이 들어오지가 않는다. 급한
마음에 꾹꾹 여러 번 눌렀는데도 도무지 휴대전화가 켜지지 않았
다.

"잠깐만요. 고운 씨, 아무래도 전원이 나간 것 같은데."

영철이 고운의 손에서 휴대전화를 가져가더니 잠깐만 있어 보
라며 전화를 가지고 갔다.

"배터리가 다 됐네. 충전 금방 시키니까 잠깐만 기다리세요."

영철이 충전기를 가져와 휴대전화를 꽂는데 뚜뚜뚜뚜, 시간을
알리는 소리와 함께 익숙한 라디오 시그널 음악 소리가 들려왔다.
그리고 남훈의 목소리가 이어졌다. 가을바람이 어쩌고, 단풍이 어

쩌고, 하늘이 어쩌고 하는 소리가 들려왔지만 평소와 달리 무슨 말을 하는지 귀에 하나도 들려오지가 않았다. 한데 그때였다.

[아우, 전 아까 저녁나절에 좀 놀라서요. 지금도 가슴이 쿵덕거려요. 실은 아까 우리 피디님께서 회의하다 갑자기 콰당 쓰러지셨거든요. 병원에 갔더니 과로로 인한 몸살에 스트레스성 위경련이 겹쳤다지 뭡니까.]

고운이 멍하니 고개를 들어 스피커를 바라보았다.

[정말 뭐니 뭐니 해도 건강이 최고란 생각이 들어요. 우리 스탠바이미 청취자분들께서는 절대 무리하지 마시고 건강부터 챙기셔야 합니다. 아셨죠?]

고운은 후다닥 일어나 영철에게로 달려갔다. 그리고 충전이 되고 있는 휴대전화를 들어 덜덜 떨리는 손으로 문자창을 열었다. 한데 남훈에게서 이미 문자가 들어와 있었다.

—누나, 지금 어디야? 재희 형, 아파서 병원에 입원했어.

[5281님께서 피디님 쾌차하시라고 문자를 보내 주셨어요. 몸이 그렇게 약해서 어쩌시냐며, 친정집이 정육점을 하는데 당장 내일이라도 사골 보내주고 싶으시다네요. 고 피디님, 듣고 계시죠? 앞으로는 정말 건

"푸하하하!"

남훈의 멘트가 끝나기가 무섭게 현석이 박장대소를 했다.

"고재희, '약골입네' 하고 아주 전국에 광고를 해주네."

"아, 진짜 저 자식은……."

재희가 한숨을 내쉬며 팔을 올려 이마를 가렸다.

"야, 그래도 이번엔 이름은 안 나왔잖아. 너 고등학교 때, 그때도 전교에다 대고 망신살 한번 뻗친 적 있었잖아. 기억나냐? 고쟁이 고재희. 왜, 고운이가 그랬……."

말을 하다 말고 현석은 아차 하며 재희를 보았다.

"……그랬지."

얼굴을 찌푸리고 있던 재희가 그 말에 피식 웃었다. 까맣게 잊고 있었던 오래전 기억이었는데 현석의 말을 듣자 거짓말처럼 선명하게 기억이 났다.

"그래도 웃는 거 보니 이제 좀 살만한가 보지?"

현석이 링거를 슬쩍 살피고는 침대에 걸터앉았다.

"집에는 연락 않고 재영이한테만 했다. 근데 녀석, 바빠서 올 수 있을지 모르겠대."

"귀찮게 뭐하러 해. 오지 말라 그래."

"고운이한텐 어쩔까. 전화 해?"

"……."

"하긴 라디오 들었으면 알 텐데."

젠장.

기력이 없는지 재희가 여전히 눈을 감은 채 중얼거렸고 현석은 작은 미소를 지었다.

"인마, 뭔 일인지 모르겠지만 차라리 잘 됐어."

재희가 이마에 올리고 있던 팔을 치우고는 현석을 힐끔 올려다보았다.

"너 아프잖아. 그냥 아프다고 징징거리고 너 없으면 안 되겠다 그러고, 그렇게 그냥 나자빠지라고."

"······미친놈."

재희가 나직이 중얼거리더니 다시 팔을 들어 이마를 가렸다.

"야, 내 말이 맞다니까? 너, 사람 마음이 제일 약해질 때가 언젠 줄 알아? 바로 아플 때란 말이야."

"······시끄러우니까 좀 닥쳐."

"아, 진짜라니까."

"진짜고 나발이고, 네 말 듣고 지난번에 내가 식겁했던 거 생각하면."

"그거야, 어쩌다 내가 한 번 실수한 거고."

지이잉, 때마침 진동이 울렸다. 이따가 다시 얘기하자며 현석이 휴대전화를 꺼내더니 퉁명스레 말했다.

"순태다."

순태란 말에 재희가 고개를 돌렸다.

"방송 어떻게 됐는지, 그것부터 물어봐."

"잘 흘러가고 있구만, 뭘. 여보세요? 어. 방금 입원실 올라와서 누워 있어. 야, 됐어. 오지 마. 그냥 좀 푹 자면 돼. 괜히 너희들 와서 시끄럽게 굴면 재희 자식 쉬지도 못하고 더 피곤하다. 그래, 정 오고 싶으면 내일 오후에나 한번 들르던가. 아니, 별 이상은 없는데 이왕 들어온 김에 겸사겸사 며칠 쉬다 가라고."

재희가 힘겹게 팔을 들어 전화를 바꿔 달라고 손짓했다. 한데 현석은 오히려 침대에서 뒤로 물러섰다.

"야, 재희가 방송 잘 하라고 인상 쓰고 있다. 하하하, 누가 말리냐. 암튼 순태 네가 당분간 고생 좀 해라. 그래, 인마. 수고해."

현석이 날름 전화를 끊어 버렸다.

"전화 바꾸라니까."

"다 들어놓고 뭘 바꿔, 인마."

핀잔을 주면서도 현석은 시트를 끌어올려 꼼꼼히 덮어주었다.

"통증은?"

"……괜찮아, 이젠."

"몸 걱정도 좀 해라. 위경련이 뭐냐, 위경련이? 마음 좀 편히 가져. 스트레스가 만병의 근원이란 말도 몰라?"

현석의 잔소리에 재희는 그냥 힘없이 미소만 지었다.

"웃지 말고 얼른 자기나 해, 인마. 푹 자야 낫는다."

현석은 그동안 벼르고 있었던 사람처럼 갖은 구박을 퍼붓고서 재희의 침대 앞에 의자를 당겨 앉았다. 재희의 시선이 옆으로 힐끔 향했다. 현석이 팔짱을 낀 채 허리를 꼿꼿하게 펴고서 재희를 뚫어져라 보고 있었다.

"너, 뭐하냐?"

"뭐하긴. 너 보고 있잖아."

맙소사. 재희는 말할 기운도 없는 듯 눈을 감고 손만 내저었다.

"왜? 옆에 누구 하나는 있어야지."

"욕할 기운도 없으니까 그냥 조용히 가라."

"됐으니까 얼른 잠이나 자. 어차피 나도 집에 가봤자 자는 것밖
에 할 거 없으니까 내가 네 보호자 노릇 좀 해주도록 하마."

"가, 좀."

"올 사람도 없는 놈이 왜 자꾸 가라고⋯⋯."

퍽!

재희가 베개를 들어 현석에게 던졌다. 하지만 평소와 같은 힘이
없는 터라 현석이 '어이쿠!' 하며 날름 손으로 잡아챘다. 현석의 입
꼬리가 놀리듯이 씨익 올라갔다.

"네가 아프긴 아픈 모양이다? 솜방망이인 걸 보니까."

기운이 없는 듯 팔로 얼굴을 가리고 있던 재희가 문득 팔을 치
우고 현석을 보았다.

"왜?"

"넌 요즘 데이트 안 하냐?"

정적이 흐르는가 싶더니 이내 현석이 나직이 욕설을 중얼거렸다.

"쫑났다니까. 염장 지르는 것도 아니고 이 새낀 했던 말 자꾸 되
새김질 하게 만드네. 쫑났다. 쫑. 디 엔드."

"어, 미안. 까먹었다. 내가 요새 네 말마따나 몸 관리가 부실해
서 그런가, 정신이 좀 그러네. 들었던 말도 자꾸 잊어먹고. 그런데

왜 좋났다고 했지?"

천연덕스런 재희의 대꾸에 현석의 미간에 짙은 주름이 팍 새겨졌다.

"아, 진짜 간다, 가. 인마. 하여간에 너 오늘 환자인 게 천만다행인 줄이나 알아!"

현석이 재희의 목에 베개를 받쳐 주고는 엉덩이를 툭툭 털고 일어났다.

"차현석."

재희가 부르는 소리에 문으로 향하던 현석이 뒤를 힐끔 돌아보았다.

"고맙다."

"낯부끄럽게 무슨. 암튼 난 내 방에 가 있을 테니까 어디 불편한 데 있음 바로 전화해."

현석이 손을 흔들고 나가자 병실 안은 금세 고요해졌다. 하지만 그것도 잠시. 노크 소리가 똑똑 울렸다.

"네."

문이 열리고 현석이 비죽 고개를 들이밀었다.

"나, 진짜 간다?"

대답 대신 베개를 잡기만 했을 뿐인데 현석이 손을 팔랑팔랑 흔들고는 금세 문을 닫고 나갔다. 재희는 비로소 한숨을 내쉬며 벽쪽을 향해 돌아누웠다.

다행스럽게도 라디오는 크게 걸리는 부분 없이 잘 흘러가고 있었다. 재희는 베개 옆에 둔 휴대전화를 들어 보았다. 열한 시가 다

되어가고 있었다.

습관처럼 0번을 누르자 고운의 이름이 떴다. 통화버튼을 누르려다 재희는 손가락을 거둬들였다.

차라리 현석의 말처럼 정말 미친 척하고 전화라도 해 볼까. 아프다는 핑계로. 그러고는 고운에게 와 달라고 하는 거다. 다 죽어가는 목소리로 아파 죽겠다고, 가족들 모두 다른 일이 있어서 이렇게 아픈데 혼자 있어야 한다고.

심각하게 휴대전화를 쥐고 있던 재희는 이마를 감싸 쥐었다.

궁상도 이런 궁상이 없다. 재희는 차마 누르지도 못할 통화버튼을 계속 만지작거렸다. 그런데 만약 와 달라고 했는데, 아파 죽겠다고까지 했는데, 고운이 미안하지만 못 오겠다는 말을 하면 어떻게 되는 걸까.

……그러면 정말 회복불능이었다. 고운과의 관계는 그대로 끝인 것이나 마찬가지겠지.

휴대전화를 툭 던져놓고서 재희는 눈을 질끈 감았다. 머릿속에 복잡하게 엉켜드는 생각들을 몰아내려면 차라리 잠이 드는 편이 나을 듯했다.

"……진짜…… 보고 싶어 죽겠네."

재희는 시트를 머리끝까지 휙 덮어썼다.

엘리베이터에서 내리자마자 고운은 곧바로 병실로 향했다. 한데 막상 병실 앞에 붙은 '고재희'란 이름을 본 순간 긴장이 되었다. 정신없이 한걸음에 달려왔음에도 불구하고 막상 와놓고 보니 선뜻 들어갈 수가 없었다. 열흘 전 그렇게 헤어진 후, 오늘 처음 보는 것이다. 옷매무새를 살피고 머리도 손으로 대충 한번 빗어 넘겼다. 후우, 심호흡을 하고 단단히 마음도 먹었다. 가볍게 주먹을 쥐고 노크를 하려던 순간이었다.

"이고운?"

하얀 가운을 말쑥하게 차려입은 젊은 남자가 고운을 보고 있었다. 현석이었다.

"……아, 안녕하세요."

"그래. 오랜만이네. 재희가 연락한 거야?"

"아뇨. 라디오에서 듣고……."

라디오란 말에 현석이 호탕하게 웃어댔다.

"암튼 얘긴 나중에 하고 얼른 들어가 봐. 그렇잖아도 재희 가족들이 다들 일이 있어서 아무도 못 왔거든. 혼자 있는 게 영 마음에 걸렸는데 너라도 있으니 다행이네. 참, 이거. 물 찾을까봐 가지고 왔는데."

현석이 손에 들고 있던 보온병을 건네주었다.

"그럼 나중에 또 보자."

씩 웃으며 손을 흔들고서 현석은 휙 돌아서더니 금세 복도 끝으로 사라졌다. 급하게 오느라 아무것도 못 챙겨 온 자신에 비해 살갑게도 뜨거운 물을 담은 보온병까지 가지고 온 마음 씀씀이가 고마웠다. 현석이 주고 간 보온병을 물끄러미 바라보던 고운은 병실 문을 노크했다. 한데 아무런 소리도 들리지 않았다.

자는 걸까.

조심스레 문을 열어 보았다. 음악 소리가 작게 흘러나오고 있었다. 안으로 들어가자 침대에 누워 있는 누군가의 뒷모습이 보였다.

고운은 발소리가 나지 않게 조심조심 침대 곁으로 다가갔다. 현석이 앉아 있었을 거라 짐작되는 의자가 침대 바로 앞에 있었다.

[스탠바이미 4부 시작합니다. 일주일마다 한 번씩 찾아오는 소중한 시간, '네 목소리가 들려!' 코너가 준비되어 있는데요. 오늘도 역시 특별하고 소중한 고백이 준비되어 있습니다. 놓치지 말고 함께 해요. 자, 그럼 그전에 광고 잠깐 듣고 갈까요.]

침대 옆에 작은 라디오 하나가 있었고, 그 속에서 남훈의 목소리가 흘러나오고 있었다. 고운은 코트를 벗고 조용히 의자에 앉았다.

고운이 온 것도 모른 채, 재희는 벽을 보고 잠이 들어 있었다. 베개에 고개를 푹 묻고 몸을 잔뜩 웅크린 채였다. 얇은 환자복 하나만 걸친 터라 휑하니 파인 목덜미가 유난히 시려 보였다. 오늘 같은 날, 지켜 주는 사람도 없이 혼자 병실에 누워 있는 그를 보고 있자니 저도 모르게 울컥해 눈가가 뜨거워졌다. 이불을 끌어당겨 휑하니 드러난 그의 목을 덮어 줄 때였다.

[콰콰콰쾅! 콰콰콰쾅! 여러분에게 운명처럼 다가갈 바로 그! 대리운전 1588……]

라디오에서 흘러나오는 광고 소리에 고운은 움찔했다. 혹시라도 재희가 깰까 얼른 라디오 볼륨을 '0'으로 돌렸다. 금세 정적이 찾아왔다. 째깍째깍, 시계 초침 소리가 유난히 크게 들리는 가운데 이윽고 쌕쌕거리는 재희의 숨소리가 나직이 들려왔다.

그러고 보니 재희의 뒷모습을 이렇게 오랫동안 본 적은 없는 것 같았다. 고운은 조심스럽게 손을 뻗어 그의 머리칼을 만져 보았다.

……자고 일어나면 하나도 안 아팠으면 좋겠다.

고운은 그의 머리칼을 쓰다듬고 또 쓰다듬으며 주문처럼 그 말을 계속 되뇌었다.

엘리베이터 버튼을 누르고서 현석이 피식 웃었다.

다행이었다.

재희가 하도 평소답지 않은 행동을 하기에 말은 안했지만 속으론 엄청 걱정을 하고 있었다. 한데 울었는지 눈이 빨개진 채로 고운이 저리 정신없이 한달음에 달려온 걸 보면 더는 크게 걱정 안 해도 될 듯했다.

요즘 유난히 예민하게 굴었던 것도, 미친놈처럼 일만 한 것도 분명 이고운 때문이었을 테니까. 원래 머리 시끄러운 일이 있을 때 공부나 일에 매달리는 녀석이 아니던가. 다른 사람은 모르고 지나칠 수도 있겠지만 현석은 아니었다.

어쨌든 위경련의 원인은 나왔다.

상사병.

"아무튼 상사병도 꼭 저처럼 지랄 맞게 한다니까. 미친놈, 하여간에 뭐든 작작 하는 게 없어."

딩동, 맑은 벨소리와 함께 엘리베이터 문이 열렸다. 시간이 늦어 빈 엘리베이터겠거니 했는데 안에 사람이 타고 있었다.

"어? 형!"

재영이었다. 헐레벌떡 뛰어왔는지 이 날씨에 땀을 뻘뻘 흘리고 있었다.

"우리 형은요? 의식은 찾았죠?"

눈을 가늘게 뜬 채 심각한 얼굴로 재영을 노려보던 현석이 재영을 다시 엘리베이터 안으로 밀어 넣었다. 그리고 자신도 얼른 타더니 버튼을 눌렀다. 금세 문이 닫히고 엘리베이터는 밑으로 내려갔다.

"검사 받으러 내려갔어요? 아직 검사 다 안 했어요?"

"아니, 검사야 진작 끝났지."

"어디가 안 좋은데요?"

"그냥, 무식하게 일 하다가 탈난 거니까 며칠 입원하면서 쉬면 괜찮아질 거야."

"그럼 형 병실에 있어요?"

"어."

"근데 왜 내려가요?"

황당한 얼굴로 현석을 보던 재영이 어이없어하며 물었다. 가운 주머니에 두 손을 찔러 넣은 채 룰루랄라 휘파람을 불던 현석이 무심히 말했다.

"인마, 너 지금 니네 형 병실에 들어가면 너희 형이 아니고 네가 죽어. 그러니까 인마, 이제부터 내가 네 생명의 은인인 거야."

"네?"

"니네 형 병실에 손님 와 있다고. 그러니까 불청객인 우리는 빠져 주는 게 예의란다. 언더스탠드?"

"손님이면…… 아!"

현석의 귀띔에 재영이 싱긋이 웃으며 엘리베이터 벽에 몸을 기댔다.

"에이, 이럴 줄 알았으면 잠이나 한숨 더 잘 걸."

늘어지게 하품을 하며 머리를 벅벅 긁어대는 재영의 모습에 현석의 입매가 피식 움직였다.

"밥은 먹었냐?"

"열네 시간 전에 짜장면 하나?"

"그럼 밥이나 먹으러 가자. 나도 저녁 안 먹었어. 우리 병원 요 앞에 진짜 죽여주는 해장국집 하나 들어왔다?"

"아, 나 국밥 냄새 싫은데."

"이 새끼, 형님이 사주면 감사합니다 하고 그냥 먹을 것이지."

딩동.

엘리베이터가 도착했다. 문이 열리자마자 현석이 재영을 잡아끌고 밖으로 나왔다.

"야야, 그러지 말고 이왕 나온 김에 이 형님이랑 심야 영화나 한 편 보러 갈까? 어차피 오프 담보 잡히고 나왔을 거 아냐."

"남자끼리 징그럽게 무슨. 됐어요. 밥 얼른 먹고 들어갈래요. 오프 반이라도 찾아야지."

"이 자식이, 언젠 내가 제 형보다 더 좋다더니 이제 튕기네? 이 자식이!"

재영과 영양가 없는 농담을 시시덕거리면서 현석은 사뭇 즐거운 얼굴로 병원을 빠져나갔다.

목이 말랐다. 누군가에게 두드려 맞은 듯 몸 여기저기가 욱신거렸다. 이리저리 뒤척거리다 몸을 일으키는데 누군가 침대에 엎드려 잠이 들어 있었다.

고운이었다.

대체 여긴 어떻게 온 걸까. 아니, 언제부터 와 있었던 걸까.

재희는 벽에 걸린 시계를 보았다. 어느덧 새벽 한 시가 넘어 있었다. 여전히 정신이 몽롱했다. 혹시 꿈인가 싶어 재희는 조심스레 손을 뻗어 고운의 머리를 만져 보았다. 손끝에 보드라운 느낌이 감기는 걸 보면 역시나 현실임은 분명했다.

재희는 조심스레 일어나 앉아 나직이 한숨을 내쉬었다. 손을 뻗으면 닿을 곳에 새근새근 잠이 든 고운이 있었다. 무슨 좋은 꿈이라도 꾸는지 입가에 희미한 미소가 어린 채다. 아이보리 색의 라운드 니트 티 위로 하얗게 드러난 가는 목과 여린 어깨를 보다, 재희는 자신이 덮고 있던 시트를 걷었다. 딴에는 조심스럽게 덮어 준다고 했는데 그만 깨우고 말았다. 고운이 눈을 몇 번 깜빡였다. 여기가 어딘지 가늠하는 듯하던 고운의 시선이 이내 재희에게로 와 닿았다. 재희와 눈이 마주친 고운이 벌떡 몸을 일으켰다.

"……좀 어때요?"

운 걸까. 아니면 잠을 잔 탓일까. 목소리가 조금 잠겨 있었다.

"아직 많이 아파요? 간호사 불러요?"

"아니, 괜찮아."

작은 병실 안은 금세 고요해졌다.

"……미안해."

재희가 나지막이 말했다. 근 열흘 만에 처음 본 재희에게서 들은 말이었다. 그 한마디에 간신히 참고 참았던 무언가가 툭 터져버렸다. 기다렸다는 듯 눈앞이 물기로 뿌옇게 흐려지며 눈시울이 뜨끈하게 젖어들었다.

"……뭐가."

고운은 울음을 참으며 겨우 물었다.

"그냥."

"……."

"그냥, 다."

재희가 희미하게 미소 지으며 하는 말에 더는 참을 수가 없었다.

"……선배가 왜."

울지 않으려 해 봤지만 아무 소용이 없었다.

"이 꼴을 해서 있으면서, 선배가 왜."

"……."

"화내야지. 화를 내야. 왜 선배가 나한테 미안하대. 선배가 왜."

"……고운아."

"잘못한 건 난데, 다 나 때문인데."

그동안 얼마나 혼자 속을 끓였으면 위경련이 다 일어났을까.

"나같은 거 때문에 이게 뭐야. 내가 뭐라고, 나 때문에 속이 상해서, 이러고……."

결국 말을 하다 말고 눈물이 북받쳐 고운이 재희의 앞에 엎드려 아이처럼 엉엉 소리 내어 울었다. 재희가 그런 고운을 두 팔로 일으켰다.

"울지 마."

그의 얼굴이 보고 싶어 눈을 깜빡여도 자꾸만 눈물이 나 도무지 볼 수가 없다. 속상해서 더 눈물이 나온다.

"뚝 해, 얼른. 그렇게 울면 기운 빠져서 나중에 몸살 와."

"……말하고 싶었어, 나도."

"……알아."

"하루에도 정말 수십 번씩, 말하고 싶었어. 나 너무 힘들다고, 답답하다고, 어떻게 해야 할지 모르겠다고, 정말 그렇게 말하고 싶었는데."

"……그것도 알아."

그렇게 힘들었던 돌덩이를 토해내고 나니 통곡과도 같은 울음이 터져 나왔다.

"보고 싶다고, 연락하고 싶었는데. 너무 겁이 나서…… 선배가 나한테 실망해서, 여기서 그만하자 그럴까 봐. 그게 너무 무서워서……."

너도 나처럼 똑같은 걱정을 하고 있었구나. 재희는 미소 지으며 고운의 뺨을 다정히 닦아 주었다.

"……미안해. 정말."

"……미워 죽겠어."

이래놓고 먼저 미안하다는 그가 미워 죽겠다. 여전히 물기로 뿌옇게 흐려진 시야에 그가 어렴풋이 웃는 게 보인다. 고운은 손바닥으로 눈물을 닦으며 재희를 보았다.

"웃음이 나와, 지금?"

울음이 섞여 제가 듣기에도 목소리가 흉측했다. 눈물 콧물 다 뺐으니 얼굴도 흉측하겠지.

"……너 보니까 좋아서."

담담하면서도 나직한 그의 목소리가 얼마나 그리웠는지 모른다.

"정말 너무 좋아서 그래."

눈물을 닦아 주는 긴 손가락도, 근육 잡힌 탄탄한 팔도, 웃을 때면 씩 말려 올라가는 저 입꼬리도, 비누 향 나는 그의 냄새도 얼마나 그리웠는지 모른다. 정말 말도 못하게 그리웠다.

재희가 씩 웃더니 고운을 안으려고 했다. 너무 미안해서, 너무 좋아서, 괜스레 그의 가슴을 밀어냈다. 한두 번 그렇게 실랑이하다 결국 고운이 먼저 재희를 껴안아 버렸다.

고재희가 너무 좋아서.

재희도 기다렸다는 듯 두 팔로 있는 힘껏 고운을 안아 주었다. 다정한 그의 말소리가 귓가에 다정하게 전해진다.

"보고 싶었어, 정말."

"나도."

고운이 울먹이며 대답하였더니,

"사랑해."

선물 같은 재희의 말이 돌아왔다. 바보처럼 또다시 울컥 눈물이 나오고 말았다. 고운도 온 힘을 다해 재희를 꽉 껴안았다.

"⋯⋯나도. 나도 사랑해."

"고PD! 웰컴!"

떠들썩한 환영 인사에 재희는 멋쩍은 웃음을 지으며 자리에 앉았다.

"병원에서 며칠 쉬었다고 얼굴에서 빛이 아주 반짝반짝하네."

"적당히 가지고 놀고 제자리에만 놓아 주십시오."

재희는 웃으며 원고와 펜, 다이어리를 꺼내 책상에 놓았다. 금요일 코너는 '내 인생의 화양영화'였다.

"이번 주 사연 청취자들이랑 모두 연락 되었습니까."

"그럼. 한 사람은 선생님에게, 한 사람은 친구에게, 그리고 마지막은⋯⋯ 사랑하는 사람에게."

남 작가가 씩 웃으며 펜을 휙휙 돌렸다.

"근사하지. 기대되지 않아?"

이 코너가 생긴 후로 거의 매주 사랑을 고백하는 사연이 하나씩은 꼭 있었다. 그래서인지 이번에도 마찬가지라 생각했다. 남 작가의 은근한 눈길에도 재희는 별 대수롭지 않게 고개를 끄덕였다.

"그래도 모르니 이따가 방송 전에 다시 한 번 확인 전화해 주시고요. 혹시라도 전화 연결 안 되면 큰일 나니까."

"오케이."

남 작가의 대답 소리가 유난히 시원시원했다. 재희는 미소 지으며 다음 건으로 넘어갔다.

"그리고 12월 연말 특집, 게스트 스케줄 조율은 끝났죠? 다들 괜찮대요?"

햇살이 유난히 따뜻하던 어느 가을날의 오후가 그렇게 저물어 가고 있었다.

"내 인생의 화양영화. 오늘의 마지막 사연입니다."

잔잔한 음악이 남훈의 목소리 뒤로 이어졌다.

"안녕하세요. 오늘 제가 소개해 드릴 영화는 대만 영화 '그 시절, 우리가 좋아했던 소녀' 입니다. 건축학개론이 대학 시절 만났던 첫사랑에 대한 이야기라면, 이 영화는 고등학교 시절 우리가 겪었던 첫사랑에 대한 이야기예요. 여자 주인공 선자이와 남자 주인공 커징텅은 열일곱 살 고등학교 시절에 처음 만나게 됩니다. 어느 날, 교과서를 가져오지 않은 선자이를 대신해 커징텅이 대신 벌을 받게 되고, 그날 이후 선자이가 커징텅에게 공부를 가르쳐 주면서 두 사람은 조금씩 가까워지게 되죠. 시간이 흘러 두 사람은 고등학교를 졸업하고 대학생이 되는데, 그제야 커징텅은 오랫동안 간직해 왔던 고백을 선자이에게 하게 돼요. 널 무척 좋아한다고 말이죠. 그 후 두 사람은 어떻게 되었을까요. 저 영화를 보면서 저도 학창시절이 참 많이 생각났는데요. 사실…… 그 시절, 저도 좋아했던 선배가 있었거든요. 영화 속 주인공들처럼 저랑 선배도 처음 만났을 때 정말 많이 티격태격 싸웠어요. 그때의 선배는 정말 고약할 정도로 무서운 사람이었거든요."

남훈이 사연을 읽다가 나직이 하하 소리 내 웃었다.

"근데 그냥 무작정 싸운 건 아니구요. 오해가 있었거든요. 그리고 그 오해가 풀린 후, 영화 속에서 여자 주인공과 남자 주인공이 가까워졌던 것처럼 우리도 금세 가까워졌죠. 선배는 성격이 가볍지가 않은 편이라 표현이 다정하진 않았지만, 그래도 항상 가까이에서 절 챙겨 주었고 힘들 땐 절 다독여 주곤 했었죠. 돌이켜 생각해 보면 늘 제 뒤에 선배가 있었더라구요. 영화를 보면서 처음에는 설레어 하다 나중에는 제가 다 조마조마했어요. 두 사람이 과연 이루어질까, 그랬으면 좋겠는데 하면서 말이죠. 사실 어쩌면 영화 속 내용이 정말 현실적일 수 있겠죠. 첫사랑이란 게 원래 잘 이루어지지 않는 것이기도 하고, 또 헤어진 후에 내가 좋아했던 사람을 다시 만나게 되는 것 자체가 어려운 일이기도 하니까요. 아마 영화 속 그들을 보면서 어쩌면 전 제 자신을 두 사람에게 투영했는지도 모르겠어요. 마치 영화 속 두 사람이 다시 만나 잘 이루어지면, 제가 그 시절 좋아하던 그 선배와도 한 번쯤은 만날 수 있게 되지 않을까 하고 말이에요. 영화가 끝난 후, 먹먹하기도 하고, 가슴이 벅차기도 하고, 그러면서도 '맞아, 인생이 저런 거지', 그렇더라구요. 그런데…… 때론 영화보다 현실에서 더 놀라운 우연이 존재하기도 한다는 거 아세요? 정말 마법처럼요."

남훈이 사연을 읽다 말고 엷은 미소를 지으며 고개를 들었다.

"그럼요! 마법 같은 우연이 존재하죠! 그게 바로 인생인 거고요."

남훈이 재희에게 손짓을 보냈다. 골똘히 생각에 잠겨 있던 재희는 퍼뜩 정신을 차렸다. 프롬프터에 남 작가의 메시지가 떴다.

─전화 연결 되었습니다.

재희는 남훈에게 고개를 끄덕여 보였다.

"자, 그럼 사연 보내 주신 분과 직접 이야기를 한번 나누어 볼까요. 여보세요?"

남훈이 쾌활한 목소리로 상대를 불렀다.

〈네. 안녕하세요.〉

여자였다. 한데 웃음기가 나직이 묻어 있는 음성이 어디서 많이 들어 본 듯했다.

설마.

자신이 생각해도 어이가 없어 재희는 미소 지으며 고개를 저었다. 말도 안 되는 일이었다.

"네. 안녕하세요. 사실 안부 인사도 먼저 여쭙고 해야 하는데, 제가 너무 궁금해서요. 아까 마지막에 마법 같은 우연이 존재한다고 하셨는데, 그럼 그 선배를 다시 만나게 되신 건가요?"

〈네.〉

여자가 웃으면서 대답했다. 어라. ……그런데 목소리가 너무 비슷하다. 아니, 똑같다.

재희는 청취자와 이야기를 나누는 남훈을 보았다. 한데 남훈의 표정은 평소와 별반 다를 바가 없었다.

……아닌가?

"이야. 정말 궁금한데요? 어떻게 다시 만나셨어요?"

〈올봄, 햇살이 참 좋았던 날이었는데요. 그때 제가 막 카페를 맡아 한 지 얼마 되지 않았을 때였거든요. 잠깐 정리할 게 있어서 카페 안쪽에 들어가 있는데 밖에서 무슨 소리가 나더라고요. 손님이 왔구나 싶어 얼른 밖으로 나가 봤죠. 키가 훤칠하니 큰 남자가 전화 통화를 하고 있었는데 갑자기 그 사람이 뒤를 돌아보더라고요. 햇살을 등진 채 날 보던 그 사람 얼굴을 분명 어디서 봤는데, 퍼뜩 생각이 나질 않는 거예요. 그러다 그동안 잊고 지냈던 그 선배 이름이 떠올랐어요. 너무 거짓말처럼 만나서 엄청 신기했죠. 생각해 보면 우린 정말 인연이고 운명이었던 것 같아요.〉

여자가 웃으며 대답했다. 재희는 눈도 깜빡 않고 프롬프트를 들여다보다 남 작가에게 물어보았다.

—지금, 청취자 이름, 전번.
—나보다 고 피디가 더 잘 알 텐데?

남 작가가 프롬프터에 띄운 짧은 문장을 보던 재희는 헤드폰을 벗었다. 아무래도 전화 건 사람이 누군지 확인을 해 봐야 할 것 같았다. 한데 그럴 필요가 없었다.

〈선배, 제 목소리 듣고 있죠?〉

따뜻하고 다정한 부름에 재희는 마법에 홀린 사람처럼 남훈을 보았다. 남훈이 빙그레 웃으며 재희를 향해 윙크했다.

〈그러고 보니 우리가 처음 만난 게 정말 꽤 오래 전이죠? 까마득한 옛날이란 말이 더 잘 어울리는 것 같아요. 안 그래요?〉

그럼 정말…….

〈어젯밤 자려고 누웠더니 문득 고등학교 때, 우리 처음 만났던 그 날이 떠올랐어요. 그 때, 선배 진짜 무서웠었는데. 처음에 나한테 꽤 고약하게 굴었었잖아요. 선배도 기억나죠?〉

맙소사. 그제야 웃음 섞인 한숨을 지으며 재희는 이마를 짚었다.

〈그래도 이상하게 선배가 참 좋았어요. 방송제 때 함께 노래를 불렀던 것도, 체육대회 때 선배랑 손 잡고 달렸던 것도, 또…… 내가 가장 힘들었던 그때, 선배가 말없이 묵묵하게 내 옆에 있었던 것도…… 생각해 보면 어쩜 내가 선배를 좋아하게 된 건, 고등학교 그 시절부터였을지도 모르겠어요. 아니, 아마 그랬던 것 같아요.〉

고운의 말과 함께 잊고 있었던 오래전 그 시절 일들이 새록새록 떠올랐다. 재희는 턱을 괸 채 다정히 프롬프트를 들여다보았다. 마치 그곳에 고운이 있기라도 한 것처럼.

〈선배, 아무리 생각을 해봐도 내 인생에서 가장 아름다운 순간은요, 내가 선배를 처음 만났던 그 시절, 또 선배를 다시 만난 올 봄, 그리고…… 내가 선배를 사랑하고 또 선배가 날 사랑해 주는 지금이 내 인생에서 가장 아름다운 순간이고 시절인 것 같아요.〉

코끝이 시큰해져 재희는 괜스레 고개를 돌려 관자놀이를 손끝으로 어루만졌다.

〈……선배, 날 좋아해줘서, 그리고 사랑해줘서 정말 고마워요.〉

……지금의 이 기분을 대체 뭐라 말할 수 있을까. 재희의 눈가가 붉게 젖어들었다.

〈그래서 말인데, 고재희 씨.〉

고운이 자신을 부르고 있었다.

〈나랑 결혼해 줄래요?〉

이마를 괸 채 나직이 웃음 짓는데 프롬프트에 남 작가의 메시지가 떴다.

—뭐해, 고 피디. 얼른 대답 않고.

재희는 물기로 흐릿해진 두 눈을 꾹 누르고서 마이크 볼륨을 올렸다. 떨리는 손으로 마이크를 잡고 재희는 그만큼 떨리는 목소리로 고운에게 대답했다.

"……당연히, 기꺼이."

그의 대답에 고운이 웃는 소리가 전화 너머로 들려왔다.

봄, 햇살이 무척이나 좋던 그날, 그들이 다시 만났을 때처럼.

열셋.

사랑은

"아따, 시원타! 마, 고마 살겠다."

부녀회장의 무릎 위에 꽂혀 있던 침이 쑥 하니 뽑혔다.

"참말로 도대체 뭔 젊은 사람 손이 이래 야물딱지노."

"그라게 말이다. 마, 침을 우째 이리 잘 놓는지 한 개도 안 아프다카이."

양로원에 모여 있던 노인들이 하나둘 앞 다투어 부녀회장의 말에 동의했다.

"마, 젊은 선상. 서울 가지 말고 여서 그냥 우리랑 살자. 서울 가 봤자 시끄럽기만 하고 공기만 나쁘지, 안 글나."

"하모! 그렇재!"

노인들의 살갑고 다정한 말에 이환이 싱긋 웃으며 침통을 집었다.

서울에서 무작정 떠나온 여행이었다. 처음부터 통영에서 이리 오랫동안 지낼 계획도 없었다. 한데 마침 대학 은사였던 김 원장이 이곳에 내려와 있었다.

"황 교수가 이환이 너, 알차게 일 년 동안 부려먹었다기에 내가 배가 아파 잠을 못 잤어. 이참에 네 덕분에 나도 황 교수 배 좀 아프게 해보자. 더도 말고 덜도 말고 딱 일 년만 있다 가."

아무것도 묻지 않은 채 김 원장은 이환을 받아 주었다. 그리고 일을 하고 싶었던 이환의 마음을 알아챈 양, 그에게 이곳 양로원의 일을 맡겼다. 이곳은 일주일에 한 번씩, 한의원에 나오지 못하는 노인들을 위해 김 원장이 무료 봉사를 하러 들르곤 하는 양로원이었다. 처음에는 새파랗게 젊은 양반이 무슨 침을 놓느냐며 투덜거렸지만 얼마 지나지 않아 그 불신도 싹 사라지게 되었고, 지금은 이환이 오는 날이면 모두들 앞다투어 찾아오곤 했다.

"마, 이제 내 차례. 내는 진짜 허리가 아파 요새 잠을 못 잔다."

"무슨 소리고! 내다. 내, 아까부터 여 와가 기다리고 있는 거 안 보이나. 선상아, 내가 손목이 아파가 마, 설거지할라 그릇 깨뜨리묵은 게 수도 없다. 으이? 내부터 놔라. 내부터."

"이 할마시가 우데 새치기를 할라고! 내 먼저대이."

서로 내가 먼저 침을 맞겠다, 여기저기서 야단을 부리던 그때였다. 문밖에서 마을 이장이 이환을 불렀다.

"서울 선상! 여게 서울서 누가 찾아왔다는데!"

침을 놓던 손을 멈추고 이환은 문을 돌아보았다.

"어떻게 알고 왔어?"

"친구한테 부탁했어."

고운의 말에 이환이 '아' 하며 순하게 웃었다.

"누군지 알겠다. 그 노국인가…… 하는 친구. 노영그룹 손자랬
나?"

"응."

"TV에서만 봤는데 실제로 그런 게 가능하긴 하네."

"그러게. 나도 처음 알았어."

고운이 이환의 말에 장난스레 맞장구를 쳤다.

바닷바람이 선선하게 불어왔다. 갈매기가 끼룩거리며 머리 위
에서 날아다녔다. 파도 소리가 들리던 가운데 고운이 담담히 혜영
의 이야기를 꺼냈다.

"아줌마, 많이 걱정하셔."

"……그러실 거야."

"알면서 왜 연락 안했어."

"……그냥. 이제 해야지."

이환이 씩 웃으며 기지개를 켰다.

"여기, 참 좋더라. 공기도 맑고 조용하고 매일 이렇게 바다도 보
이고. 너 몰랐지. 내가 바다 좋아하는 거."

바닷바람에 이환의 머리카락이 살며시 흔들렸다. 멀리 바다를
보는 그의 얼굴이 참 편안해 보였다.

"내가 안 사실이 너무 끔찍해서…… 무작정 도망쳐 나오긴 했는데 어디 갈 곳이 없더라고. 근데 여기가 생각이 나더라. 도착해서 제일 먼저 이곳으로 와서 바다를 마주하고 섰는데…… 그래도 고운이 네가 이런 곳에서 지내서 참 다행이었다 싶었어. 많이 힘들었을 텐데, 그래도 이 바다가 너한테 많은 위로가 되어 줬겠다…… 그랬어."

이환이 고운을 돌아보더니 그녀를 보며 엷은 미소를 지었다.

"……미안하다, 고운아."

"……오빠가 왜."

"그냥. 너 참 많이 힘들었을 텐데, 도움도 못 되고, 오히려 더 힘들게만 하고. 바보처럼 무슨 일이 있었는지도 모르고 말이야."

"어른들 일이잖아. 지나간 일이고. 너무 마음 쓰지 마."

"……차라리 나한테라도 말을 하지 그랬어. 그랬으면 네 짐이 좀 가벼워졌을지도 모르는데."

"……"

"난 진짜, 정말 그런 일이 있었을 거라곤 꿈에도 생각 못했어. 그날, 엄마랑 아저씨 이야기 듣는데…… 정신이 번쩍 들더라. 우리 엄마가, 그리고 내가…… 너한테 어떤 짓을 했는지. 너한테서 엄마를 뺏어 간 사람이 다름 아닌 우리……."

"오빠."

"네가 엄마가 있단 얘기를 처음 나한테 했을 때, 어떤 마음으로 그 얘길 했을지 생각하면……."

담담하던 이환의 목소리가 살짝 떨리는가 싶더니 이내 잠기었다.

"오빠가 미안해 할 일은 아냐."

"사실이잖아. 그럴 의도가 없었다고는 해도 엄마랑 내가 결과적으로는 너랑 너희 엄마한테 못할 짓을 하고 말았으니까."

"……."

"나한테 정말 왜 말 안 했니. 그랬으면, 적어도…… 내가 널 힘들게 하진 않았을 거 아냐. 염치없어서라도 못 그랬을 텐데."

이환의 말을 듣고 나니 오래전, 수미를 처음 만났던 날이 기억났다. 고운은 바닷바람에 날리는 머리카락을 귀 뒤로 넘기며 옅은 미소를 지었다.

"……처음에 나도 그 이야기 듣고 참 많이 아팠거든. 그래서 오빠까지 힘들어지는 거 싫었어. 그런다고 없던 일이 되는 것도 아닌데."

이환이 물끄러미 고운을 들여다보았다.

"남훈인…… 알아?"

"아니. 영원히 몰랐으면 싶어. 그럴 수만 있다면."

"그래."

고운의 말에 이환은 고개를 끄덕였다.

"그런데 오빠. 이젠, 나 정말 괜찮아. 진짜. 세월이 얼만데."

고운이 웃자 이환도 그제야 천천히 미소 지었다. 그러고 보니 둘이서 얼굴 마주 보고 웃은 게 참 오랜만인 것 같았다.

"생각해 보면, 열여덟…… 그때보다 난 몸만 자랐지, 실제로는 하나도 자라지 못했던 것 같아. 십여 년을 계속, 그렇게 그때의 나에 머물러 있었던 것 같아. 바보처럼."

옛 기억을 더듬기라도 하듯 어딘가를 바라다보며 이야기하던 이환이 문득 고운을 보며 머리를 쓱쓱 헝클였다.

"넌 그동안 이렇게나 잘 자랐는데 말이야."

"……오빠."

"너무 많이 늦긴 했지만, 이젠 나도 용기 내 보려고."

이환이 기지개를 힘껏 켜더니 푸른 하늘을 올려다보았다.

"이젠 나도 정말 잘 살 수 있을 것 같다."

"응. 오빠, 잘 살 거야."

부우우웅. 멀리서 뱃고동 소리가 들려왔다.

"그러고 보니 그때 말이야. 너 전학가기 전날."

바다를 향하고 있던 고운의 고개가 이환에게로 움직였다.

"네가 그랬었지? 좋아하는 사람, 있다고. 근데 그게 난 아니라고."

잊고 있었던 오래전, 그날 밤의 기억이 이환의 말과 함께 어렴풋 떠올랐다.

"나, 실은…… 좋아하는 사람 있어. 몰랐는데, 오늘 알았어."

"솔직히 난 그게, 네가 우리 부모님들 때문에 그러는 줄로만 알았어. 나 단념시키려고."

"그랬구나……."

"그 사람이 혹시 재희 형이었어?"

고운의 입가에 옅은 미소가 그려졌다.

"응."

고운을 물끄러미 바라보던 이환이 칫 웃으며 하늘을 올려다보았다.

"두 사람 인연도 참…… 징글징글하다."

이환의 장난스런 말에 고운이 소리 내어 웃었다. 갈매기 몇 마리가 끼룩거리며 머리 위에서 날아다녔다. 한참 동안 바다를 바라보던 이환이 고운을 돌아보더니 손을 내밀며 악수를 청했다.

"결혼 축하해, 고운아."

꾹꾹 참고 있다 그 말 한마디에 고운은 그만 눈물이 핑 돌았다.

"잘 살아야 해. 정말."

"……그럴게. 고마워, 오빠."

이환이 내민 손을 잡으며 고운은 씩씩하게 고개를 끄덕였다.

지이잉.

재희는 라디오 볼륨을 낮추고 전화를 받았다.

"응. 어디야?"

〈가는 중.〉

"그래. 알았어."

전화를 끊은 지 오 분쯤 지났을 때 저만치에서 걸어오는 이환과 고운의 모습이 보였다. 재희도 차에서 내렸다. 이환이 말없이 옅은 미소를 지으며 재희에게 꾸벅 인사를 했다. 그 모습 위로 교복을 입은 맑은 소년의 얼굴이 겹쳐졌다. 몽고에서 돌아왔던 날, 그날의 혼란스러웠던 모습은 온데간데없고 많이 편안해 보였다.

……다행이네.

재희도 미소 지으며 두 사람을 맞았다.

"그럼 우리 그만 가볼게."

"그래."

이환이 고운과 인사를 나누더니 재희에게도 악수를 청했다.

"형."

이환이 부르는 소리가 예전처럼 정겹고 따뜻했다. 재희도 이환이 내민 손을 꽉 잡아 주었다.

"죄송해요. 그리고…… 고맙고요."

재희는 대답 대신 미소 지으며 이환의 어깨를 툭툭 두드려 주었다.

"형. 다음에 술 한잔 해요. 고운이 빼고 우리끼리."

"그러자."

"그리고 오빠로서, 우리 고운이 잘 부탁할게요."

재희의 입꼬리가 씩 말려 올라갔다.

"그래. 너도 몸 잘 챙기고."

하하. 이환이 환하게 웃었다.

"형도요. 스트레스 받으면 위장병은 금세 또 안 좋아지거든요."

불시에 잽을 맞은 재희가 '하' 하며 이마를 만지작거렸다.

"하여간에 한남훈 그 자식…… 아주 동네방네 소문을 다 퍼뜨렸어."

그런 재희의 모습에 고운과 이환이 사이좋게 웃음을 터뜨렸다.

"그럼 운전 조심히 가세요."

"그래."

이환에게 인사를 하고 고운과 재희는 차에 탔다. 시동 소리와 함께 차가 출발했다. 룸미러로 이환이 손을 흔드는 모습이 보였다. 고운도 돌아서서 마주 손을 흔들어 주었다.

"창문 좀 열까?"

"응."

창문을 내리자 끈끈한 바닷바람이 시원하게 불어 들어왔다. 나지막한 지평선 너머, 맑고 푸른 하늘 아래 넓게 펼쳐진 은빛 바다가 보였다.

"날씨 참 좋다."

"그러게."

끼익.

갑자기 차가 멈춰 섰다.

"왜? 고장났어요?"

"아니. 잠깐만 내려 봐."

고운이 영문도 모른 채 재희를 따라 차에서 내렸다. 재희가 휴대전화를 꺼내 고운에게 다가왔다.

"사진 한 장 찍고 가."

잠시 재희를 올려다보다 고운의 웃음이 터졌다.

"왜?"

"아니. 선배, 이런 거 안 좋아할 것 같아서."

"별로긴 하지."

"근데."

"너랑 찍는 거잖아."

저런 말을 아무렇지도 않게 하는 고재희라니. 고운은 픗 웃고 말았다. 재희가 휴대전화를 꺼내 위로 들고는 고운의 어깨를 감싸 안았다.

"자, 하나, 둘, 셋."

찰칵.

휴대전화를 보았다. 환하게 웃고 있는 두 사람의 모습이 화면에 가득 들어 있었다. 장난기가 슬며시 돌아, 고운은 재희의 팔짱을 꼈다.

"우리 한 장 더 찍어요."

"그래."

고운의 말에 재희가 흔쾌히 다시 휴대전화를 위로 들었다.

또다시 하나, 둘, 셋.

그리고 셋 소리에 고운은 재희의 뺨에 입을 맞췄다.

찰칵!

"뭐하는 거야?"

재희가 황당한 듯 내려다보기에 순간 말문이 막혔다.

"애도 아니고 말이야."

재희의 입술 끝에 특유의 웃음기가 어리고, 고운은 그제야 그가 뭘 하고 싶은지 알았다.

"하여간에."

뒷말은 마저 하지 못했다.

재희가 고개를 숙였고 고운은 눈을 감았다. 따뜻한 그의 입술이 좋았다. 말캉하고 부드러운 혀가 입안 깊숙이 들어와 장난치듯 고운을 쓰다듬는다. 페퍼민트. 그와 키스를 나눌 때면 늘 이렇게 페퍼민트 향이 났다.

바다 특유의 짠내가 섞인 끈끈한 바람이 불어온다. 머리카락이 흐트러졌지만 아랑곳 않았다. 고운은 그의 목을 두 손으로 감싸 안았다. 재희는 고운의 허리를 바짝 끌어안았다.

반짝거리는 햇살, 멋지게 하늘을 날아다니며 끼룩거리는 갈매기, 한들거리는 바람.

그리고 그 가운데 두 사람이 있었다.

더할 나위 없이 멋진, 아름다운 어느 가을날이었다.

✳

"축하해."

청첩장을 내려놓으며 혜영이 축하를 건넸다.

"⋯⋯이사하신 집은 어때요?"

"참 빨리도 물어본다."

혜영이 곱게 눈을 흘기고는 이내 살포시 웃었다. 정식과 이혼을 하기로 결정한 후, 혜영은 곧바로 집을 구해 이사를 나왔다. 물론 정식의 반대가 있었지만 그녀는 자신의 주장을 그대로 밀어붙였다.

"좋아. 편하고. 진작 이럴 걸 싶더라."

"⋯⋯아버진."

"그 사람도 이젠 어느 정도 받아들인 것 같아."

혜영의 말에 고운은 엊그제 정식과 나눈 전화통화를 떠올렸다. 한동안 마음 갈피를 잡지 못하고 한의원도 나가지 않고 칩거하던 그였지만, 얼마 전 혼자 일주일 정도 여행을 다녀온 후 혜영의 말처럼 어느 정도 마음의 정리를 하긴 한 것 같았다.

"한의원도 나오기로 하셨다면서요."

"원래 그 사람."

혜영이 말을 하다 말고 미소 지으며 말을 정정했다.

"너희 아빠 병원이었잖아. 공동 투자라곤 해도 솔직히 내가 한 건 얼마 안 되거든."

결혼처럼 두 사람의 이혼 역시 당황스러울 정도로 갑작스러운 것이긴 했다. 혜영의 고집을 꺾어 달라고 찾아온 정식에게 화가 나 퍼부어 대긴 했지만 사실 고운도 두 사람의 이혼을 바란 건 아니었다.

"미안하다, 고운아."

찻잔에 붙박여 있던 고운의 시선이 혜영에게로 향했다.

"사과가 너무 늦었지?"

"……아줌마."

"지금 너보다 어린 나이에 이환이 아빠 그렇게 보내고…… 세상에 이제 이환이랑 나랑 둘이라 생각하니 얼마나 무섭고 막막하던지. 변명 같지만, 아니, 변명이지만…… 너희 할머니, 너희 엄마한텐 그렇게 엄하고 무서운 분이었지만 나한테는 그렇지가 않았어. 2학년 때였나. 부모님 갑자기 사고로 돌아가시고, 그런 내가 안 되어 보였는지 그때부터 너희 할머니가 날 참 많이 챙겨 주셨지. 그래서 이환이 아빠마저 그렇게 내 옆을 떠나고 나니, 너희 할머니가 엄마 같고, 너희 아빠가 오빠 같고, 너희 엄마가…… 정말 올케 같이 느껴졌어. 어쩌면 그렇게 의지하고 기대고 살고 싶었던 것 같아. 그때의 내가. 지금 생각하면 참 철이 없었지. 애초에 우린 가족이 아니었는데 말이야."

혜영이 헛헛한 미소를 지으며 문득 창밖을 내다보았다.

"하루는 너희 집에 갔더니 너희 엄마가 또 주방에서 혼자 울고 있더라고. 칭얼거리는 널 달래면서. 정말 내가 시누이가 된 것처럼 너무 미안하더라."

"힘들죠? 그래도 기운 내요. 언젠가 마음 풀고 잘 대해주실 날이 곧 올 거예요."

아무 힘도 못 되는 그런 위로 몇 마디 해주는 게 고작인 나한테 어느 날, 너희 엄마가 그러는 거야. '혜영 씨가 정말 부러워요' 라고.

까맣게 잊고 있었던 오래된 기억 속 어린 그녀는 늘 울어서 빨개진 눈시울을 하고 있었다.

"왜 나 같은 사람이 부러워요. 그럼 안 돼요."

"가진 건 이환이밖에 없는 나를 남편, 자식 다 있는 너희 엄마가 부러워할 게 뭐가 있나 싶었어. 그랬더니 그 사람이 갑자기 그리 묻더라. 너희 아빠랑 한의원 정말 같이 할 거냐고. 그때 알아차렸어야 했는데. 정작 그 사람을 힘들게 하는 건 너희 할머니도, 너희 아빠도 아닌 나였다는 걸."

혜영은 고운을 잠시 보다 이내 찻잔으로 고개를 내렸다.

"그리고 얼마 후, 너희 엄마가 집을 나갔고, 그 후로 단 한 번도 보질 못했어. 그런데 가끔 너희 엄마가 나한테 마지막으로 했던 그 말이 가끔씩 떠오르긴 했었어. 너희 아빠가 처음으로 결혼하자고 했을 때, 선뜻 그러자 하지 못하고 거절했던 건 아마 그래서였을 거야. 죄책감. 어쩌면 인정하고 싶지 않았을 뿐이지, 나도 알고 있었는지도 모르겠어."

고운은 잠자코 혜영의 말을 듣기만 했다. 오랜 세월, 혜영과 함께 지내면서도 이런 이야기를 들은 건 처음이었다. 하긴 이런 이야기를 어찌 꺼낼 수 있었을까.

"그러다 너 고등학교 1학년 때였나. 너희 아빠 교통사고가 난 게. 그때 정말 가슴이 철렁하더라. 이환이 아빠 그렇게 보냈는데 너희 아빠까지…… 언제 어떻게 될지 모르는 게 인생인데, 나도 이제 좀 누군가에게 의지하고, 조금만 더 행복해지면 안 될까. 너희 아빠도, 나도, 너랑 이환이도, 우리 진짜 가족이 되면 전부 다 조금 더 행복해지지 않을까, 그래서…… 그래서 너희 아빠랑 결혼했던 건데. 정작 너희들 힘들게 하는 건지도 모르고 말이야."

두 사람의 무거운 대화 내용과 달리 카페 안은 다가온 크리스마스를 맞아 흥겨운 캐럴이 흘러나오고 있었다.

"후회 안 하시겠어요?"

"아마."

고운의 질문에 혜영이 아이처럼 해맑게 웃었다.

"그 힘든 세월 함께 지내 온 같은 동료로, 그리고 오랜 친구로, 앞으로도 그냥 그렇게 지내는 게 좋을 것 같아."

"저 때문에 그러시는 거면 그러지 않으셔도 돼요. 어차피 오래전 일이고, 되돌릴 수도 없는 일이잖아요. 그리고 엄마도 없고."

혜영이 가만히 고운을 건너다보았다.

"예전엔 몰랐는데 나도 사랑이란 걸 해보니 조금 알 것 같아요. 그때, 어른들의 마음이 어떠했을지."

"……."

"그러니까…… 다시 한 번 생각해 보세요."

"……그래, 그럴게."

혜영이 옅은 미소를 지으며 고개를 끄덕였다. 고운도 그런 혜영을 보며 마주 웃어 주었다. 그러고 보니 얼굴 마주하고 이렇게 웃는 건 참 오랜만인 것 같았다.

"참. 고운아."

"네."

"아줌마가 너, 결혼 선물 하나 해주고 싶은데 그래도 될까?"

혜영의 말투가 조금 조심스러워졌다.

"실은 너 결혼 준비하는 것도 내 손으로 일일이 챙겨 주고 싶었는데. 네가 불편해 할 수도 있을 것 같아서."

조심스레 말을 건네는 그녀를 보고 있자니 코끝이 찡해졌다. 어쨌거나 어렸을 적부터 엄마처럼 자신을 키워 주었던 혜영이었다.

"다음 주에 시간 되시면 저랑 이불, 한복 좀 같이 보러 가주세요. 예단도 해야 하는데 뭘 어떻게 해야 하는지, 혼자서는 결정을 잘 못 하겠더라고요."

가만히 고운을 쳐다보던 혜영의 눈가가 천천히 불그스레 물들어 갔다.

"그래, 그렇게. 아줌마가 같이 골라줄게."

"가구랑 그릇 보러도요. 아줌마 그릇 잘 보시잖아요."

"그럼. 그렇잖아도 실은 너 시집갈 때 주려고 이것저것 모아 둔 게 꽤 돼. 다음 주에 아줌마 집에 한번 와서 보고 마음에 들면 가져가. 어차피 너 주려고 모아 둔 거니까."

"네. 그럴게요."

결혼 준비하는 데 신경 쓸 게 이렇게 많은 줄 몰랐다고, 혜영과 이런저런 이야기를 하는데 테이블 위에 올려 둔 고운의 휴대전화가 짧게 진동했다. 재희에게서 온 메시지였다.

—십 분 후 도착.

"재희?"

혜영이 귀신같이 알아채고 묻는다.

"큰일이에요. 선배 연락만 받으면 자꾸 웃음부터 나와서."

"당연히 그래야지, 안 그럼 돼?"

고운이 하소연 아닌 하소연을 했더니 혜영이 장난스레 고운의 손을 톡 두드렸다. 미안한 말이지만 고운은 예전보다 지금의 혜영이 훨씬 더 편하고 좋았다.

"이리로 온대?"

"네. 함께 가기로 한 곳이 있거든요."

"어디?"

✳

냉장고 안에는 음식물은 없고 오로지 냉기만 가득했다.

"일요일이라 조용하네."

"그러니까. 우리 땐 일요일에도 학교 와서 공부하고 그랬는데."

"뭐, 수능도 끝나고 이제 곧 방학이기도 하니까 그렇겠지."

재희와 이런저런 이야기를 나누며 고운은 냉장고 안에 빵과 음료수, 초콜렛 등을 넣어 두었다. 냉장고 문을 닫고 돌아서자 재희가 종이에 뭘 주섬주섬 적고 있었다. 곁으로 다가가 훔쳐보았더니 재희의 날렵한 글자가 보인다.

─니네 방송반 선배 둘이 결혼한다. 와서 밥 먹고 싶은 녀석들, 밥 먹도록 해. 거기 밥, 먹을만 하더라.

보자마자 하도 어이가 없어 웃음이 나왔다.

"문구가 이게 뭐야."

"왜?"

"좀 다정하게 적지, 툴툴툴. 오란 거야, 말란 거야?"

"왜, 메모는 간단명료하게. 필요한 말 다 적었잖아."

"그래도 후배들이잖아."

"후배니까 밥이라도 먹으러 오라고 하는 거잖아. 이보다 다정하고 친절한 선배가 어디 있어?"

열여덟 장의 청첩장을 챙겨 서류봉투에 담으며 재희가 무심히 대꾸했다.

하여간에 누가 말려.

고운은 픽 웃으며 고개를 설레설레 저었다.

"자, 그럼 여기 온 김에 이것도 한번 먹어 봐야지."

재희가 학교 앞 문방구에서 사 온 커피 우유와 카스텔라를 꺼내 책상 위에 내려놓았다. 아이들 먹을 걸 사면서 함께 사 온 것들이었다.

톡!

빨대를 들고 신중하게 우유에 꽂던 그가 갑자기 비딱하게 눈썹을 치켜 올렸다. 뭔가 마음에 들지 않는 것이다. 아니나 다를까. 그의 손에 들려 있던 빨대 끝이 뭉툭해져 있었다. 혹시나 몰라 빨대를 세 개 챙겨 오길 정말 잘했지.

"예전이나 지금이나 빨대 못 꽂는 건 똑같아, 진짜."

고운이 재희의 손에서 우유를 뺏어 들고 새 빨대를 꺼내 들었다. 톡. 한 번에 성공.

"자요."

으스대며 줬더니 재희가 두 손으로 공손히 받아 들었다. 고운이 깔깔대고 웃으며 나머지 우유에도 빨대 하나를 마저 꽂았다. 재희가 카스텔라 봉지를 뜯어 반으로 나누더니 고운에게 한쪽을 내밀었다.

"네가 나한테 처음으로 준 게 이거였어. 기억나?"

"……그랬나?"

"응. 그랬어."

둘이서 나란히 창가에 서서 우유를 마시니 정말 예전 생각이 새록새록 떠올랐다.

"옛날 생각나지?"

"그러게."

아련히 옛날 기억을 하나씩 떠올릴 때였다.

"……고쟁이."

풉!

재희가 뜬금없이 하는 소리에 고운이 가볍게 기침을 했다.

"왕싸가지. 폭풍 설사."

옆을 돌아보았더니 재희의 얼굴에 열아홉 개구진 소년의 미소가 걸려 있었다.

"찔리지?"

"하여간에 뒤끝 장난 아냐."

"그걸 누가 잊어?"

서로 밉지 않게 흘겨보다 약속이나 한 듯 동시에 웃음이 터지고 말았다. 책상 끝에 나란히 걸터앉아 우유를 마시면서 녹음 부스를 가만히 건너다보았다.

"진짜 오랜만이다. 그죠?"

"그러게."

"처음에 통영에 전학 갔을 때 여기가 되게 그리웠어요."

"난 명진고 방송부 18기 부장이었던 고재희다."

지금 돌이켜 보면 솜털이 보송보송한 어린 소년이었을 뿐인데 그땐 그가 왜 그렇게 크고 무서워 보였던지. 혼자 피식대고 웃는데 재희가 어깨를 감싸안아 주었다.

"한번 들어가 봐."

"그래도 되나? 그때처럼 방송 사고 나면 어떡해."

"뭐 어때. 프로가 옆에 있는데."

그럼 한번 그래 볼까?

재희를 말끄러미 올려다보다 고운이 겸연쩍은 미소를 지으며 자리에서 일어났다.

"파이팅!"

재희가 장난스레 기합까지 불어넣어 주는 바람에 고운의 웃음소리가 커졌다. 부스 문을 열고 들어가 마이크 앞에 앉자, 재희도 콘솔 앞으로 와서 앉았다.

마이크를 당겨 보라는 듯 재희가 손짓을 했다. 큼! 고운은 목을 가다듬고서 마이크를 앞으로 살짝 당겼다. 그리고 마이크 볼륨을 올렸다.

"아, 아. 마이크 테스트. 마이크 테스트."

오래전, 잊고 있었던 기억이 새록새록 떠올랐다.

"고쟁이 씨, 내 말 들려요?"

고운이 부르는 소리에 재희가 근엄한 표정으로 손가락으로 오케이 사인을 보내주었다. 고운의 입술도 예쁘게 나선형으로 휘어졌다.

"고재희PD?"

고운이 입술을 가리키며 대답을 하라고 하자 재희가 자신의 앞에 있던 마이크를 당겼다.

"들립니다. 말씀하시죠. 이고운 아나운서."

마이크를 타고 들려오는 그의 목소리는 학창 시절처럼, 아니 그때보다 훨씬 더 나직하고 근사했다.

"오늘이 무슨 날인지 혹시 알고 계신가요?"

"무슨 날인데요?"

"아, 정말 실망입니다. 오늘이 바로 제가 고재희PD 와이프가 되기 딱 38일 전인데 말이죠."

재희의 반응이 궁금했다. 긴 손가락으로 이마를 문지르던 그가 '흠' 하더니 고운을 쳐다보았다.

"저야말로 실망입니다. 이고운 씨가 제 와이프가 되기까진 38일이 아니라 37일이 남았습니다만."

부스 유리를 사이에 두고 서로의 눈빛이 오고갔다.

풉.

동시에 웃음이 터졌다. 고운은 가만히 재희를, 그리고 그의 어깨 너머로 보이는 방송부실을 바라보았다.

"노스트라다무스가 그랬는데 99년에 9월에 지구가 멸망한다잖아요. 그런데 어떻게 수능을 봐요."

"선배."

"응."

"노스트라다무스의 예언은 결국 틀렸다, 그죠?"

턱을 괸 채 고운을 바라보던 재희의 눈빛에 옅은 미소가 담기었다.

"다행이야. 세상은 여전히 존재하고, 그 덕에 이렇게 선배 다시 만날 수 있게 되어서."

"그러게."

1999년 9월 9일. 세상은 멸망하게 될 거라던 노스트라다무스의 예언은 결국 틀렸다.

그때의 우리는 무사히 자라 어른이 되었고, 우연히 다시 만나 사랑에 빠졌다. 그리고 결혼까지 하게 되었다. 물론 작은 위기가 있었지만 그것마저도 우리 두 사람의 인생 역사의 한 페이지로 기억될 것이다.

"기대 많이 할게요. 앞으로, 매일매일 우리가 사랑하면서 살아가게 될 날들을."

서로를 향한 두 사람의 눈빛은 싱그럽던 열일곱, 열아홉, 그때와 똑같이 반짝반짝 빛나고 있었다.

열넷.
그 후의 이야기

"자, 그럼 아쉽게도 오늘, 크리스마스의 마지막 음악 선물 띄워 드리며 저희도 그만 작별 인사를 드려야 할 것 같습니다. 마지막 곡은 우리 장인우 씨의 신청곡인데요. 장인우 씨께서 직접 소개해 주세요."

"네, 오늘 마지막 곡은요. 제가 정말 좋아하는 영화가 바로 '러브 액츄얼리' 인데, 바로 이 영화의 OST 중 하나인 'Christmas is all around' 입니다."

"저도 이 곡 정말 좋아해요. 특히 빌 나이의 음색이 이 노래와 정말 잘 어울리잖아요."

"네. 사실, 원래 이 곡은 '네 번의 장례식과 한 번의 결혼식' 의 OST였던 Wet Wet Wet의 'Love Is All Around' 가 원곡인데요.

이 곡의 가사를 재밌게 바꿔서 부른 게 바로 이 'Christmas is all around' 라 하더라구요."

"그러니까 '어디서 많이 들어 본 곡인데?' 그러신 분들 많으셨을 거예요. 사실 제가 그랬거든요."

"하하하."

"그럼 장인우 씨께서 여러분들에게 마지막으로 띄워 드리는 음악 'Christmas is all around' 들으시면서 저희도 작별 인사를 드리도록 하겠습니다. 장인우 씨, 마지막 인사 해 주세요."

"라디오 방송은 처음이라 오기 전에는 좀 긴장했었는데요, 남훈 씨가 워낙 재밌게 잘 이끌어 주셔서 정신없이 한 시간 즐겁게 보내다 가는 것 같아요. 조만간 영화 시사회장에서 관객분들 직접 만날 계획인데 시간 되시는 분들, 그때 직접 뵙고 또 즐거운 시간 나눴으면 좋겠습니다."

"메이크! 저도 강추 드려요. 영화 아주 재밌게 잘 빠졌다고 입소문이 자자하게 났더라고요."

"아유, 감사합니다. 남훈 씨도 오실 거죠?"

"당연하죠. 저는 최소 세 번은 꼭 보겠습니다. 약속!"

"하하하. 네, 약속!"

"아, 시간 때문에 밖에서 빨리 끝내라고 막 그러시고 계세요. 나머지 이야기는 우리 밖에서 따로 하도록 하죠. 저는 그럼 내일 뵙도록 하겠습니다. 오늘은 좋은 꿈꾸시라는 인사 대신에 크리스마스 인사를 드리도록 하겠습니다. 아직은 크리스마스 맞잖아요, 그죠?"

"맞아요. 안 끝났어. 딱 삼 분 남았네요."

"하하, 그럼 장인우 씨. 우리 같이 메리크리스마스 하면서 인사 전하고 가죠! 괜찮죠?"

"그럼요. 하나, 둘, 셋! 메리크리스마스!"

"메리크리스마스!"

남훈과 인우의 흥겨운 인사 뒤로 노랫소리가 흘러나왔다. 25일 녹음이 무사히 끝이 났다. 헤드폰을 벗고 두 사람이 녹음실을 나오자 재희도 자리에서 일어나 인우에게 인사를 건넸다.

"수고하셨습니다."

"아우, 라디오 방송은 처음이라 폐는 안 되었는지 모르겠네요. 그래도 생방송이 아니라 좀 덜 떨었던 것 같은데."

"무슨 소리! 일주일에 한 번씩 고정 게스트로 부르고 싶을 만큼 얼마나 잘했는데요!"

남 작가가 엄지손가락을 척 들어 주자 인우가 활짝 웃으며 고개를 꾸벅 숙였다.

"근데 정말 이대로 보내기 너무 아쉽다. 우리 그러지 말고 이따 밤에 방송 끝나고 크리스마스이브 확실하게 한번 보낼까? 장인우 씨, 약속 있어요?"

"아뇨."

"오케이! 그럼 우리랑 같이 갈래요?"

남 작가의 제안에 인우가 남훈을 한번 보고는 이내 흔쾌히 고개를 끄덕였다.

"그럴까요, 그럼?"

장인우의 말이 끝나기가 무섭게 세미와 남훈이 신이 나 '콜!' 을 외쳐댔다.

"그럼."

모두의 시선이 조용한 두 사람에게로 향했다.

첫 번째.

"미안하지만 난 열외 좀 시켜 주세요. 우리 애가 엄말 애타게 기다리고 있어요."

연주의 말에 모두들 '하긴' 하며 수긍했다.

그리고 나머지 두 번째.

"나도 안 됩니다."

휴대전화를 유심히 보던 재희가 고개도 들지 않고 짧게 말했다.

"왜! 아직 유부남 되려면 며칠 남았잖아. 아직 법적인 싱글은 무조건, 무조건 참여해야 하는 거라고!"

"죄송합니다만 오늘 밤에 눈 온대요."

"눈이 온다고?"

"예. 눈이 온대요."

재희가 싱긋이 웃으며 휴대전화를 가볍게 흔들어 보이고는 방송 원고를 정리했다.

"눈이 오면 왜?"

남 작가가 도무지 이해가 가지 않는다는 얼굴로 주위를 쳐다보자 모두들 동의하듯 어깨를 으쓱였다.

캄캄하고 하얀 밤이었다.

약속했다. 크리스마스이브에 눈이 오면 우린 그 밤, 사랑을 하는 거라고.

일곱 살 어린 아이들처럼 손가락 걸고 깔깔대고 웃으며 한 장난 같은 약속이었다. 그래도 엄연히 약속은 약속이었다.

열두 시에 라디오를 끝내자마자 바람 냄새를 잔뜩 묻히고 한달음에 달려온 재희에게 고운이 마치 처음 듣는 소리란 듯 장난을 쳐 보았다.

"난 그거 장난인 줄 알았는데."

고운의 말에 재희는 오늘처럼 축복 받은 날 하마터면 화를 낼 뻔했다.

"내가 오늘을 얼마나 기다린 줄 알아?"

라는 말로 시작된 일장 연설에 고운은 가타부타 대답은 않고 계속 웃기만 하며 재희의 애를 태웠다.

"이건 도무지 말로 해선 안 되는 일이라고. 안 되겠어. 그냥 몸으로 해결 보자."

마루에서 몇 분 동안 계속된 실랑이 끝에 마침내 재희가 고운을 안아 그대로 방으로 직행했다. 하지만 방에 들어서자마자 고운은 언제 그랬냐는 듯 적극적으로 돌변해 재희를 당황시켰다.

"난 선배 골리는 게 세상에서 제일 재밌더라."

처음부터 그러기로 해놓고, 괜히 아닌 체, 사람 마음 애타게 하는 게 아주 도가 텄다며 재희가 따뜻한 이불 속에서 투덜거렸다. 그런 그를 고운은 보듬어 안고 또 안아 주었다.

고운은 불을 켜는 걸 싫어했다. 여전히 그렇게 부끄러운 거냐며 재희는 장난스럽게 그녀의 귓가에 속삭였다. 하얀 문풍지 너머로 더욱 하얀 함박눈이 소리 없이 내리고 있었다.

"형설지공이랬지."

"뭘 공부하려고?"

"알면서 묻기는."

재희의 말에 고운이 쿡쿡대고 웃었다. 이마부터 눈, 코, 입, 목, 쇄골로 내려오던 그의 입술이 가슴에 머물렀다. 고운은 말을 삼키고 대신 가쁜 숨만 흘렸다. 간간이 부끄러운 신음 소리도 섞여 나오곤 했다.

예뻐 죽겠다.

재희는 그런 고운에게 예쁘다, 예쁘다, 자꾸만 예쁘다 했다.

사랑해.

그의 허리에 다리를 감고 그의 얼굴을 만지며, 숨이 가빠 어쩔 줄 모르는 와중에, 고운은 사랑한다, 사랑한다, 자꾸만 사랑한다 고백을 했다.

이마에, 뺨에, 그의 땀방울이 떨어진다.

그리고 마침내, 고운의 위로 허물어지며 재희는 그제야 사랑한단 소리를 한다.

겨우, 이제야, 고작 한 번, 얄미워 죽겠어.

고운은 땀에 젖은 그의 뒷머리를 쓰다듬으며 피곤 어린 투정을 했다. 재희가 나직이 웃으며 옆으로 내려와 팔을 내어줬다. 고운은 자연스레 안기며 그의 품을 파고들었다. 따뜻하고 노곤하니 잠이 오기 시작했다.

"추워. 감기 드는데."

옷을 입고 자는 게 어떨까. 재희가 이불을 고운의 목 끝까지 올려 주며 다정히 물었다.

"······잘래, 그냥. 졸려."

"그래. 그럼 그냥 자자. 사랑해. 메리크리스마스."

입술 위에서 속삭이고는 그가 꼭 껴안아 주었다. 잠이 들기도 전에 아주 특별한, 정말 달디 단 꿈을 꿀 것만 같은 기분이 들었다.

바람이 부는지, 한 달 전 재희가 처마 끝에 달아 놓은 풍경이 맑은 소리를 내며 길게 울었다. 정말 축복받은 밤이었다.

✳

[헤르만 헤세가 그랬죠? 'If I know what love is, it is because of you', '만일 내가 사랑을 알게 된다면, 그것은 당신 때문이에요'라고 말이죠.

사실 '사랑'을 모르는 사람은 없을 거예요. 하지만 그게 정확하게 어떤 감정인지, 어떤 마음인지 모르는 사람은 어쩜 생각보다 많을지도 몰라요. 뭐랄까. 그냥 막연히 이해를 할 뿐이죠. 책에서, 드라마에서, 영화에서 보거나 아니면 주변 사람들을 보면서, '아, 사랑이 저런 건가보다', 그냥 그러는 거죠. 왜, 그런 말도 있었잖아요. '사랑을 글로 배웠습니다'라고.

그런데 어느날 갑자기 진짜, 아무런 예고도 없이, 나한테도 사랑이 찾아온 거예요. 그 사람을 보면 가슴이 두근거리고, 또 막 설레고, 한편으로는 그런 내가 이상해서 좀 불안하기도 하고. 그런 감정이 쌓이고 또 쌓이고, 그렇게 되다 보면 이제 본인 스스로도 자각을 하는 거죠. 와! 이런 걸 사랑이라 하는 건가? 아, 바로 이게 사랑이구나. 나도 지금 사랑을 하고 있는 거구나. 흔해 빠진 말이긴 한데, 사랑에 빠지고 나면 정말 세상이 달라져 보인다고 그러잖아요. 왜, 매일 보던 것들도 그렇게 좋아 보이고 뭘 해도 기분이 좋고 설레고…….]

"아아아!"

방 안에서 들려온 소리에 재희는 읽고 있던 원고를 내려놓고 서둘러 몸을 일으켰다. 방문을 열자 앉은뱅이책상 뒤로 만세를 하고 누워 있는 고운이 보였다. 노트북을 보란 듯이 덮어 놓은 채.

"다 했어?"

눈이 마주치자 혼자 의미심장한 미소를 짓던 고운이 발딱 일어나 앉아 재희를 향해 두 팔을 벌렸다. 그런 고운의 모습에 재희가 픽 웃으며 방 안으로 들어갔다. 재희가 고운의 앞에 허리를 굽히고 앉아 그녀를 꼭 껴안아 주었다.

"수고했어. 우리 이고운 씨."

"응. 진짜. 고재희 씨도 그동안 나 밥 챙겨 주느라 수고했어요."

그의 어깨에 고개를 기대며 고운이 어리광스럽게 한숨을 푹 내쉬었다. 재희는 미소 지으며 그런 그녀의 등을 다정하게 톡톡 두드려 주었다.

"정말 무슨 휴가가 이래."

고운이 번역해 주기로 한 책의 출간이 예정보다 두 달이나 앞당겨지면서 고운의 작업 마감일 또한 앞당겨졌다. 그것도 하필 고운과 재희의 휴가와 딱 겹쳐서 말이다. 처음에는 예정에도 없던 갑작스러운 일이라 어렵겠다며 손사래를 쳤지만 그쪽 사정이 워낙에 급한 터라 어떻게 해볼 도리가 없었다. 일이 이렇게 꼬이게 되어 함께 휴가를 가지 못하게 되었다는 고운의 말에 재희는 너무도 태연한 얼굴로 가볍게 어깨만 한 번 으쓱일 뿐이었다.

"괜찮아. 휴가야 어차피 함께 있기만 하면 되는 건데, 뭐. 어디에 있든 무슨 상관이야."

그런 그에게 고운은 무척이나 미안해 했지만, 사실 재희는 꽤 편안하고 여유로운 휴가를 나름대로 보내는 중이었다.

"원래대로라면 우리 이 시간쯤 계곡물에 발 담그고 수박 먹고 있어야 하는데, 그쵸?"

재희가 고운을 안고 있던 팔을 풀고 그녀의 얼굴을 내려다보았다. 입술이 비죽 나와 있는 걸 보니 지금의 이 상황이 어지간히 마음에 들지 않고 서운한 모양이다.

"그럼 지금이라도 그렇게 하면 되지."

"지금?"

눈이 동그래진 고운을 보며 재희가 별 대수롭지 않게 고개를 끄덕였다.

"그래. 지금."

물이 가득 담긴 대야에 네모난 각 얼음이 동동 띄워져 있었다.

대야 표면에 땀이 송골송골 다 나 있었다.

"이게 뭐야."

고운이 깔깔대고 웃으며 툇마루 끝에 걸터앉았다. 고운이 자리에 앉자 재희가 마루 끝 천장에 달린 전등을 껐다. 사방이 온통 어두워지자, 불을 보고 달려들어 윙윙거리던 날벌레 소리도 일시에 사라졌다.

"계곡물 짝퉁이지 뭐긴 뭐야."

옆에서 모기향을 꽂던 재희가 덤덤히 하는 소리에 고운은 또다시 웃음이 터졌다. 대야에 발을 담그자 머리끝부터 발끝까지 순식간에 시원해지는 게 정말 차가운 계곡물에 발을 담그고 있는 것도 같았다.

"으! 발 시려! 진짜 차!"

"자, 이것도."

재희가 빨간 수박을 먹기 좋게 썰어 담은 투명한 유리그릇을 내밀었다.

"수박도 있어요? 언제 사 왔어? 남은 거, 아까 점심에 다 먹었잖아."

"아버지가 갖다 주시고 가셨어. 며느리 사랑이 지극하시잖아"

"진짜? 근데 왜 말을 안 했어! 아버님 오셨는데 인사도 못 했잖아."

"너 바쁘다고 이것만 주고 바로 가셨어. 나도 인사할 새도 없었는데, 뭐."

재희와 이야기를 나누며 고운은 숟가락으로 수박을 퍼 입에 넣었다. 단물과 함께 아삭아삭, 경쾌한 식감이 입안 가득 느껴졌다. 고운의 입가에 금세 해사한 미소가 그려졌다.

"맛있어?"

재희가 묻는 말에 고운은 대답 대신 수박을 한입 가득 넣으며 고개를 크게 끄덕였다. 재희가 씩 웃으며 고운의 머리를 쓱쓱 쓰다듬어 주고서 옆에 앉았다.

"당신은?"

"여기 있어. 내 신경 쓰지 말고 얼른 먹어."

재희도 옆에 갖다 둔 그릇을 들어 수박을 먹기 시작했다.

"아, 진짜 여름 같다. 얼음물에 발 담그고 수박도 먹고."

기분이 좋은 듯 고운이 발로 가볍게 물장구를 쳤다.

"옛날 생각나. 통영에 있을 때, 여름이면 엄마랑 이모랑 남훈이랑 이렇게 수박화채 만들어서 먹었었는데."

"그랬어?"

"응. 이렇게 칼로 예쁘게 안 자르고 그냥 숟가락으로 대충대충 막 퍼내서."

"우리 할머니도 예전에 그렇게 해 주셨는데."

재희의 대답에 고운이 '정말?' 하며 신기해했다.

"그래도 밤 되니 좀 선선하네. 아까 낮엔 진짜 푹푹 찌더니."

"그러니까."

여름이긴 하지만 언덕 위에 있는 집이라 그런지 밤에는 제법 시원한 편이었다.

"그래도 시간에 맞춰서 다행이네. 그쪽에서는 뭐래?"

"정말 고맙다지, 뭐. 하긴 정말 정말 고마운 일이긴 하지. 이렇게 우리 휴가까지 몽땅 버려 가며 해준 일인데."

그래도 그나마 다행인 건 고운이 그간 여유 있게 작업을 해온 터라 갑작스런 일정 변경에도 불구하고 어쨌든 그쪽에서 요구했던 시간에 맞출 수 있었다는 것이다. 엄청 구시렁거리긴 했지만 그래도 맡은 바 무사히 일을 해내는 모습에 재희는 고운이 무척이나 기특했다. 머리를 쓱쓱 쓰다듬어 주고 등도 톡톡 두드려 주었다.

"수고했어. 정말 고생 많았어."

고운이 고개를 끄덕끄덕하더니 다시 열심히 화채를 먹었다.

"참, 몇 시지?"

"어, 벌써 열 시 다 됐다."

재희의 말에 고운이 수박을 먹다 말고 일어나려 하자 재희가 그런 그녀를 말렸다.

"가만 있어. 내가 갖다 줄게."

고운 대신 안으로 들어간 뒤 다시 나온 재희의 손에 나무로 된 작은 라디오가 들려 있었다.

"역시 라디오는 라디오로 들어야 제맛이야."

재희가 라디오를 켜자 치이익 소리가 들려왔다. 조심스럽게 주파수를 조절하자 이내 잡음 없이 소리가 깨끗하게 흘러나왔다. 때마침 광고가 끝나고 익숙한 시그널 음악이 흘러나왔다.

"어, 시작한다!"

고운이 자리를 잡고 앉더니 빈 그릇을 뒤로 멀찍이 밀어 두었다. 그러고는 냅다 재희의 무릎을 베고 누웠다.

"아, 좋다."

며칠 동안 어깨를 짓누르던 부담감에서 벗어난 고운의 얼굴은 홀가분하기 그지없었다. 그런 그녀를 내려다보다 재희는 싱긋이 웃으며 수건을 쥐었다.

"발 들어 봐."

재희의 말에 고운이 '응!' 하며 발을 들었다. 재희가 수건으로 발의 물기를 훔쳐 주자 고운이 다리를 들어 마루로 쭉 뻗었다.

"이러고 딱 십 분만 있어야지."

눈을 맞추고 예쁘게 웃으며 하는 소리에 재희의 눈꼬리도 싱긋이 휘어졌다. 부채로 바람을 부쳐 모기를 쫓아 주며 고운의 머리를 부드럽게 쓰다듬어 주었다. 아함, 고운이 하품을 했다.

"졸립다."

"모기 물릴 텐데."

"잠깐만 있을 건데, 뭐."

나른히 대답을 하고서 고운은 눈을 감았다. 자연스레 배부터 감싸 안았다. 이젠 제법 배가 동그스름하게 나왔다.

"내년 이맘때엔 둘이 아니라 셋이겠다."

"그러게. 기대된다."

"나도."

맴맴맴.

라디오에서 흘러나오는 음악 너머로 매미가 열심히 울고 있었다. 모기향 냄새와 함께 마당에 심어 둔 꽃과 나무 냄새도 물씬 느꺼졌다. 간간히 불어오는 바람엔 여름밤 특유의 냄새가 가득 묻어 있었다. 고운의 입꼬리가 소리 없이 빙긋 휘어졌다.

"왜?"

"그냥, 만날 이러고 있으면 좋겠다 싶어서."

"만날 이러고 있음 되지, 뭐."

재희의 시선이 고운의 얼굴로 향했다.

"그러게. 그럼 진짜 좋을 텐데, 그치?"

고운이 미소 띤 얼굴로 눈을 감은 채 중얼거렸다. 머리를 쓰다 듬어 주는 다정한 손길에 잠이 솔솔 오는데 재희가 묻는다.

"나 얼만큼 사랑해?"

고운은 대답은 않고 그저 피식 웃기만 했다.

"어라? 이고운. 대답 안 해? 매일매일 조금씩 더 사랑해 준다 며."

새어 나오는 웃음을 꾹 참느라 '응' 하고서 대답도 못 하고 있 으니 재희가 다시 고운의 이름을 불렀다.

"이고운."

"응."

이번에는 겨우 대답했다.

"이고우운."

"으응."

이번에는 재희가 부르는 소리가 너무 듣기 좋아 조금 더 길게, 장난스레 대답을 했다. 고운의 입술에 편안한 미소가 대롱대롱 달 렸다.

찌르르르.

멀리서 풀벌레 우는 소리가 들려왔다. 매미는 여전히 열심히 울
어대고 풀 냄새는 아득하리만큼 짙었다. 라디오에서 흘러나오는
흥겨운 음악 소리도 왠지 꿈만 같았다.

미동도 없는 고운을 가만히 내려다보다 재희가 조심스레 그녀
의 이름을 불러 보았다.

"고운아. 자?"

대답 대신 새근새근, 곤한 숨소리만 들려왔다. 하긴 며칠간 고
생했으니 잠이 쏟아질 만도 하였다. 재희는 라디오 소리를 자그맣
게 줄인 뒤, 고운의 머리카락을 다정하게 쓰다듬어 주었다.

"……오늘은 사랑한단 말도 안 해주고 말이야."

어차피 듣지도 못할 투정을 고운의 머리 위에서 소곤거리며 재
희는 한숨 섞인 미소를 짓고 말았다. 고개를 들자 밤하늘엔 노오
란 달이 걸려 있었다.

"너, 인마. 누가 그러랬어? 어?"

어김없이 재희의 꿀밤이 재영의 머리 위로 날아갔다.

"아, 진짜!"

"네가 애초부터 못할 놈 같았으면 이러지도 않아. 충분히 저 혼자서 잘하고도 남을 놈이 논다고 정신 팔려서, 해야 할 일 뒤로 미루고, 그걸로도 모자라 절대 해서는 안 되는 짓까지 하고."

재희의 손가락이 다시 이마를 튕기자 재영이 빽 소리를 질렀다.

"에이, 머리 때리지 말라니까!"

"인마. 차라리 내지를 말지, 하다하다 남의 걸 베껴?"

"안 베꼈다니까!"

"그럼 너랑 걔랑 영혼의 쌍둥이냐? 이 자식이 어디서 못된 버릇만 배워서."

하는 수 없었다. 재영은 눈에 힘을 부릅 주고는 형을 올려다보았다. 하나, 둘, 셋, 넷, 다섯. 눈이 시려 왔지만 절대 눈을 깜빡여서는 안 된다. 그리고 드디어 즙 같은 눈물이 조금씩 새어 나왔다.

"고재영, 안 통하니까 눈 풀어."

하여간에 완전 대왕마귀가 따로 없다. 에이씨, 재영은 입을 비죽이며 손등으로 눈을 쓱 닦았다.

"놀아, 놀고 싶음. 근데 그 전에 네가 할 것 해놓고 놀라고. 알았어?"

"아빠가 건강하게만 자라면 된댔어."

"말했지. 네가 할 건 다 해놓고 건강하게 자라라고. 다시 한 번만 이런 일로 학교에서 형 오라가라 하는 날에는……."

재희의 무시무시한 눈빛이 고스란히 날아왔다.

"진짜 혼날 줄 알아. 알았어?"

"……어."

기어들어 가는 목소리로 겨우 대답을 하고서 재영은 고개를 열심히 끄덕였다.

"형 씻고 올 테니까 그 전까지 숙제 다 해놔. 저번처럼 뒤에 답안지 보고 대충 베껴 썼다가는 한 문제당 한 대씩이다."

재희가 밖으로 나간 뒤, 재영은 '으아아!' 소리 없는 비명을 지르며 침대 위로 풀썩 몸을 날렸다. 이불을 팡팡 두드리며 발을 동동 굴렀다.

"대왕마귀, 가가멜, 네로, 이토 히로부미 같으니라고!"

나쁜 놈들은 죄다 갖다 붙이며 부득부득 이를 갈아도 분이 풀리지 않았다.

남들은 S대 다니는 형이 있어서 좋겠다고 하지만 천만의 말씀, 만만의 콩떡이다. 아니, 일기가 좀 똑같을 수도 있지, 그거 좀 따라 썼다고 이렇게 사람을 괴롭힐 수가 있는 노릇인가? 형도 밉고, 바쁘다고 대신 형을 학교에 가라고 한 아빠도 미웠다.

띠리리리, 띠리리리.

문득 들려온 소리에 재영은 이불 위를 데굴데굴 굴러다니다 고개를 휙 들었다. 이건 형의 삐삐 소리였다. 재영은 쪼르르 달려가 재희의 책상 위에 놓인 삐삐를 집어 들었다.

불현듯 궁금해졌다. 도대체 무슨 삐삐가 오기에 아빠가 휴대전화를 사준다고 하는데도 싫다고 하는지.

재영은 조용히 문을 열고서 밖을 내다보았다. 쏴아아아. 욕실에서 나는 소리였다. 아직 샤워를 하는 모양이다. 재영은 까치발을 들고서 얼른 거실에서 무선전화기를 가지고 왔다.

형의 삐삐 번호를 누르자 안내음이 들려왔다. 한 개의 음성 메시지가 있으니 확인하려면 비밀번호를 누르라고 했다. 재영의 입꼬리가 씩 올라갔다.

지난번에 형이 비밀번호를 누르는 걸 어깨너머로 훔쳐본 적이 있었다. 그리고 그 네 자리의 번호를 똑똑히 기억해 두었다.

"형은 만날 나더러 공부를 못한다고 뭐라 하지만, 왜 이래. 사실 난 형이 생각하는 것보다 훨씬 더 똑똑한 사람이라고."

뚜뚜뚜뚜. 네 개의 번호를 눌렀다. 설마하니 비밀번호를 바꾸지는 않았겠지? 조마조마한 마음으로 기다릴 때였다. '띠!' 하는 신호음이 들려왔다.

[한 개의 새로운 음성메시지가 있습니다.]

〈선배, 저 고운이에요.〉

어라? 여자네? 뭐야! 우리 형, 여자 친구 있는 거야?

재영의 눈이 휘둥그레졌다.

〈저 오늘 삐삐 없애고 휴대전화로 바꿨거든요. 아빠가 연락하기 불편하다고 사 주셨어요. 번호 가르쳐 드릴 테니까 앞으로는 삐삐 말고 이 번호로 전화해 주실래요?〉

그때였다. 저만치에서 욕실 문 열리는 소리가 들려왔다.

헉! 큰일이다.

[다시 들으시려면 1번, 삭제를 원하시면 2번을……]

당황해서 아무 버튼이나 누르는데 하필 2번을 눌렀던 모양이다.

[삭제되었습니다.]

으아아악! 재영은 혼비백산해 무선전화기를 침대 위에 던졌다. 후다닥 책상에 앉는데 심장이 쿵덕쿵덕 난리도 아니었다.

들키지는 않겠지? 지워 버렸는데 어떻게 알겠…….

으아아악!

재영은 삐삐를 후다닥 집어 들었다. 음성은 삭제되었지만 삐삐에 남겨진 연락처는 그대로였다. 분명 삐삐를 보고 음성을 들으려고 할 테고, 만약 음성 메시지가 사라진 걸 알면 날 죽이려 들 거야! 완전 범죄를 위해서는 이것마저 지워야만 했다.

허둥지둥 삭제버튼을 꾹 눌렀을 때였다.

문이 벌컥 열리고 재희가 들어왔다. 젖은 머리를 수건으로 툴툴 털며 들어오던 재희가 정색을 하고 재영을 불렀다.

"어이, 고재영. 스톱."

히익.

재영의 작은 어깨가 움찔거렸다.

"거기서 뭐해?"

"아니, 삐삐가 완전 신기해서."

"그 손 떼고 당장 내려놔."

재희의 말에 재영은 얼른 책상에 삐삐를 내려놓았다. 재희가 다가오더니 삐삐를 집어 들어 확인했다.

"뭐 건드렸어?"

"아니, 나 그거 뭐 어떻게 하는지도 모르는데? 그냥 보기만 했어. 정말 보기만."

들키면 안 되는데. 하늘에 계신 엄마, 부디 막내를 지켜주세요!

재영은 침을 꼴깍 삼켰다.

"다신 형 삐삐 건들지 마. 고장 나면 안 되니까."

"……어. 그럴게. 그럴 거야!"

"숙제 다 했어?"

"어? 어. 하고 있어."

재영은 얼른 연필을 집고 공책을 폈다. 휴. 살았다. 그나저나 아까 번호 뭐였지? 형한테 말을 해줘야 하는데. 016, 391, 954……
마지막 숫자가 뭐였더라?

"뭐야, 이 녀석. 하나도 안 해놓고 팽팽 놀고 있었네? 너, 진짜 정신 안 차릴래? 이게 정말 커서 뭐가 되려고 형 말을 귓등으로도 안 들어. 정말 크게 한번 혼나야 정신을 차리려나?"

두다다다, 재희의 잔소리가 다시 시작되며 꿀밤이 날아들었다.

에이씨!

"에이씨? 너, 지금 형한테 에이씨랬어? 이 녀석이 진짜."

"아야, 진짜! 형, 정말 나중에 크게 후회할 거야!"

"후회는 무슨, 얼른 숙제나 해. 인마."

재영은 꿀밤 맞은 자리를 두 손으로 꼭 부여잡은 채 다짐하고 또 다짐했다.

조금 전 삭제했던 음성메시지는 절대, 무슨 일이 있어도 알려주지 않을 거다.

흥!

재영은 자신의 의지를 피력이라도 하듯 재희를 향해 콧방귀를 크게 꼈다. 물론 그 덕에 재희에게서 또다시 꿀밤 한 대를 더 맞아야 했지만 말이다.

✻

올해 대학에 합격한 녀석들의 얼굴이 환했다.

"근데 왜 네 명이야?"

재희보다 한 기수 위인 성준이 의아한 듯 물었다.

"하나는 미국으로 대학 갔구요. 다른 하나는 지방에 있는 교대를 갔거든요. 원래는 오늘 온다고 했는데 과 행사랑 같이 잡혀서 못 올 것 같다고 어제 연락이 왔더라고요."

"그래?"

재희는 순태의 대답을 들으며 아이들의 얼굴을 훑어보았다. 보라라 했던가? 고운과 늘 같이 붙어 다녔던 녀석이 보이질 않았다.

"그럼 그 보라인가 하는 애가."

"네. 그 녀석이 교대 갔어요."

고운과 연락하며 지내는지 물어보려고 했었는데 정작 보라가 오지를 않았다.

그러고 보니 벌써 이 년쯤 되었나? 매일매일 삐삐를 치던 녀석이 언제부터인가 연락을 딱 끊었다. 궁금해서 삐삐를 남겼는데도 고운에게서는 연락 한 번이 없었다. 처음에는 새로운 곳에서 적응하느라 바빠서 그렇겠지. 그러다 나중에는 공부하느라 바빠서 그렇겠지. 고2, 고3. 어쩌면 그때가 인생에 있어서 가장 중요한 시기일 수도 있었다. 공부하느라 한창 정신없을 텐데 괜히 공부에 방해가 될까 싶어 연락하고 싶은 것도 꾹 참았다. 한데 이제 수능도 끝났고 연락을 해도 되지 않을까 했더니, 그것조차도 쉽지가 않다.

곰곰이 생각에 잠기어 있던 재희는 순태를 불렀다.

"혹시 이고운, 어떻게 지내는지 알아?"

"고운이요?"

순태 녀석의 눈이 휘둥그레 커진다. 행여 속마음이라도 들킬까 싶어 재희는 애써 무표정한 얼굴을 유지했다.

"그래. 대학은 어디에 합격했는지, 뭐 들은 거 없어?"

서울에 있는 대학에 합격했으면 좋으련만.

"……그, 글쎄요."

재희를 빤히 보던 순태 녀석이 뜬금없이 딸꾹질을 했다.

이환에게 들은 건 없는지 물어보려다 재희는 목 끝까지 올라온 질문을 꾹 삼켰다.

"보라라는 애, 이고운이랑 친했었잖아. 걔한테도 아무 말 못 들었어?"

"그게…… 성적이 생각보다 안 나와서 재수한다 들은 것 같기도 하고."

순태는 말을 얼버무리며 맥주를 홀짝였다. 갑자기 왜 그런 말이 튀어나왔는지, 순태 스스로도 너무나 당황스러웠다.

"고운이 서울로 온다. 합격했다고 오늘 연락 왔어."

그저 그 아이 이야기를 하며 환하게 웃던 이환이 떠올랐을 뿐인데, 망할 놈의 입이 왜 이리 떨어지지 않는 걸까. 순태는 침을 꿀꺽 삼키며 맞은편에 앉은 재희를 힐끔 살펴보았다. 무슨 생각을 하는지 재희의 시선이 맥주잔에 내리꽂혀 한동안 움직이지 않았다. 그래, 그냥 한번 물어본 거겠지. 설마…… 에이, 아니겠지. 순태가 고개를 절레절레 저을 때였다.

"혹시."

재희가 건네는 말에 순태는 바짝 긴장했다.

"이고운 연락처 알아?"

"⋯⋯아, 아뇨."

"나중에 알게 되면 나한테 문자로 좀 보내 줘."

"아, 예."

어째 떨떠름해 보이는 순태의 표정이 이상했지만 그냥 기분 탓이겠거니 싶었다. 재희는 앞에 놓인 맥주를 꿀꺽 마시고는 주머니에서 삐삐를 슬쩍 한번 꺼내 보았다.

이고운, 너 이제 날 완전히 잊은 거냐?

신문방송학과 사무실.

제대로 찾아오긴 한 모양이었다. 고운은 작게 심호흡을 하고서 노크를 했다.

똑똑.

"네."

앳된 여자 목소리가 들려왔다. 안에 들어가자 사무실 소파에 누군가 앉아 있었다. 화장을 고치던 여자가 고운을 쳐다보았다. 짙은 화장 하며 화려한 차림새를 보니 3학년이나 4학년쯤 되었을까? 고운은 '안녕하세요' 인사부터 했다. 그제야 여자가 몸을 일으켰다.

"어떻게 오셨어요?"

"저기, 뭐 좀 여쭤보려고요."

"조교 언니 교수님 심부름으로 어디 좀 갔는데."

하필 조교가 자리를 비웠다니. 고운은 난감해졌다.

"무슨 일인데요? 저한테 말씀하시면 조교 언니한테 전해 드릴게요."

같은 신방과 학생이면 어쩌면 알 수도 있겠지. 부디 눈앞에 있는 여자가 재희와 친한 사이면 좋을 텐데.

"그럼 혹시 고재희 선배, 연락처 좀 알 수 있을까요?"

고운의 말에 여자의 눈빛이 달라졌다. 고개를 살짝 기울인 채고운의 머리끝부터 발끝까지 훑어본 여자가 고운에게 되물었다.

"실례지만 누군지 물어도 돼요?"

"아…… 저기, 고등학교 후배거든요."

"고등학교 후밴데…… 재희 연락처를 몰라요?"

"그게, 연락이 끊어져서……."

여자가 '아' 하며 고개를 끄덕이더니 조교 책상에서 메모지와 볼펜을 가져와 고운에게 내밀었다.

"미안한데 재희가 자기 연락처 아무나한테 가르쳐 주는 거 싫어해서요. 재희 연락처 받으려고 하는 타과 학생들이 한둘이 아니라서. 일단 거기 연락처랑 이름 남겨 주면 내가 이따 재희한테 전해 줄게요."

재희라 부르는 걸 보니 동기 아니면 선배인 듯했다. 어쨌거나다행이었다. 고운은 얼른 연락처와 이름을 적은 다음 여자에게 건네주었다.

"학교 앞 커피숍에서 기다리고 있겠다는 말도 좀 전해주세요. 꼭이요."

긴 생머리를 하나로 깡총하니 묶은 여학생이 과사무실을 나오고 있었다. 분명 처음 보는 아이였다. 화장기 없이 하얗고 말간 얼굴에 기다란 아몬드 형의 눈매가 예쁘장하니 한눈에 띄었다. 대학 새내기의 풋풋하고 싱그러운 느낌이 물씬 풍겼다.

"좋을 때다."

희영은 씩 웃으며 과사무실로 들어갔다. 수진이 소파에 앉아 쪽지를 들여다보고 있다 희영이 들어오자 서둘러 가방 안에 집어넣었다.

"별일 없었지?"

"네."

"근데 좀 전에 나간 예쁜 애는 누구야?"

"누구…… 아, 걔요? 걔가 뭐가 예뻐요."

희영이 칫 하고 비꼬듯이 웃더니 이내 입을 비죽였다.

"재희 번호 가르쳐 달라고 쫓아온 애요."

"또?"

하여간에 신방과 명물 고재희 답다. 희영은 고개를 설레설레 저었다.

"작년에도 그러더니 어떻게 올해 신입생들은 더하네? 하루가 멀다하고."

"그러니까요."

"그래서 번호 알려줬어?"

"미쳤어요? 재희, 모르는 사람한테 번호 알려 주는 거 질색하잖아요."

"그래도 왜, 예쁘장하니…… 혹시 알아? 재희가 쟤 보고 첫눈에 뿅 하고 반하게 될지."

희영의 농담에 수진이 눈을 흘기며 '언니!' 하고 빽 소리를 질렀다. 희영은 빤히 보고도 모르는 체하며 피식 웃었다. 수진이 입학 때부터 동기였던 재희에게 목매고 있단 사실은 신방과 사람이라면 누구나가 아는 공공연한 비밀이었다.

"수진아. 내가 진짜 너 걱정해서 하는 말인데, 재희는 그냥 포기해. 너, 이 년이 넘도록 계속 찔렀는데도 남자가 안 넘어온다는 건 애초부터 텄다는 거야. 그냥 다른 남자 만나. 아니, 그 좋은 나이에 왜 쳐다보지도 않는 남자한테 목을 매, 시간 아깝게."

"언니, 진짜 자꾸 그럴 거예요?"

"너, 내 말 안 들으면 나중에 후회한다? 게다가 재희 1학기 마치고 군대 갈 텐데."

"두고 보세요. 그때까지 재희가 나한테 넘어오게 되는지, 안 되는지."

수진이 발끈하더니 이내 사무실 문을 쾅, 닫고 나갔다.

"하여간에 계집애, 성질 하고는. 고재희가 너한테 넘어간다고? 아이고, 꿈 깨라, 꿈 깨. 퍽도 그러시겠다. 내 보기엔 그런 일은 죽었다 깨도 없을 것 같구만."

희영은 핏 웃으며 고개를 설레설레 저었다.

고운은 시계를 보았다. 벌써 세 시간째였다. 커피 한 잔만 마시고 있기 미안해서 아이스티도 한 잔 주문했다. 하릴없이 시간만 보내고 있으니 과제라도 해야겠다 싶어 책을 뒤적거릴 때였다. 잠잠하던 휴대전화가 드디어 울렸다. 모르는 번호다. 혹시 재희일까? 고운은 반갑게 전화를 받았다.

"여보세요?"

〈여보세요? 이…… 고운 씨?〉

한데 재희의 목소리가 아니다. 웬 여자였다.

"네. 전데요?"

〈아, 아까 신방과 과사에서 본 재희 동기인데요.〉

"아, 네."

〈재희가 오늘 바빠서 거기 못 갈 것 같대요. 미안하다고 전해 달랬고요.〉

……이런. 고운의 눈꼬리가 축 쳐졌다.

"저기, 그럼 혹시 선배 연락처는……"

〈그것도 미안하대요. 그쪽이랑 자기랑 연락할 이유 없다고요.〉

정말 생각지도 못한 말이었다. 재희가 그렇게 말을 할 줄은 미처 몰랐다. 실망감이 밀물처럼 밀려들어 왔다.

〈그리고 이런 말, 할까 말까 고민했는데 알고는 있어야 할 것 같아서요. 실은 저랑 재희랑 사귀거든요? 무슨 일 때문인지 모르겠지만 재희가 반기지도 않는 여자 후배가 재희한테 자꾸 연락하고 하는 거, 솔직히 제 입장에서도 신경 쓰이고 불편할 것 같아요.

그러니까 앞으로는 오늘처럼 학교까지 재희 찾아오거나 연락하는 일 없었으면 해요. 그럼, 전화 끊을게요. 〉

고운이 무슨 말을 하기도 전에 전화는 매몰차게 뚝 끊겼다.

"……여자 친구?"

아까 그 사람이? 아, 그래서 그렇게 표정이 불편했던 걸까.

연락할 이유가 없다던 재희의 말도 어쩌면 그래서일지도 모른다. 여자 친구를 배려하느라. 겉으로는 무뚝뚝해 보이지만 속으로는 누구보다 배려심이 많고 따뜻한 사람이 바로 재희였으니까. 충분히 그럴 수 있었다.

"……정말 더는 연락 못 하겠네."

고운은 씁쓸한 미소를 애써 감추며 가방을 챙겨 자리에서 일어섰다.

〈END〉

작가 후기

거창하진 않지만 따뜻하고 소박한, 그리고 편안한.

이 글을 처음 쓰기 시작할 때 생각했던 것들입니다. 내 주변의 누군가가, 혹은 내가 할 법한 그런 연애 이야기가 쓰고 싶었거든요. 사랑을 시작할 때, 문자나 전화 한 통으로 일희일비하고, 그 사람의 작은 행동이나 말 한마디에 밤잠을 이루지 못하고, 남들 다 하는 연애를 하는데도 세상에서 나만 사랑하는 것처럼 유난을 떨고, 그러면서도 너무 사랑해서 가끔은 찌질해지기도 하는 그런 보통의 연애 이야기요. 뭔가 비장하고 목숨 걸고 하는 극적인 사랑은 아니지만, 그래도 네가 날 사랑해 줘서, 그리고 내가 널 사랑할 수 있어서 참 다행이다…… 하는 그런 사랑 말이죠.

모든 것이 빠르고 가볍고 디지털화된 요즘, 재희와 고운의 이야기는

어울리지 않게 아날로그적이고 조금은 느릴지도 모르겠어요. 구시대의 전유물 같은 삐삐가 나와서 더 그런 기분일까요. 그래도 세상의 많고 많은 사랑 이야기들 가운데 하나쯤은 이런 게 있어도 괜찮지 않을까 싶어 용기를 냅니다.

풋풋한 첫사랑이 마침내 이루어지는 이야기를 생각하다가 마음에 드는 제목을 찾지 못해 한동안 계속 원고를 열었다 덮었다만 반복했습니다. 그러다 여자 주인공의 이름을 고운으로 바꾸면서 제목이 떠오르더라고요. '그대, 고운'. 말 그대로 고운은 재희에게 있어 참 고운 사람, 그리고 참 고운 인연이지요. 글 속에는 여러 종류의 사랑이 나옵니다. 개중에는 참 미련스럽고 바보 같은 사랑도 있죠. 그런데 사랑이 원래 뜻대로 되는 것도 아니고 정답이 있는 것도 아니니까요. 그래도 제 주변의 누군가가 사랑을 한다면, 외사랑이 아닌 서로 마주 보고 하는 사랑이 되길 바랍니다. 고운과 재희가 그랬듯이요.

감사드릴 분들이 많습니다.

글을 쓰면서 몇 번이나 처음부터 계속 뒤집어엎는 바람에 부득이하게 연재를 마무리 짓지 못했습니다. 그동안 너무 긴 시간이 흘렀네요. 연재하는 동안 응원해 주셨던 로망띠끄 독자 여러분과 발코니의 줄리엣 분들께 죄송하단 말씀, 그리고 감사하다는 말씀 드립니다. 덕분에 참 많이 힘이 되었어요. :) 그리고 아이니 가족분들. 홈피가 없어져서 더는 뵙지 못하지만 늘 감사드립니다. 많이 그리워요. :) 이런저런 고민을 하는 제게 명쾌하게 답을 주셨던 정희님과 청어람 편집팀께도 깊은 감사를 드립니다. 정말 수고 많으셨어요.

원님. 무슨 말이 필요해요. 늘 감사해요! S님, T님, D님, A님, J님. 감사합니다. 덕분에 글 무사히 마칠 수 있었어요. 내 친구 M양, 행복과 축복이 가득하길. 다시 한 번 축하해!

항상 옆에서 든든한 버팀목이 되어주는 우리 Y군, 그리고 사랑하는 우리 가족. 작년에 갑작스레 병원 신세를 지는 바람에 걱정을 많이 끼쳤어요. 건강하도록 할게요. 말로 다 하지 못할 만큼, 사랑하고 고맙습니다.

고운과 재희에게, 그리고 저와 함께 책장을 덮으시는 모든 분들께 늘 사랑과 행복이 가득했으면 좋겠습니다.

여름 초입, 우영주 드림.